太陽的痕跡
3

CONTENT
目錄

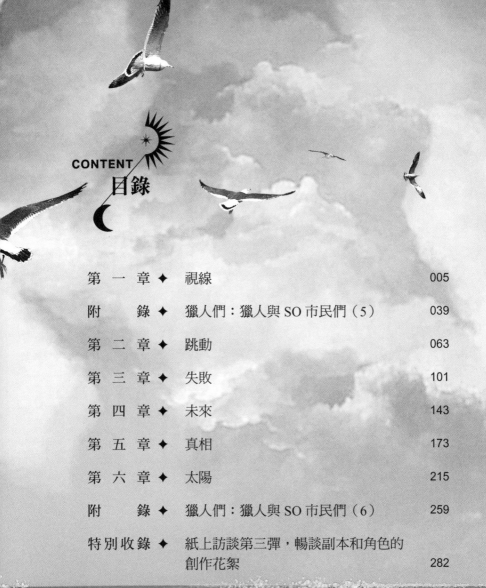

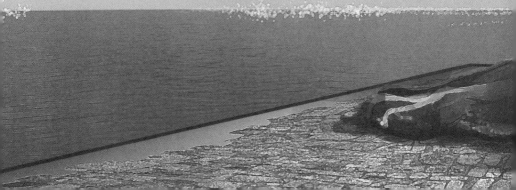

✦ 第一章 ✦

視線

時間漸漸逼近第六輪副本。

也許是因為前一天從早到晚都在下雨，空氣非常冷冽，天空烏雲密布，太陽西下時也不見絢爛的晚霞，只有濃厚的黑暗無限延伸。

入夜時分，鄭利善處在令人不適的過度關心裡。

「修復師，你還好嗎？會不會冷？」

「你要加件外套嗎？現在距離副本發生還有一段時間，要不要我先去附近買點熱的給你喝？」

「真的不用勉強，利善修復師。」

「我沒事，真的沒事……」

現在 Chord 全員聚在副本發生地點的前面。

第六輪副本生成的前兆大約會在晚間七點發生，收到獵人協會通知已出現徵兆後，Chord 走出ＨＮ公會的大樓，在入口前面等候。

鄭利善今天過了正午後才進 Chord 辦公室，從他出現的那一刻起，獵人們通通一湧而上，詢問他身體是否無恙，鄭利善解釋了好幾遍，他只是不小心晚起，絕對不是因為身體不適。

獵人們似乎是因為曾經看到鄭利善吐血而受到嚴重的衝擊，就算鄭利善強調現在真的沒事了，大家還是時時刻刻表現出對他的擔心，怕他是不是因為不舒服或失血過多才睡過頭……

鄭利善服用解毒劑後，身體真的完全恢復了，雖然一開始因為失血過多，而昏睡了整整一天，但起床時，身體並沒有特別疼痛的地方，到現在頭腦都非常清醒，連內傷都恢復得完好如初。

因此鄭利善會晚起，除了昨天本來就睡到傍晚才醒外，還要再加上之後發生的事情，才導致他整夜都沒睡好。

明明一、兩天前，才因為服毒而吐血，但這件事情卻離奇地從他的腦海中被排除，鄭利善認為，搞不好是由於史賢使用了他的轉換心情療法。

昨晚史賢纏著鄭利善好久好久，都不放他走，明明好像已經吻了超過三次，但都沒有結束的跡象，最後甚至吻到他雙腿無力險些跌倒。

無止盡的吻，數不清多少次，直到史賢放開，他才知道結束了，明明只有接吻，卻讓鄭利善精神恍惚。

鄭利善完全無法理解昨晚發生的事，也試著假設是因為史賢在短時間內喝太多烈酒，但史賢才在幾天前的活動上親口告訴他，S級獵人沒那麼容易喝醉，這件事讓他記憶猶新。

「你身體真的沒事嗎？有辦法修復嗎？」

思緒非常混亂的鄭利善，看著史賢頂著一張若無其事的臉走來，並確認起他的精神狀態。

史賢那副泰然自若的面容，讓鄭利善不由得心想史賢是不是忘了昨天的事，但對方自然而然地伸出手，湊近確認額溫，接著移動到他身旁，撥開他的頭髮輕撫後頸……鄭利善剎那間瑟縮了一下，回答：「沒、沒事……我應該可以修復。」

那隻手的觸感和昨晚的記憶驚人的重疊，鄭利善的身體不自覺繃緊神經。

史賢伸進連帽上衣帽子裡的那隻手，又撥弄了幾次鄭利善的頭髮，他看著僵硬的鄭利善，從容地笑著。

「你有好好戴著項鍊。」

雖然史賢說得好像摸鄭利善的脖子只是單純為了確認這件事，但是鄭利善的瞳孔已經微微顫抖。

為了以防萬一，每次鄭利善進入副本，都會配戴幾個具備保護功能的道具，今天鄭利善戴了比平常等級更高的保護項鍊。雖然史賢全權負責保護鄭利善，但由於他還在副作用期間，所以更加在意道具。

史賢又輕撫了鄭利善的後頸一會兒，隨後抽回手，鄭利善確認史賢臉上舒展開來的笑容接近於微妙的滿意，尷尬地移開了視線。連帽上衣的帽子裡異常燥熱，只好脫掉，把頭髮整理好後再重新戴上。

此時，獵人們聚集在漸漸形成的入口前面，你一言我一語地聊著天，雖然這兩天發生了相當大的騷動，但獵人們決定先專注在副本上，昨天史賢的表情並不好，加上一行人輪番收到韓峨璘的聯絡，要他們好好表現，所以大家都在聊著第六輪副本，儘管今天隊長看起來一派輕鬆，也一樣不能掉以輕心。

「唉唷，這次為什麼又在晚上開啟，該不會又要拍恐怖片吧？」

「延遲開啟的偏偏是陵墓副本，讓人莫名擔心。」

「今天晚點開啟比較好吧……」

有別於獵人們的擔憂，只有韓峨璘表示，副本必須晚點開啟，她用非常在意的表情瞥向史賢，史賢悠哉地回答：「因為只剩幾小時了。」

第六輪副本正好在晚上開啟。

史賢的副作用會持續兩天，第一天完全無法使用能力，第二天也只會恢復至百分之五十，史賢在昨天午夜使用隱藏能力，因此今天晚間八點過後入口開啟，相當於是在距離副作用結束沒剩幾小時的狀況下進場。

通常在遇到魔王之前，史賢不大會出手，而且整場攻略約需花上三、四個小時才會進行到攻堅魔王房間這一步，因此能力剛好會在碰上魔王時恢復完畢，史賢認為情況非常樂觀。

況且這次進入的副本天空非常昏暗，通常副本裡的天空會是暗紅色的，不過這次的天色像在三更半夜，裡面的天空一片黑暗。

空間裡吹起了蕭瑟的冷風。奇株奕發出了喘不過氣的聲音，史賢看著那片占據天空的黑暗，反而更加從容。因為他的能力在越暗的地方會變得越強大，即使副作用讓能力銳減到只剩百分之五十，但是如果把現在的灰暗天色考慮進去，也許能夠發揮到百分之六十至百分之七十。

雖然不像第四輪副本時，會聽見詭異的聲音，但是整個空間瀰漫著一股寒意。眼前是一條平躺的橋樑和摩索拉斯王陵墓，破碎四散的模樣讓現場的氛圍有些陰森。

「好像來到公墓……」羅建佑咂嘴說道。

此時，正好遠遠地吹來一陣刺骨的風環繞著他們，當獵人們各自為眼前景象感到緊張時，鄭利善心平氣和地確認了周遭，其他人或許會因為這裡是墓地而感到害怕，不過和屍體們共同生活了一年的鄭利善，不可能會因此畏懼。

儘管奇株奕一邊顫抖，卻還是認分地點火，空間變得比先前亮了一個色階，鄭利善打量著四周的殘骸。

這次連進入建築物的通道都是橋梁，似乎必須仔細修復，不能發生進攻到一半橋梁倒塌害所有人向下墜落這種事。

「我先修復入口通道到建築物一樓。」

「修復師，不用勉強！」

「累的話修復一半，不，只要修復一半的一半就好。」

鄭利善一往前，獵人們就異口同聲地請他不要勉強，眾人的聲音宏亮到像是大聲喝斥般，嚇得鄭利善全身激靈，他面帶尷尬地點頭表示理解後，才得以開始修復。

鄭利善使用隱藏能力時才會出現的金黃色光芒，在昏暗的空間裡散布開來，才剛感覺到那些光就像陽光般灑落在空間中，下一秒光束就馬上射向地板，照入掉在橋梁底下的殘骸，這些光與碎片就像拼圖般一片片地拼湊起來，連接成了橋梁，連帶著橋梁兩旁的圍欄也一起恢復。

這些光芒延伸到巨大的陵墓裡，包圍住整個一樓，向上攀沿，環繞著周長將近一百二十五公尺的四邊形地基，光源漸漸聚集，讓裂開的碎片貼合。

由於鄭利善必須先到一樓開門，才能爬上樓梯到二樓進行修復，於是他先專注在此刻的修復工作。

雖然進到建築物裡還是要再修復一次，但是當鄭利善的第一次修復結束，獵人們理所當然地馬上予以掌聲，還有幾位一邊向鄭利善表達感謝，一邊用充滿擔憂的聲音詢問：「你真的沒有勉強自己吧？」

鄭利善在兩天前吐血倒下，但他今天的修復成果，已經優秀到完全看不出來是身體不適的人，鄭利善此時就像一臺答錄機，重複說著自己沒事，並繼續確認建築物修復後的狀態。

目前大約修復了將近百分之八十，在第五輪副本時則是修復了百分之九十，儘管這次修復的完成度減少，讓鄭利善感到有些可惜，但這樣的修復程度應該足以讓團隊平安無事地進入。

雖然鄭利善服用解毒劑後，有感受到身體已全然地恢復，但還是很擔心會不會讓修復完成度下降許多。

鄭利善抬頭看了看史賢，史賢慢慢地確認狀態後，馬上露出微笑。

「修復到這個程度……還不賴。」

史賢說著辛苦了，而輕拍著鄭利善肩膀的那隻手，這次也稍稍掃過了頸部，雖然只是輕輕撫過的接觸，鄭利善卻莫名感到難為情，再次視線四處游移後，他才對史賢點了點頭。

獵人們立刻走上橋梁，攀上圍欄，怪物們也開始出現，牠們有著漆黑的臉孔，儘管形體有些矇矓，但可以確定是人類型態。怪物們身穿鎧甲，伴隨著噹啷的摩擦聲一步步逼近，獵人們沉著地對付著，人類型態總比其他噁心的樣貌還要好，至少可以更好判斷怪物的攻擊模式。

一行人在過橋期間遇到的怪物，除了魔法攻擊外，也遭受了物理破壞，所以一下子就解決了。

怪物們看似一拐一拐地緩緩靠近，但是只要縮短到一定距離，就會以極快的速度撲來，不過 Chord 獵人們的反應速度也不容小覷。如果怪物以近距離逼近，前鋒會先以物理攻擊阻擋怪物，隨後再由魔法師們在後方施出攻擊。

就這麼平安無事地抵達橋梁尾端時，突然吹起一陣更加冷冽的風，像是要掃蕩這個空無一物的空間，空虛的風環繞在建築物後方，卻突然往前襲來，所有獵人繃緊神經的當下，騎兵型態的怪物迎面而來。

摩索拉斯王陵墓有著四邊形的地基，騎馬的雕像位於地基邊角處，而這個雕像也如同 Chord 的預測，以怪物型態出現，揮舞著長矛，凶暴的馬鳴聲在空間裡迴盪。

「呃啊！」

雖然站在前方的奇株奕慌張地施出火焰，但是怪物們輕巧地越過火焰繼續逼近，就像是要團團包圍住他們。此時，史賢一舉抬起怪物的影子，伸出手抓住騎著馬的騎士，試圖往後方把騎士拉下，不過事情的發展，卻和史賢的計算有了些許的誤差，似乎是因為還在副作用期間，史賢的速度比想像中還要慢。

無法完全阻擋住的怪物持續靠近，在史賢微微皺眉時，韓峨璘立刻握住長棍的尾端，往怪物的胸口重重出擊。

怪物在突襲之下墜馬，正準備再次站起時，申智按一下子就跑到怪物所在位置，從對面抓住對方手上的長矛，把牠拉往自己的方向，並用膝蓋撞擊怪物的臉孔，接著快速地阻擋衝向其他獵人們的馬。

看著獵人們即使身處危急狀況，一樣能穩住陣腳地持續攻擊，鄭利善不禁發出感嘆。加上這次進攻，這是鄭利善第五次和 Chord 一起進入副本，Chord 的確是非常有默契的團隊，雖然他們對鄭利善的修復能力很驚艷，但是鄭利善看著他們，也有同樣的感受，Chord 之所以能有最精銳團隊之稱，絕對不是浪得虛名。

甚至今天還有來勢洶洶的互相喊聲，一切的攻擊都很完美。

奇株奕現在把攻擊方向轉為放慢馬的速度，往橋上奮力灑水，一下子就抓住了騎兵型態的怪物。

Chord 就這麼平安無事地進入了陵墓裡。

幸好一樓裡沒有等級較強的怪物，他們得以輕易地走到階梯那端，由獵人們先確認前方狀況，而後鄭利善出動修復二樓。

二樓的地板到處碎裂，似乎一不小心踩空就會墜落至一樓，鄭利善專注在修復二樓地板，把因為建築物毀壞而往旁邊倒塌的柱子重新立起，滿地散落的碎片也貼合起來，二樓開始有了較完整的型態。

以夜晚蕭瑟的風為背景，金黃色的光粉飄散在空中，環繞著建築物整體，是個非常夢幻的景象。

三十六個巨大的柱子整整齊齊地被立起，金字塔形狀的屋頂牢牢地被撐起，鄭利善在腦海裡描繪著建築物原先的模樣，修復著在那之上的四樓。

四樓連接至天花板的頂端，那裡有著總督摩索拉斯王，與他的王后共乘四馬戰車的精細雕像，鄭利善心想會不會像第三輪副本的「椅子」一樣，雕像也許會是線索之一，所以在雕像修復上也花費很大心思。

修復期間，獵人們仰頭看著修復的過程，眾人在最後一刻發出感歎並鼓掌致意，鄭利善快速地打量周遭，確認修復的完成度，幸好這次似乎也順利修復了百分之八十，因為有許多需要較為費神的地方，所以相對有些部分必須捨棄留空，但修復到這個程度，應該已經足夠。

鄭利善自覺做得不錯，反射性地往史賢的方向一瞥，正在和韓峨璘對話的史賢似乎感受到鄭利善的視線，也笑著看向鄭利善。

「怎麼一直看我？希望我稱讚你嗎？」

「我、我沒那個意思，只是想跟你確認，修復到這個程度就行了嗎？」

鄭利善突然感到慌張，說話變得結巴，一直以來，他修復完畢後都會向史賢確認，所以理所當然地會往他的方向看去，但現在被他這麼一說，鄭利善突然覺得狀況變得有些荒唐外，同時也有點難為情，不知怎麼的，好像也不能說完全沒有那個意思。

「辛苦了。」

而史賢似乎是要安撫鄭利善，用食指的指節捋著他的臉頰，溫和地慰問他。

當史賢的手靠近時，鄭利善僵了一下，最後因為臉頰上留有癢癢的觸感，多此一舉地用手背壓緊自己的臉頰，移開視線。

Chord 獵人們緊接著走進二樓，用警戒的眼神搜索著四周，這次的副本本身就有種肅殺的氛圍，尤其是方才鄭利善修復二樓的時候，整座建築物被金黃色的光芒碎片環繞，唯獨有一處流淌著黑暗的氣息，顯得尤為詭異。

「那裡是往太平間的方向……對吧？」

「中央牆面裡只有那個，應該是吧……」

奇株奕打著哆嗦發問，韓峨璘回答了他的問題，奇株奕發出了「呃」的聲音，把周遭點好的火變得更亮，至少這裡不像第四輪副本進入以弗所的阿耳忒彌斯神廟一樣，是個被燒得精光的地方，所以使用火屬性的魔法，似乎也沒有太大的問題。

不過就算點燃再多火球提高亮度，空間裡的寒意並沒有因此變得輕易消散，如同進場時羅建佑說的，這裡就像公墓一樣，繚繞著山中特有的陰沉氛圍，空氣又像破曉時那般寒冷，越是呼吸，就越覺得身體漸漸變得冰凍。

再往二樓中央走，陰森的氛圍更加強烈，浮在空中的火球也持續增多，獵人們呵呵笑著安撫奇株奕，鄭利善在如此明亮的視野中，環視著四周，突然間發現了怪異之處。

「神像……不在柱子之間。」

摩索拉斯王陵墓的二樓柱子之間，本該有著希臘眾神的雕像，Chord 獵人們預測眾神雕像就是騎兵怪物之後，會碰上的下一組怪物，但是如今柱子之間空空如也。

聽到鄭利善這麼說，獵人們也接二連三地表示詫異，確認周遭時，上方突然發出哐啷的聲響，所有獵人們瞬間停止動作，奇株奕緩緩地抬起頭……

「啊，該死，又在上面了！」

奇株奕發現了倒掛在天花板的神像，也許剛才的聲響就是信號，神像立即開始一個個往下墜落，四處飛行。

「我沒叫你們這樣掉下來！」奇株奕發出了哀嚎聲，神像比一般人的體型還大，但是正以極快的速度在空中飛行，或許是因為這些都是希臘神話裡有名的神像，所以每一座神像的攻擊都很強烈。

有些神像會射出水柱，也有些神像在空中踏步逼近，揮舞著巨大的棍棒，其中還有使用雷電的怪物，韓峨璘發著牢騷，她並不想以這種方式再次和宙斯會面。

「這次副本的難易度預測錯誤了吧！」

這裡怎麼看都是 SS 級副本，韓峨璘放聲大喊，問著突擊戰等級，是不是會隨著任務進行到後段越來越高。

同一時間，奇株奕在其中一處忙著阻擋水柱，突然有飛箭射來，他大叫了一聲，申智按立刻拉走奇株奕逃過一劫，不過奇株奕緊抓著她的後頸不斷啜泣。

「我不想在這裡拍希臘羅馬神話……」

朝他飛來的箭是阿耳忒彌斯神像射出的，第四輪副本時，遇見的以弗所阿耳忒彌斯和原先期待的有所不同，長得很駭人，奇株奕還曾為此感到難過，但他非常想哭，表示並不想用這種方式一解內心的可惜，不過怪物對他的哭哭啼啼毫不在乎，擁有漆黑軀幹、暗紅眼睛的阿耳忒彌斯怪物，朝著奇株奕射箭。

一下子引起混亂，儘管獵人們散開分頭阻擋怪物，但數量實在太多，加上怪物的攻擊也很殘暴，與祂們的對戰也變得棘手，一次次嘗試排出隊形，都以失敗告終，獵人們只能不停地阻擋著眼前的每一個攻擊。

史賢也利用影子試圖將怪物們一網打盡，或是將祂們往遠處丟，以爭取更多的距離，不過他的能力尚未完全恢復，就算想在地板上讓影子伸展，但是速度過慢，怪物們可以更加快速地避開，史賢的臉上漸漸浮現了微妙的煩躁。

因此，史賢最終停止使用能力，怪物們就像是伺機等候許久，有一隻怪物瞬間趁勢飛起，提著長矛飛行的氣勢雖然浩大，但是史賢靜靜地等待怪物靠近，就在攻擊準備落下的那一刻，史賢出手緊緊抓住怪物的頭部，將其摔向柱子。

哐啷！空間裡迴盪著劇烈的轟鳴。

「真礙眼。」

雖然史賢的能力因為還在副作用期間，仍處於百分之五十的低下狀態，但他的身體還是擁有S級獵人的力氣，在瞬間爆發力以及攻擊能力上都非常充裕。史賢把在他手下變得癱軟的怪物隨便往旁邊甩，神像的臉孔完全碎裂，柱子上也掉下了一些粉屑。

「……呃咳。」

奇株奕突然打著嗝擺好姿勢，原先混亂對戰的獵人們也跟著挺直腰桿，快速排出隊形，在他們耳裡，史賢的一句話似乎就像某種警告，獵人們之間以緊張的眼神交錯視線，再次穩住陣腳，開始對抗怪物。

原先的混亂趨於平靜，與方才的情況相比，隊伍面對怪物顯得更加得心應手，雖然怪物使用魔法讓獵人們對抗起來有點麻煩，但是也因此掌握到怪物們不耐承受物理攻擊，魔法師們先用遠距離攻擊吸引怪物的視線，而後交由近距離前鋒打碎神像。

哐、哐啷——神像粉碎的聲音在空間裡刺耳地迴盪了好幾次之後，Chord全員才抵達二樓中央，三面以大理石牆面圍住的空間，是陵墓的太平間，在空間深處有著巨大的棺木。

越是靠近那裡，越是吹來冷冽的風，正當獵人們皆因令人起雞皮疙瘩的寒氣而縮肩打哆嗦的時候，韓峨璘走上前去，因為史賢的副作用期間尚未結束，她決定先去查看放置屍體的棺木。

也許是對棺木突然開啟有所顧忌，她站在稍微遠一點的地方，把手中的棍棒加長，五十公分的棍棒一下子變長為兩公尺，她頂著稍微有些不情願的表情，敲著棺蓋。

「我莫名有種變成盜墓者的感覺……」

韓峨璘的一句話，讓獵人們發出了細小的笑聲。韓峨璘專注於打開棺蓋，雖然她鬱悶地想要直接打碎棺材，但是不知道其中是否藏有陷阱，因此只能小心翼翼地使用棍棒的末端試圖開啟。

試著試著，終於打開棺蓋，卻什麼事也沒有發生。

韓峨璘愣在原地，反應過來之後，稍微上前確認棺材，但是棺材又大又深，似乎是看不清楚棺材內部，韓峨璘對奇株奕比了手勢，要他加強頭上的火源。

「不是說好不盜墓嗎……」

奇株奕開玩笑問著韓峨璘是不是要盜墓尋找寶石，得到的是一聲叫他閉嘴的喝斥，最終奇株奕乖乖地在韓峨璘頭上多點了兩盞火。在更加明亮的情況下，韓峨璘轉動著眼珠，確認棺材，但是明明火源就在棺材正上方，棺材內部卻像是會吸光一般，只能看見一片黑暗。

最終，韓峨璘彎著上半身探查棺材內部，立即抬頭，擺出了無言以對的表情。

「裡面沒有屍體耶？該不會是像第五輪副本那樣，怪物又躲起來了嗎？」

第五輪副本時，韓峨璘大力破壞羅德島後，才召喚出島嶼的守護神——太陽神巨像，這次是否也須滿足某項條件，才能引誘出魔王現身，韓峨璘如此說道，奇株奕的視線轉向她的身後。

「……姐姐，影子太大了吧？」

「什麼？那是因為火源在上方……」

韓峨璘一邊回答著奇株奕，一邊回頭，一個晃動得很詭異的影子映入她的視線，韓峨璘的身形相對矮小，就算火源在上方，這個影子還是超乎常理的大，甚至以比她的塊頭大上好幾倍的大小蠕動著，正當影子準備張開嘴巴時，韓峨璘忍不住爆了粗口，立即揮舞著棍棒。

「自己躲起來，太陰險了吧！」

棍棒的末端伸出利刃，立即往影子的方向刺去，與此同時，魔王從地底下迸出，祂似乎有著隱身在黑暗裡的能力，但是問題就出在祂挑錯對象了。

雖然如同 Chord 的預測，魔王確實是摩索拉斯王總督，但祂的身軀是一片漆黑，不僅是身體，似乎連同軍服鎧甲都是以黑色大理石刻造而成，現形後的怪物環視四周，再次潛入黑暗移動至別處，史賢則索然無味地發話：「朝柱子那裡攻擊。」

要說魔王遇上的另一個麻煩，就是這裡有著另一位操縱黑暗且能夠熟稔活用影子的人，史賢利用空間整體的影子，已經在這短短的時間內，掌握到自己能夠控制的範圍，獵人們在史賢親切地指出方向的瞬間，就立即朝著同一方向輸出攻擊火力。

「呃呃。」

魔王一開始就位居劣勢，只能徒勞無功地抵禦攻擊，儘管魔王嘗試快速以影子型態逃跑，但由於史賢不斷地對獵人們告知魔王所在位置，所以就算魔王想從獵人們的影子後方突襲，也都因為全員戒備而失敗。

牆壁搖動發出了哐啷聲，從縫隙可以看見一道黑色的氣息竄動，似乎是被某種東西擋住，無法進入內部，魔王漸漸被逼至束手無策的境地，承受著攻擊。

「竟敢在我的墓地搗亂……」

空間裡突然吹起來刺骨的風，放置屍體的箱子四周，不斷流出漆黑如煙的氣息，這裡變得比方才更黑暗，宛如不斷噴發的乾冰，陰森的氣息無止盡地流淌著。轉眼間，魔王已經浮在箱子上方，魔法師們試著使出遠距離攻擊，不過身軀漸漸融入黑暗之中，那些氣息穿過了魔法師的身體。

魔王在那之上靜靜地閉目，在祂從腰間拔劍的同時，空間裡吹起了一股寒氣，和先前涼颼颼的氣息有明顯的不同，這次是極具攻擊性的寒冷空氣，正當獵人們感到肺部快要凍結時……

「我將一視同仁地贈予你們所有人安息的機會。」

才剛想猜測這句話的意思，魔王的形體似乎變得模糊，祂的形體立即開始往兩旁蔓延，就像在空中融化一般。過了一陣子，出現了數十個分身，不斷有黑色的煙霧，由下而上從箱子裡噴出，如同幽靈們在煙霧中甦醒般。

數十個幽靈發出「刷」的聲音開始飛行，獵人們急忙試圖阻擋，但無法攻擊到位，團隊判斷物理破壞對幽靈無效，於是魔法師們也快速地施展魔法，卻屢屢失敗，攻擊只會從半透明的幽靈軀體穿透。

而且這些幽靈四處竄動，團隊的大家只能緊緊盯著，史賢看著這一切，微微皺眉，「大家先找到魔王，祂好像藏身在那之中。」

因為力量分散，所以魔王現在應該是幽靈型態，牠的擾亂策略讓史賢感到非常礙眼，一聲命令，史賢讓獵人們的視線停留在幽靈身上，他們也快速掌握了幽靈們只會快速飛行，並不會發動攻擊的規則。

「喔……那裡！」

終於有一位獵人發現形態特別的怪物，並指出其所在之處，幽靈當中只有一位腰間佩劍，於是指認祂就是魔王，但怪物的視線望向了獵人，不對，準確來說是盯上了該獵人身後的存在。

似乎為了找出空間整體瀰漫的微妙氣息的主人，祂不斷地在四周來回飛行，有著半透明黑暗軀體的幽靈揚起了嘴角。

鄭利善就在那裡。

不一會兒，祂突然飛向鄭利善，獵人們慌張地試圖阻擋，但是其他次級幽靈怪物也同時衝向獵人們，擋住視野。

站得與鄭利善有些距離的史賢，快速地進入鄭利善前方的一片黑暗。

雖然冒出了一片像是盾牌般的黑暗，偏偏此時此刻，史賢的副作用尚未結束，魔王衝破多少有些薄弱的盾牌，逕自往鄭利善身上撲去。

鄭利善慌張後退，身上發出了碎裂的聲響，那是他掛在脖子上的守護項鍊裂開的聲音，玻璃碎裂的感覺在鄭利善的胸口上停留了一下子，而後伴隨著哐啷聲響，項鍊徹底破碎。

「天啊，修復師！」

「利善修復師！」

砰的一聲，鄭利善向後倒下。

像是被劇烈攻擊轟倒一般，鄭利善癱坐在地上，接著向後倒下，雖然這個動作讓連帽上衣被扯離上半身，不過他似乎沒有意識到這一點，用手摸索著脖子，漆黑的某種物體像水一般噴灑到他的上半身，雖然他的衣服沒有濕，但是真的有被水潑過的感覺，那道氣息轉瞬即逝，然而異物感依舊殘留。

鄭利善短促地呼吸著，冷冽的寒氣從腹部深處蔓延開來，連喉嚨都像是要凍結一樣，鄭利善抖著身子喘氣的時候，有人向他走近，抓著他的肩膀，對他喊了幾句，但那個人慌忙的手勢和吶喊，讓鄭利善聽不清楚聲音。

鄭利善彷彿被水淹沒，像是在冬天結凍的湖水裡聽到冰面另一頭的噪音，聲音被隔絕在外，眼前的視野不斷在昏暗模糊與令人暈眩的分裂之間反覆變化，似乎連骨頭都要被凍傷。

「快、快點治癒！」

「能解除詛咒的技能全都用用看！快點！」

Chord獵人們聚集在鄭利善身邊，他們的擔心表露無遺，奇株奕跺腳問著該怎麼辦，羅建佑忙著施展治癒技能，儘管把身上各自帶來的藥水都用在鄭利善身上，卻徒勞無功，這是第一次有魔王以這種針對性的方式，衝著鄭利善而來，所有人都很慌張。

再加上鄭利善明顯遭受攻擊，身上卻沒有任何明確的外傷，這讓隊友更加鬱悶。鄭利善持續發抖，史賢的臉色也漸漸僵硬，此時，鄭利善停止了動作。

「……」

剛才還倒在地上發抖的鄭利善，彷彿連呼吸都靜止一般，望著空中發呆，明明史賢就在眼前，但他的視線卻越過史賢，看向史賢的身後。淺褐色的瞳孔失焦，朦朧又無力地睜著。

看到鄭利善的這些舉動，獵人們一個個把視線轉往後方，這才理解現在這個情況的詭異之處，原本充斥在太平間的黑色煙霧，現在平鋪在地面上。

而且地面上開始有某種形體接二連三地甦醒，與先前出現在煙霧裡的幽靈長相截然不同，這些形體緩慢地從地上立起身子，像手一般的物體往地上一撐，然後伸直上半身，抬起了頭。

祂們越往上伸展，形體也越發清晰，原先感到詫異的獵人們，臉色也漸漸變得僵硬，因為祂們的形態太過鮮明，比剛才在一樓對戰過的騎士都還要明確。

「利善……」

「……鄭利善……」

祂們確實以「人類」的樣貌出現，明確得讓人無法起疑，祂們就是……

「朋友們……」

祂們以鄭利善最難以面對的形態出現。

獵人們看清了眼前情況，發出低沉嘆息的同時，建築物發出巨大聲響並開始搖晃，因為修復這個空間的鄭利善精神開始變得不穩定，造成整棟建築物搖搖欲墜。

建築物搖晃得像是地震一般，獵人們急忙站穩重心的時候，鄭利善的視線直直望著前方，表情呆滯得彷彿聽不見四周的任何騷動。

「利善，快過來……」

「你怎麼還在那裡？」

有的像是在安慰、有的像在笑，也有的像在催促。

眼神更加失焦的鄭利善緩緩站起身來，似乎受到召喚般，打算走向祂們，但是有人一直抓著正在起身的他。

某處似乎有人喊著自己的名字，像是從遠處傳來回音一般嗡嗡作響，鄭利善暈頭轉向地想往前跑去，同時，有人堅決地扯著他的手臂拉住他。

「放手！」

鄭利善大發雷霆，建築物也從此刻開始急速坍塌，修復過的地板逐漸龜裂，柱子也往兩旁傾斜，伴隨著巨響倒下，突然坍方的地板，讓原先圍在鄭利善身邊的獵人們慌張地連忙躲到另一側。

就在此時，天花板傳來不祥的聲音，並非單純是金字塔天花板倒下，而是在那之上發出的低沉聲音，像是要碎裂一樣「嘎」的聲響無止盡持續著……直到那個東西砰的一聲掉落。

隔著柱子，那個掉落的東西清楚映入了獵人們的眼簾。

「雕像……」

原先聳立在陵墓最頂端，摩索拉斯王駕乘四馬戰車的雕像墜落了。

從那一刻起，空間裡吹起了狂風，也許修復雕像是阻擋副本怪物的隱藏攻略，因為雕像一墜落，就開始有黑色液體源源不絕地從壁面噴出，那些液體就像黏膩的油一般傾瀉而出，那裡的士兵也開始一個個甦醒。

那些東西一下子就長出了形體，馬上衝向獵人們，即使慌張的獵人開始對付那個怪物，但是從壁面牆角噴灑而出的黑色液體，讓他們的攻擊化為無用，建築物不穩定地搖晃著，怪物也持續出現。

突如其來的騷動，讓鄭利善趁著獵人們魂飛魄散之際，為了往前跑去而胡亂掙扎，不過史賢牢牢地抓住他，讓他沒有辦法逃走。

鄭利善甚至無法認出抓住自己的人是史賢，為了想盡辦法掙脫而死命扭動。

看著鄭利善的模樣，史賢的臉色漸漸變得冷酷，他知道在前方呼喊著鄭利善的怪物有著和鄭利善的朋友們一模一樣的樣貌，可是即使他清楚地告訴鄭利善，他們有著黑色軀體的怪異之處，鄭利善卻也因為詛咒纏身，而無法分辨眼前的事實，只是一直喊著朋友們的名字。

偏偏這輪副本的魔王很棘手，儘管有預料到可能會使用詛咒，卻沒有想到魔王會這麼針對鄭利善，也許是因為整個建築物都蔓延著鄭利善的氣息，魔王只是找出那個氣息的主人來攻擊，就算現在決定放棄攻略副本離開這裡，如果沒有把鄭利善身上的詛咒解開，這個詛咒就不會消失。

史賢板起臉孔確認周遭，魔王明明有衝向鄭利善，理當應該在附近，卻絲毫沒有看見蹤影，搞不好以鄭利善的軟肋形態出現的人形怪物之一就是魔王。

「拜託你，請放開我……」

猛然聽見鄭利善細碎又顫抖的聲音，史賢的視線看向緊握著的鄭利善的手——他終於看出是我了嗎？

史賢頓時這麼一想，但是當他與鄭利善迷離的瞳孔交會時，他無法克制地感受到了不悅，因為鄭利善還是沒有看出眼前的人就是自己。

「我必須去找我的朋友們……」

不僅如此，鄭利善哀求著要去朋友那裡，正當史賢的眼中滲出寒意時，前方的怪物再次呼喊著鄭利善。

「鄭利善，快點過來！」

「你要在那裡待到什麼時候？」

「等、等我一下！我馬上……」

鄭利善再次為了掙脫而拚命掙扎，他似乎認為自己不該待在這裡，正當他直愣愣地望著他的父母和朋友們的所在之處，蹬著腳掙扎時……
「是你把我們變成這樣的。」
他看見了最前面的朋友手臂脫落，而手臂脫落的朋友旁邊，有另一位朋友的腳像是倒塌一般，用剩下的那隻腳一拐一拐地走著，甚至還有另一位的脖子搖搖欲墜，就像他曾經看見的場景，就像他必須把散落在角落的碎塊，找回來拼湊起來的那個時候。
「只有你還……活著的話……那怎麼可以。」
「我們……因為你甚至死不了……」
「……你利用我們，活了下來……」
鄭利善的臉色因為驚恐而變得蒼白，似乎是因為無法好好呼吸，只能間歇性地啜泣宣洩並發抖著，沒有血氣的臉孔也偏向崩潰，魔王不只是針對鄭利善的弱點，還讓他直視他最害怕的情況。
也許這些如千刀萬剮般的殘忍話語，在鄭利善耳裡聽見的就是「他們」的聲音。
整棟建築物不祥地震動，隨著劇烈的聲響，二樓的地板開始坍塌，原本只有裂開並沒有完全坍塌，可是現在整個地面都崩裂殘壞，幾天前腿部受傷的獵人無法避開，直接摔落至一樓。
一樓的牆角也有怪物從翻湧的黑色液體中浮出，準備對這位獵人發動攻擊，韓峨璘和申智按急忙下樓保護他。
史賢看著一連串的過程，臉色越發僵硬，看來這次副本的魔王擁有比想像中還要高的智能，祂知道現階段刺激鄭利善，能讓場面迎來最大的混亂，因此不斷地設法摧毀鄭利善的心智。

不過除了這部分，還有別件事讓史賢更不耐煩，雖然鄭利善的情緒變得不穩定，導致建築物倒塌這點也很要緊，但最讓史賢生氣的，卻是他的視線始終固定在那些虛幻的朋友們身上。

看著這次的修復狀態，史賢原先還認為一切並沒有完全瓦解，昨夜的事會讓鄭利善再次專注在自己身上，然而實則全非如此，此時此刻，鄭利善看著的人不是自己，而是他的那些朋友們。

在史賢確切認知到，對鄭利善而言，他的朋友們被擺在比自己更前面的優先順位，這件事才讓史賢既煩悶又火大，那是一種無法理解的、極度糟糕的感受。

即使知道鄭利善是因為受詛咒所困，才不受控地只能看見那些朋友們，但是史賢無法扼止這份情緒，正當他皺起眉頭時，鄭利善突然強力地推開他逃跑，也可能是魔王強制將他拉走，因為以鄭利善的力氣來說，這明明是不可能發生的事。

轉眼間，鄭利善跑向了他的朋友們，思緒被祂們的聲音填滿，雖然大部分都是埋怨和憎恨的言語，但是朋友們在呼喚他。

所以，鄭利善只能走向祂們，愧疚、厭惡還有低劣的喜悅混雜著。

「大家……」

視線先是碎成數十塊碎片，然後又再次拼湊起來，如此不斷反覆著，就像碎裂的鏡子上，他與朋友們之間的過往回憶堵在眼前，令人暈眩，現實情況也會閃現在其中，但現在的他無法區分回憶與現實，即使他看見眼前的怪物終於舉起劍，依舊往前走去……

「鄭利善，他們已經死了。」

突然，他感受到有人遮住了他的眼睛，並把他往後拽開，背後感受到的溫暖將他團團包圍，明顯的溫暖讓鄭利善不禁打了個哆嗦，雖然身體仍然顫抖著，但是對方卻更加用力地抱住他，遮住眼睛卻覆蓋了半張臉的大手也加以施力。

「他們已經不存在於現實之中，一年前就死了，你無法見到他們，他們也不會對你說那種話。」

「嗚、嗚……」

「你聽不到我說的話嗎？要等我變成屍體，你才要聽我說話嗎？」

鄭利善的耳邊響起了有些催促，卻又像是在安慰人的聲音，那道清晰的聲音讓鄭利善的掙扎稍微停了下來，在這之前他完全聽不到任何聲音，感受到全身被人抱住、被活人的溫暖氣息圍繞後，才讓他恢復了一半的意識。

不過鄭利善還是持續聽見朋友的聲音，從他停止動作的那一刻起，那些憎惡的言語就越發激烈，就在鄭利善因腦袋裡的噪音而深受痛苦時……

嘶——他聽見血肉被刺穿的聲音。

鄭利善停下了所有動作，身體被銳器深深刺入的聲音清晰地在他的耳邊重擊，他憋住呼吸全身僵住……

而後他緩慢地轉過頭來，覆蓋著他雙眼的那個人，早已鬆開手遠離他了，他卻從這麼遠的距離，聞到對方身上足以令人鼻尖麻痺的濃烈血味，那是幻象中聞過的血液味道所無法比擬的、更濃烈的、更清晰的血腥味。

就在不久前，鄭利善面前的其中一位朋友，變成了魔王，高高地揮舞著劍，儘管原先抱著鄭利善的史賢試圖用影子阻擋，無奈魔王的速度之快，史賢只能做到徒手抓住，並切換劍的方向，血液不斷地從代替鄭利善而被深深割傷的手與肩膀中淌出。

在那樣的情況下，鄭利善看向史賢，原先模糊混濁的褐色瞳孔緩緩地聚焦，正當在眼眶裡打轉的淚珠正要滴下來時……

「鄭利善，要讓你看我一眼還真難。」

史賢用彷彿嘆息的語氣說著，鄭利善清楚認知到他的聲音裡帶有微微的笑意，瞳孔漸漸放大，似乎是頓悟自己都做了些什麼事，臉上寫滿了衝擊。

史賢直到與鄭利善完全對視的那一刻，才意識到自己的副作用時間已經結束，不知道是慶幸副作用結束，還是對鄭利善的視線終於看向自己感到慶幸，他微微一笑。

雖然史賢馬上對魔王發動攻擊，但是魔王已經藏身於黑暗之中，就在史賢的眼角稍稍皺起時，建築物終於停止搖晃。

原先搖晃得像是要立刻倒塌的建築物平靜了下來，碎裂得無法收拾的地面也不再產生裂痕。

無法保持平衡，正艱難地與士兵怪物打鬥的獵人們也一個個發出放心的嘆息，紛紛轉過頭看去。此時，金黃色的光芒灑進整個空間。

轉眼間，鄭利善抓住身旁的柱子使用修復能力，他立即掌握了現在混亂的情況，為了能在最短時間內快速修復建築物，傾注一切能力，閃閃發光的金粉像一陣狂風在柱子與柱子之間飛揚，而後往地板上灑落，原本四分五裂的地面轉瞬之間重新連接，金粉接著攀上倒塌的柱子，馬上將柱子立了起來。

掉落至一樓的二樓地面騰空而起，在一樓忙著與怪物決鬥的獵人們雖然稍有踉蹌，但是他們馬上抓穩重心，爬上二樓，正因為不是完全壓在一樓之上，而是懸浮於一樓，獵人們才得以平安無事地來到二樓。

目測半徑約有五公尺的地面竟然如此輕易地被舉起，與二樓的地面連接，這個情況超出常理，眾人發出了短促的讚歎。

原先待在二樓的獵人們，也不曉得墜落至一樓的同伴們會是以這樣的方式回來，都露出了驚訝的面孔。

龜裂的牆面就像重新粉刷一樣修復得完好如初，剛才從那裡噴灑而出的黑色液體被堵住的同時，墜落在外頭的摩索拉斯王雕像也騰空浮起，飄至四樓。

獵人們呆滯地環視四周，不久前看到雕像墜落至柱子另一側時，覺得一切沒希望了，現在看到雕像浮起，不禁一股敬畏油然而生。

在超越單純的修復，而是近乎重生般的光景結束後，史賢下達命令：「奇株奕獵人，請把火源點到最亮。」

眼前魔王已完全藏匿蹤跡，似乎是發現自己再也無法召喚次級怪物，馬上躲入黑暗之中，於是史賢為了減少空間裡的黑暗面積，下令點火。

原先結巴的奇株奕飛快地在空中點燃數十顆火球，似乎是一次傾注了所有剩下的魔力，火焰的氣勢相當驚人，火點燃的聲音在空間裡滋滋作響。史賢的視線望向底下的地面，現在太平間裡的影子分別是棺木、柱子以及獵人們。

確定了這一點的史賢喚醒了所有影子，將那一帶劃分為他的領域，那些影子變得更加漆黑，如同波浪一樣高高升起，唯獨某一處的影子沒有反應。

「那裡！」

獵人們立刻大喊，往柱子底下發動攻擊，雖然魔王快速地融進另一片黑暗之中，但影子的波浪執著地往那裡追趕著，使用黑暗能力的魔王如果融進影子裡，那麼史賢目前掌握的主導權就會倒向怪物那方，史賢立刻掌握情況，用另一個影子占領那裡，場面看起來就像黑影追趕著黑影。

被逼到絕境的魔王最終只能現形，再次奔向鄭利善，似乎是想要撲向他再次施放詛咒，十五位左右的獵人同時行動，擋在了鄭利善身邊。

正當魔王飛躍而上，發出怪聲、高舉劍柄，準備攻擊他們的時候……

「咳——」

魔王的脖子被史賢緊緊掐住，身體懸在半空，這次的奇襲讓魔王的軀體劇烈搖晃。

「咳咳——」

魔王瘋狂掙扎試圖再次融進黑暗之中，但是史賢緊緊地抓住祂。史賢掌握到了，魔王如果在現形的狀態下被抓住是無法逃脫的這件事。

「祢是比想像中來得聰明，但我看祢並沒有學習能力，我一開始就告訴過祢，躲在影子裡是愚蠢的行為了。」

史賢語氣柔和地發著牢騷，被拽住脖子的魔王抖著軀體，由上而下地看著史賢，魔王的那道目光讓史賢稍微將頭歪向一邊，他左手拿著漆黑的短劍，血液不斷地從那隻手流下來。

史賢不斷重複著握緊、鬆開左手，接著立刻收起目光，露出微笑。

「因為我的左手受傷了。」

短劍消失，抓著魔王脖子的右手漸漸放鬆力道，魔王見狀，臉上露出微妙的放心與期待，滿心喜悅的時候……

嘶——影子從四面八方射出，像是要刺穿魔王一般緊緊拽住祂，利用影子攻擊這件事本身不具殺傷力，因此史賢盡全力讓影子變得銳利，刺向魔王。

「呃——」

雖然沒有破壞到魔王的核心，但強大的攻擊讓祂不斷咳嗽發抖，史賢老神在在地看著對方最後的掙扎，被數十個影子刺穿中的軀體中，只有胸口產生奇怪的現象，因為位於那處的核心，正反射性地將影子往外推。

發現這件事的史賢隨即露出疲憊的笑容，轉眼間，他的右手握住了黑色的短刀。

「跟你死抓著別人弱點不放相比，你還真不會藏好自己的弱點呢。」

片刻，短刀刺向魔王的心臟，一道無法單純解釋為軍服鎧甲碎裂的爆炸聲，響徹整個空間，那是包覆著漆黑煙霧、如同玻璃珠一般的核心碎裂所發出的聲音，理所當然地混在巨大的聲響當中。

魔王的軀體終於下垂，感受到瀰漫在太平間的陰森氣息逐漸消散，獵人們一個個鬆了口氣，發出嘆息。

「啊——」

「哇——」

他們互相拍肩安慰、告訴彼此辛苦了，所幸無人重傷，但是因為一行人忙著對付無止盡冒出的士兵怪物，還是有許多人身上有傷、氣力用盡，而另外一些人則是完全解除警戒地癱坐在地上。

鄭利善看著團隊的大家，臉色更加黯淡，與羅建佑一同走近史賢。

史賢正看著掉在魔王身下的道具，一發現羅建佑過來，就隨意地伸出一隻手，他的反應一點都不像受傷的人，不過實際上他的肩膀和手全都是血。

鄭利善看著羅建佑的法杖尖端散發光芒，小心翼翼地開口：「對不起……」

戰鬥結束後，Chord獵人們並沒有向鄭利善究責，反而關心他的狀態，甚至還向他道歉，獵人們認為讓他被S級副本的魔王下詛咒，都是因為他們沒能好好對付怪物，紛紛向鄭利善表示歉意。

獵人們也都知曉鄭利善的過去，所以，當看到漆黑的屍體甦醒的畫面，其實感受到了某種層面的衝擊，這就像是直接窺探了鄭利善的內心世界一般，反而因此有些在意鄭利善的反應。

不過鄭利善越接受大家的道歉，就越感到不自在，儘管自己被下詛咒，但是對於建築物倒塌一事，他不可能不感到愧疚。

尤其看到因為自己中了詛咒，而直接遭受魔王攻擊的史賢，內心更是沉重，鄭利善再三道歉。

但是聽著他連聲道歉的史賢，只是露出很詫異的表情，平靜地歪頭詢問：「請問我現在死了嗎？」

「……什麼？」

「我以為我必須要變成屍體，你才會看我一眼。」

鄭利善頓時瞪大眼睛，急忙否認這件事，心想他是不是在挖苦自己，又趕緊補上了幾次道歉。

史賢只是靜靜地聽著，不過漸漸地，一種微妙的滿意在他的臉上舒展開來。這瞬間，鄭利善的視線被史賢帶笑的眼睛奪走了。

稍早之前，鄭利善因為被下詛咒而在暗黑中徘徊時，越是試圖掙脫，就越被拉入名為過去的沼澤，在那無止盡的墜落中，好不容易對上的視線，是一雙把自己拉出黑暗的黑色瞳孔，當那雙眼眸裡終於浮現笑意時，此刻與當時感受到的衝擊相同，一陣酥麻感直達腦門。

「只有流血的時候，利善你才會看我，往後若想要繼續得到你的關注，我看這副身子是留不住了。」

史賢把嘆息般的一句話，用輕鬆的玩笑語氣帶過，伸出手輕揉著鄭利善的眼周，這些動作就像是習慣一樣。

史賢理所當然地撫摸著他的臉頰，鄭利善陷入了突如其來的衝擊，不知道該表現出怎樣的反應。

心臟劇烈跳動到連呼吸都有些困難。

雖然腦海中稍微閃過因詛咒而看見的那些幻象中的朋友，但是臉頰上一直感受到的活人溫度非常鮮明，最後鄭利善似乎是依靠了那份溫暖，低下頭緊閉著嘴。

有那麼一點想哭的心情。

就那麼一點。

✦ 附錄 ✦

獵人們：
獵人與 SO 市民們（5）

本章為虛構的網路討論區與社群留言。
即使略過本章也能理解小說內容。

< HN 公會創立 40 週年活動 >

主旨：大家看過 Chord 這次的派對服裝了嗎？
（@@@ 召喚太陽捕手）

https://news.dohae.com/article/4359806
出席 HN 公會創立 40 週年活動的 Chord324

每次都把活動當時尚秀的 Chord，這次也掀翻全場

〔.jpg〕建佑大叔灰色西裝，嗯，good
〔.jpg〕智按姐姐白色西裝，WoW
〔.jpg〕奇株奇株棕色格紋正裝，great~
〔.jpg〕韓亞瑟藍色西裝，Perfect

韓亞瑟一直以來都很會穿衣服哈哈哈，奇株之前第一次參加活動明明穿著正常的西裝（應該是隊長買給他的西裝），結果掛了一個奇怪飾品，史賢不是當場拔下來丟掉嗎哈哈哈哈哈哈哈哈哈，除此之外，隊長好像好像都會留意 Chord 隊員的服裝……這次……真的……

〔.jpg〕
史賢穿的黑色三件式西裝也帥爆

〔.jpg〕
鄭利善…………
厂Y……………………
＞＞貼身黑色西裝＜＜

每次都只穿連帽上衣，不然就是短袖荷葉邊搭連帽外套＋寬鬆長褲，幾乎都看不到身材曲線 QQQQQQQQ 哈 ;;; 穿上符合身形的貼身西裝，我一看到真的嚇爛……腳有夠長……根本就是瘦版身形教科書 QQQ 看來還有去髮廊做造型，哇………………

我明明不是太陽捕手，再次回過神來已經是申請加入會員之後了 .;;

留言

#1
利善啊……姐姐不識相太早出生了，可以喊你一聲哥哥嗎？

↳ 鄭利善西裝筆挺 ..; 往我心裡筆直挺進

↳ 利善啊……有空的話去牙科打工……我一看到你嘴巴就閉不起來……

↳ 光是 sunQQQ，真的就是以閃耀的太陽誕生，讓大家都被閃瞎 QQQQQQQQQQ 鄭利善陽光 QQQQQ

#2
利善，是阿嬤，我不小，心，把乖孫的，電話號碼，刪掉，了，記得聯絡我

↳ 利善，我是舅媽 ^^ 我手機壞掉，裡面的電話號碼都不見了，請你聯絡我 ~^^

↳ ㄌㄧˋ善，我是ㄕㄨˊ叔，請聯絡我

↳ 突然開啟了利善親戚大集合

#3
叩叩～這裡不是太陽捕手簽到簿嗎？

↳光速般的簽到

↳我是自己住的捕手，最近煮飯都用鄭利善 only 油

↳利善抓周的時候抓到的是捕手的心臟

↳鄭利善引戰，應該要出來解釋吧？

↳↳這又是什麼諧音梗，心裡在打仗？

↳↳寶貝 war、可愛 war。

↳↳唉……

↳↳哈哈哈，誰跟我一樣覺得他沒事回捕手諧音梗幹麼哈哈哈哈哈哈哈哈哈哈哈哈

#4
我從他穿連帽上衣的時候就看出來了，鄭 2 善的長相沒在開玩笑；頭髮抓成那樣真的在發光

↳我在髮廊打工，已經開始擔心了 Q 接下來會有多少人拿著ㄓㄌㄕ的照片，指定要做一模一樣的髮型 QQ

↳↳不能主張為了尊重國家唯一文化財的唯一性，跟那些人說辦不到嗎？

↳↳22 跟那些人說這個髮型有著作權

↳↳3333 跟他們說照著做這個髮型就會被史老爺抓走

↳↳↳QQQ 我錯了

↳↳↳馬上清醒，抖抖

↳↳↳哈哈哈哈哈哈哈哈哈乾哈哈哈哈哈哈，鄭利善的造型就這麼被守護了下來

#5

Chord 真的……只有我這樣想嗎？看到 Chord 穿得這麼好看，心裡的愛國感就大爆發 QQQ

↳ 2222222 他們就是韓國的驕傲

↳ 3333 我國的獵人代表隊就是那麼帥氣的一群人 QQQQ

↳ 穿成那樣直接去走時裝秀應該也沒人懷疑 QQ444444444

#6

史老爺穿三件式西裝＋掀瀏海，瘋了吧？帥翻全世界嗚嗚嗚嗚嗚嗚

↳ 史賢獵人～呵，你偷走了我的心耶～？

↳↳ 喂，你這樣真的可能被獵槍射中 QQ

↳↳ 4 年前中彈的地方到現在還隱隱作痛

↳↳ 發瘋哈哈哈哈哈哈哈哈哈哈哈哈哈哈哈哈哈哈

#7

希望每週都辦派對……

↳ 下週不能記念 HN 公會創立 40 週年＋ 1 星期嗎？

↳ 這個想法超讚ㅠ0ㅠbbb

↳ 太陽捕手們應該忙著翻 HN 公會年曆表找要紀念的日子吧哈哈哈哈哈哈哈哈哈哈哈哈哈哈哈

↳ 史賢獵人出道紀念日／鄭利善出道紀念日（要找他第一次修復的日期）／ Chord 獵人出道日紀念／ Chord 5 週年活動等等列表中 ;;

↳ 認真的太陽捕手怎麼那麼搞笑又心酸哈哈哈哈哈哈哈

↳ 那個……如果覺得心酸要不要來幫忙找公會紀念日？呵呵

#8
你們看活動記者提問的整理了嗎？哈哈哈哈，史老爺又更新本領了

↳知道知道，現在都會期待那張災難之嘴會說出什麼

↳史允江就剩那一張嘴，聽著聽著還會覺得他好像真的很厲害？但是史賢一出手就各個擊破，原形畢露哈哈哈，淒——慘——

↳這輩子都惹錯人了哈哈哈哈

↳連副本都不進的獵人死命在副公會長的位置上求生存哈，真是心酸

↳對外都說自己專注在營運公會 ~,, 又說第二名泰信公會的會長怎麼樣 ~~,, 他以為大家都不知道他是貪生怕死才不進副本的嗎 ~~~,, 是當人們都是塑膠做的膩 ~,,~~~,,,,

#9
聽說暗影御史賢粉絲俱樂部在製作史老爺實錄

↳發瘋哈哈哈哈哈哈哈哈哈哈，是朝鮮史老爺實錄嗎？

↳史老爺曰，知道自己幾兩重，就要放低姿態，懂得禮義廉恥的話，就要閉嘴，如此說道

↳奇怪哈哈哈哈，超無言但好想要哈哈哈哈哈哈哈，不開放公開販售嗎 ..? 還是在 tumblbug①開啟募資計畫也好；

↳222 想擁有氣死別人教科書

#10
【!!! 緊急 !!!】【這是重要資訊請大家推推 !!!】

注釋①　tumblbug 為韓國知名募資平臺。

@@利善，我先跟你說 QQ，我覺得利善穿連帽上衣超級可愛，我也看得很開心，可是 SC 大學研究結果顯示穿連帽上衣對身體不好 QQ，你知道陽光曬不夠會因為維生素 D 不足而罹患佝僂病吧？？最近聽說那個問題更嚴重了，所以沒有曬太陽的話，會導致呼吸困難、睡眠障礙、情緒不安還有各種併發症 QQ，雖然倍感惋惜但以後你應該不能再穿連帽上衣了 QQQQ 我也很難過地把連帽上衣丟掉了……

↳ 真心誠可貴，幫你推推……

↳ 那個 SC 大學是什麼？

↳ 應該是太陽捕手（Sun Catcher）

↳ 啊哈哈哈哈哈哈哈哈哈哈哈哈哈哈哈哈哈哈哈哈哈哈哈

#11

看過這張照片了嗎？嗚嗚，

https://news.dohae.com/article/67532465

利善一看到有相機就發抖，想要把連帽上衣的帽子戴上，但是因為身上不是連帽上衣，就尷尬地把手放下的照片 QQQQQQQQQ 太可愛了小倉鼠 QQQQQQ!!!!!!!!!!!

↳ 啊 !!!! 要把利善放在嘴巴裡帶出門，濕漉漉

↳ 那篇報導的驚人重點是報導照片下面的說明哈哈哈哈哈哈哈哈哈哈哈哈哈哈哈哈哈哈哈哈哈哈（下意識要戴上帽子的鄭利善，但是發現身上沒有帽子，難為情地環視四周把手放下）

↳ 觀察力……記者應該是太陽捕手吧

↳ 王一般合理的神懷疑

#12

太陽捕手這次的大門是什麼？

↳ 就是白的 !!

↳ 哈哈哈哈哈，是太陽捕手喪失言語的版本嗎哈哈哈哈哈哈哈哈

↳ ????1 樓在說什麼 ; 我看有掛ㄓㄉㄕ的照片耶？

↳↳ 嗯 QQ? 從這個連結進去看看！
!https://cafe.hunts.com/jaerimEsun

↳↳ ????? 這不是ㄓㄉㄕ的照片嗎 ??; 原本是西裝照片，現在是第五輪副本脫掉連帽上衣的照片

↳↳ 不是耶嗚嗚？會不會是你電腦怪怪 ?? 你點這裡看看 !!
https://cafe.hunts.com/jaerimEsun

↳↳ ?????????? ㄓㄉㄕ的照片幻燈片耶 ?? QQ

↳↳ 再看一次 !!! https://cafe.hunts.com/jaerimEsun

↳↳ 啊哈哈哈哈哈哈哈哈，OK……是白的……我的眼睛現在才有辦法正常張開 ;

↳↳ 呵呵 ^^

↳ 哈哈哈，洗腦現場

#13
聽說先羅列一排有名人士，最後再講自己喜歡的人的名字，比較不會被別人發現是粉絲！

↳ 尊敬的偉人 ...? 像是海倫凱勒、南丁格爾、鄭利善，這樣講就可以了嗎？

↳↳ 不是啦，這樣超級明顯哈哈哈哈哈哈哈哈哈

↳↳ 哈哈哈哈哈哈哈哈哈哈哈哈哈哈哈哈哈哈哈哈哈哈哈哈哈哈哈哈哈哈哈哈

< HN 公會長死亡快訊與遺囑公開 >

主旨：〔快訊〕HN 下一任公會長史允江，下午 1 點記者會

https://news.dohae.com/article/87995651
發瘋，這是怎樣；
我跟平常一樣睡覺、白天起床，世界突然就變了樣
半夜 HN 公會長過世，正中午馬上就公開遺囑，說要把公會給史允江 ????? 然後史允江還要開記者會 ?????????
我現在完全無法理解，有人要解釋給我聽嗎 ;;;;;

留言

#1
公會長不是史賢，而是史允江？太超過了吧？

↳ 超過好像在允江他爸走的時候跟著走了 Q
↳ 哇，怎麼能剛好在這個時期過世 ???? 真的很絕妙；現在 Chord 忙著打突擊戰也不好做其他事 ;;;;
↳ 老爸從一開始就是個問題，連到最後都……

#2
史允江哈哈，在殯儀館前面開記者會，誰都知道他在想什麼

↳ 2222
↳ 33333333 最後說為了讓 Chord 可以專注在突擊戰上，會準備好環境，是在說什麼？媽的他才是現在最搞砸氣氛的人；
↳ 把記者全都叫來殯儀館也是他的主意，笑死人了，他說要遵照父親的意思，他爸有叫他把記者都叫來殯儀館前面嗎？
↳ 如果是他的話還真有可能 ^^

↳啊，記者們故意一直拍Chord的表情真是超煩的;;; QQQQQQQQQQ大家看起來面色凝重，連我都心神不寧QQQQ

↳史賢只有早上待了一下就出來了，是史允江覺得自己是喪主，才趕他走的吧？

↳【遭到屏蔽的留言】

↳史允江從以前就一直很驕傲自己是公會長的真兒子；

#3

ㄕㄩㄐ說要專職營運公會吧啦吧啦哈哈哈，奇怪，那為什麼其他大型公會的公會長都會進入副本？哈哈哈哈哈哈，公會又不是一般企業，既然是獵人公會，公會長必須要有進入副本的足夠經驗吧？他有進去過十次嗎？連十次都不到吧

↳22222 進入副本的影片也都被刪掉了，光看影片被刪除前的截圖，就很明顯看得出來，他在副本裡面表現超爛的

↳33 哈哈哈哈哈，一直炫耀自己在外國攻讀企業管理，奇怪~~~ 難道其他公會沒人攻讀這個嗎~~~~~~~

↳444444 這個人最有名的就是只會帶風向

↳【遭到屏蔽的留言】

↳能讓他當副公會長就該感激了，不知天高地厚還敢一直鞭史賢，啊超不爽

↳【遭到屏蔽的留言】

↳【遭到屏蔽的留言】

↳這裡有 HN 的員工嗎？應該要清一下會員，一直被封鎖……

#4

史允江要拉肚子了……

↳為什麼？

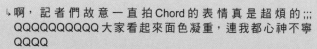

↳飯來張口吃太多……

↳哈哈哈哈哈哈哈哈哈哈哈哈哈哈哈哈哈哈哈哈哈哈哈哈哈哈哈哈哈哈哈哈哈哈哈哈哈

↳給他一條通過項鍊……

#5
公會長是允江的話，那史賢呢 ??? Chord 呢 ?????

↳公會長一倒下，就以自己副公會長的身分坐擁所有權限，搶走史賢的職權，這招超垃圾 ;; 不知道他接下來會使出什麼手段了，唉 ;;;

↳很多人叫史老爺離開公會，這樣反而好像比較好ㅠㅅㅠ

↳真的，目前為止 HN 都是靠史賢哈哈哈哈，要是失去史賢，HN 就會完蛋了 ~ 結束了 ~

#6
但有人說搞不好史賢真的會去樂園耶

↳什麼 ???? 真的嗎 ?? 這是亂傳的吧 ???

↳原 PO：不是亂傳，我的獵人朋友說樂園那邊已經有在跟史賢洽談，談的內容好像是捨棄千亨源，直接拉攏史賢進來，聽說公會長直接採取動作了……也許早就挖角了

↳暈，太扯了，抖抖，那麼那只要在樂園當公會長，贏過 HN 就好，賺翻了

↳QQ 不一定是賺吧……史賢 8 年來都在 HN 活動，一舉把 HN 推到世界公會的高度，現在卻要拱手把這一切成就讓給允江

↳樓上 2222... 只有對允江跟樂園是賺翻了吧 QQ? 樂園那邊是他們已經因為千亨源顏面掃地，才想用史賢來恢復名譽……

↳333 還是 Chord 直接用原班人馬獨立出來開公會比較好ㅠ0ㅠ 組成只有 Chord 一組的公會 QQQQQQ

#7

太陽捕手們到昨天都還在熱熱鬧鬧地談論鄭利善的生日……本來很溫馨，結果今天突然發生這什麼鬼啊？

↳ 真的 22QQQQ，幾天前我在 HN 大樓附近的咖啡廳，奇株和利善有來 QQQQQ 他們在蛋糕面前，奇株說：「修復師，你喜歡什麼蛋糕 ~~?」感覺是在隱約試探利善 .. 一看就知道是在準備生日蛋糕，好溫馨 QQ

↳ 33333 昨天還去拍地鐵廣告燈箱認證照……

↳ QQQQQQ，Chord 有好好舉辦生日派對嗎 ..?

↳ Chord 看起來非常疼利善……隔天就發生這種事……

↳ 但是鄭利善早上怎麼沒跟 Chord 一起來殯儀館；發生什麼事了嗎？

↳ 該不會ㅠ...

#8

唉 QQQQ 以前史允江就仗著自己是副公會長，一直覺得 Chord 在自己之下、把他們當成下屬對待，每次開記者會就瘋狂把他們當下人，現在當上公會長了，一定會更胡作非為

↳ QQQQQQQQQ 啊連我都覺得自尊受傷了 QQQ

↳ 那小子也應該一起進棺材

↳ 史允（江的另一頭是奈何橋的）河

↳ 哈哈哈哈哈哈哈哈哈哈哈哈哈哈媽的哈哈哈哈

#9

我們史老爺怎麼辦嗚嗚嗚嗚嗚嗚嗚嗚

↳ 世界上最沒必要的擔心＝擔心高等獵人

↳ 不，我是怕史老爺殺了史允江要去坐牢……

↳ 啊；

↳ 哈哈哈

↳ 2222 最近千亨源的事件讓獵人協會嚴加制裁獵人之間的鬥爭 QQ

↳ 33……而且要是真的殺人，還會被中止獵人資格……史老爺，殺人萬萬不可啊ㄒ

↳ 我們家老爺不會就這樣棄手下於不顧，他一定正在縝密計畫著偉大的藍圖

↳ 史老爺粉絲俱樂部當然不會平白無故取名叫做暗影御史賢粉絲俱樂部，一定是在規畫大場面

#10

哈哈哈哈下一任公會長史允江快訊出現的那一刻起，HN 公會的股價就直線往下掉

↳ 允江啊，看看這個吧

↳ 忙著提高公司在國內媒體的能見度，但是看海外資本撤出的樣子哈哈哈，答案就出來了，海外實際上都投資哪裡，看到了吧 ~~~ ？

↳ 在說什麼啊 ;;; 本來所有公會在公會長異動的季度都會有些許的股價波動，又沒有掉得太誇張，幹麼小題大作 QQ 克制一下你們認為股價跌落是因為史允江的臆測，他目前為止作為副公會長營運公會的業績也不錯，這樣血口噴人觀感很差 ;;

↳ ??? 樓上是 HN 員工嗎 ??

↳ 他的業績是誰提升了？哈哈哈哈這不是臆測嗚，是事實嗚嗚，不要哭，用講的哈哈哈哈哈

↳ 還有人不知道允江隱約要把史賢鬥走嗎 ~~? 哈哈哈，是誰都沒在贊助 Chord 啊 ~~~ 前面話說得這麼難聽，後來 Chord 走上坡就謊稱是自己計畫的是誰 ~~~~~

#11

原來如此……允江讓公會長過奈何橋的時候，我的股票也過了奈何橋呵……媽的 Q

↳今天一整天都在下雨……我內心在下雨，股價也在直直落……

↳↳是吟遊詩人螞蟻（歪腰）

↳↳歪腰 2

↳↳歪 3

↳↳哥，有點超過了，沙發不要為搶而搶

↳允江啊，提醒過你不要以為不是你的錢，就隨心所欲吧，呵……我心好痛

↳史賢：第一名獵人
史允江：花別人的錢第一名

#12

啊，可是史允江也有點可憐吧，他好歹也是 A 級，卻因為有個出色的手足，而被過度比較，不是嗎？他也沒有做錯多嚴重的事情……我只是有點心疼允江……

↳你是允江本人嗎？

↳本人現身

↳沒有做錯多嚴重的事情（o）
沒有做對多厲害的事情（OOOO）
那憑什麼當公會長？呵呵，請離開獵人公會

↳去當藥水販商吧，不要當公會長ㅠ;

↳允江，不要在這裡鬧，先處理一下股票的問題……

#13
不過現在的分析是，因為正在進行突擊戰，史賢無法明顯表示反對，史允江上次在 HN 四十週年活動也辦得不錯，管理階層的人也都滿看好他，很有可能馬上接任公會長……但是如果 Chord 完成突擊戰全關卡，事情會變成怎樣？到時候再重新討論嗎 ???

↳ 到時候再讓位，就可以演出讓步給有能力的弟弟，這種溫馨戲碼，大家承認吧？

↳ 要是沒辦法打完突擊戰 ???

↳ 沒打完突擊戰，就會有人去打允江的腦袋

↳ 瘋了吧哈哈哈哈哈哈哈

↳ 史賢：正在繼承王位

<第六輪副本進入>

主旨：七輪突擊戰__第六輪副本__ Chord 攻略__ LIVE 文

哇，已經來到第六輪了 Q 現在漸漸看得到終點了 QQ
又在晚上開啟，我很不安，先抱著我的小熊玩偶……呵呵

留言

#1
昨天 HN 出事我還很擔心，結果 Chord 一片平安 QQQ 看上去真好

↳ 222.. 昨天 HN 掉入允江的手裡，我以為史老爺應該會大爆氣，結果今天看起來超老神在在，抖抖

↳ 幸好是老神在在……現在 Chord 獵人們是圍著鄭利善在跳傳統舞嗎 ...?

↳ 哈哈哈哈哈發瘋哈哈哈哈

↳ 我從之前就有感受到 Chord 超級偏袒ㄓㄉㄕ哈哈哈，是怎樣，看來是因為他是非戰鬥系覺醒者，看起來太弱了哈哈哈哈哈哈哈哈哈哈

↳ 可是到第五輪為止都沒這樣，為什麼第六輪才開始 ...??? 應該沒什麼事吧ㄒ;

#2
這輪副本也是在拍恐怖片 QQQQQQ 突擊戰請照顧一下不敢看恐怖片的膽小鬼 QQQQQQ

↳ 如果說上次第四輪副本是惡魔版本，這次就是鬼的版本，更討厭了 QQQQ 西洋惡魔滾遠一點 ~!! 但對東洋鬼魂更沒輒嗚嗚嗚 ~~~~

↳ 不過有一邊好像在拍浪漫電影，是我的錯覺嗎 ???

↳ 全場黑暗，但有一邊不斷有粉紅……粉……粉…………粉粉

↳ 不忍幫史老爺加粉紅光芒的你，我要頒發我心中的蝸牛勤勞獎

#3

誰會這樣量體溫？

誰會這樣跟對方說辛苦了？

↳ 如果那只是單純的團隊，我今天就遞辭呈嗚

↳ 用手指摸頭是怎樣 ?? 什麼鬼 ??? 搞什麼 ????????

↳ 超無言，希望可以再量一次體溫，幹麼重新套上連帽上衣的帽子，利善啊

↳ 耳朵好像也有點變紅了，就爽快地脫掉連帽上衣吧？

↳ 捕手們哈哈哈哈哈，被兩種氣流嚇到，但還是在吵著要他脫連帽上衣哈哈哈哈哈哈哈

↳ 兩個自我對打中

↳ 捕手與海德

#4

Chord 默契好到看得我好嗨，呵呵呵

↳ 啊真的 !!! 外國戰隊訓練的時候，不是還說 Chord 有基準化嗎，讚讚讚

↳ 韓亞瑟和智按姐姐真的好合拍 QQQQQQQQQ

↳ 大喊神智按嗚嗚嗚嗚，姐姐知道妳為什麼姓「申」嗎 ..? 因為妳是 God..

↳ 好想被智按申的膝蓋踹一次

↳ 被踹一次應該會死吧……

#5

哈哈哈哈哈哈哈哈哈哈哈哈哈哈哈，偶爾想到泰信公會

長過度保護智按姐姐，還是覺得太好笑了哈哈哈哈哈哈哈哈哈哈哈哈哈哈

↳你知道嗎？那是我的笑穴，哈哈哈哈哈哈哈哈哈，「我家孩子沒辦法進去險峻的副本嗚」說著這句阻止，但實際上她孩子摧毀了副本 QQ

↳最近泰信公會長看到智按姐姐都叫她「寶寶」

↳發瘋，真的嗎？

↳是真的，這個滿有名的哈哈哈，有一些目擊文寫到看過他們待在一起，去聽對話就知道了

泰信公會長：寶寶

智按申：是，阿姨

這樣哈哈哈哈哈哈哈哈噗哈哈哈哈哈哈哈噗噗噗噗噗噗噗噗

↳她們兩個長得根本跟溫柔沾不上邊，但是對話卻溫馨到不行 Q 是因為感情那麼「深」，姓氏裡面才會有ㄕ嗎？

↳史賢也是ㄕ開頭 o,o

↳你不講話沒人當你是啞巴

#6

啊，太平間爆幹恐怖 QQQQQQQQQQQQQ，那邊為什麼一直有黑色的東西流出來 QQQQQ

↳太恐怖我把螢幕關掉結果看到我的臉在螢幕裡只好再次打開螢幕媽的

↳這位朋友好急

↳不覺得流在地板上的黑色煙霧很像乾冰嗎？

↳摩索拉斯王與歌謠大戰[2]

↳↳這是瘋子吧哈哈哈哈哈哈哈哈哈哈哈哈哈哈哈哈哈哈哈哈哈哈哈哈哈哈哈哈哈哈哈哈哈哈哈哈哈哈

↳↳這就是為什麼是 MA 索拉斯王[3];

#7

韓峨璘現在要從韓亞瑟王變成韓奧佩特[④]了嗎？

↳ 好像偉人傳記標題：從君王淪落為盜墓者的人

↳ 不是哈哈哈哈哈哈哈哈哈，那裡現在要蓋斥和碑[⑤]嗎哈哈哈哈。

↳ 聽見了她叫旁邊在碎唸的奇株閉嘴 Q

↳ 閉嘴奇株男

↳ 這在國外不是成為被廣為模仿的迷因了嗎哈哈哈哈哈哈哈哈，每天碎唸的奇株和叫他閉嘴的韓亞瑟組合哈哈哈

#8

啊媽的附身在影子上超恐怖的，看到那個情況讓我想到這個；

奇株：「妳在後面養影子嗎？」

韓亞瑟：「呃啊媽的這是什麼！」

↳ 發瘋哈哈哈

注釋② 歌謠大戰為韓國 SBS 電視臺於年末播出的特別音樂節目。

注釋③ MAMA 為韓國 Mnet 電視臺於年末舉辦的音樂頒獎典禮。此為把摩索拉斯王與此結合的諧音梗。

注釋④ 奧佩特：德國漢堡商人恩斯特・奧佩特於 1866 年 4 月和 8 月兩度造訪朝鮮半島，要求和朝鮮貿易，但是因朝鮮採取鎖國政策而遭拒絕，後來遇見因興宣大院君下令取締天主教而逃離朝鮮的法國傳教士費龍，兩人決定盜取興宣大院君之父南延君的遺骨。

注釋⑤ 斥和碑：19 世紀中期的朝鮮半島為雲峴君執政，採鎖國政策並大肆捕殺西方宗教傳教士與信徒，於 1866 年和 1871 年分別與法國、美國發生衝突，史稱「丙寅洋擾」、「辛未洋擾」。事後，雲峴君下令在朝鮮各地設斥和碑，碑文寫道「洋夷侵犯，非戰則和，主和賣國，戒我萬年子孫。丙寅作，辛未立」，以示鎖國決心。

↳ 這要典藏，先截圖

↳ 哈哈哈哈噗噗噗噗哈哈哈咳呃呃哈哈哈哈哈哈哈哈

#9
魔王：從後面突襲他們會嚇到吧 ?!
韓奧佩特：媽的（S 級反射神經）
魔王：唉唷 ; 我路過而已 ;
~
魔王：躲在影子裡不會被發現吧 ?!
史賢：^^
魔王：唉唷 ;;; 我路過而已 ..
史賢：^^
魔王：ㅠㅠ;;;;;

↳ 哈哈哈哈哈哈哈哈哈哈哈哈奇怪哈哈哈哈哈哈哈哈哈哈哈哈哈哈哈哈哈哈哈哈哈哈，真是的，我怎麼會覺得魔王很可憐哈哈哈哈哈哈

↳ 第四五六輪副本的魔王都走得很可憐ㅠ... 偏偏躲在韓亞瑟後面，偏偏被有影痕能力的史賢逮個正著……

↳ 本來兩個能力屬性類似的人對戰，應該要擔心無法擊破對方，但是他跟史老爺屬性相同，不可能這麼心疼 QQQQ

#10
啊…………………………利善詛咒……………………

↳ ………………

↳ Q............... 內心正被千刀萬剮

↳ 不過他朋友們為什麼都說那種話 ...Q.... QQQQQ... 嗚……利善在第二次大型副本中獨自存活下來的愧疚感一定很強烈，怎麼辦心好痛……

↳ 利用了什麼 ..Q.. 利善啊 QQQQQ

↳ 我不是想看他這樣脫下連帽上衣的帽子啊 QQ

#11
我從他們把不在狀態內的人帶進去的時候就膽戰心驚了……最後還是變成這樣了唉

↳ 有夠會引戰，唉唷

↳【遭到屏蔽的留言】

↳ 刪留言啦

↳ ---------------- 滿嘴屁話防止協會 ----------------

↳ 過度保護自家偶像的捕手不要太誇張耶哈哈，摧毀建築物的明明是他 ???

↳ 那個副本要是爆炸，首爾就沒了，這種到處添麻煩的人，要偏袒他到什麼時候？

↳ 看準時機的鍵盤俠登場 ~

↳ 不要再自以為是在給忠告了 ^^ 要不是有鄭利善，他們就要從原本就一片坍塌建築物的那種難度開始打 ^^;

↳ 不要再覺得自己是看透問題核心的「冷靜洞察的批評家」了嗚，你們根本就沒看到非戰鬥系覺醒者進入 S 級副本，被 S 級魔王下詛咒的情況吧 ????

↳ 我好像在看有超強共情能力的鄉民呵呵，這些人的特徵：首爾都要被炸掉了 ~! 呸 ~~~!!（現實：離爆炸還有很遠，Chord 成功清理）

#12
第二次大型副本只有鄭利善活著走出來，全民議論紛紛，但是他潛水啊哈哈，當時受難者的家人都求鄭利善開口，說說裡面發生什麼事也好，但他直到最後都閉口不談，老實說不覺得很奇怪嗎？呵呵……

↳ 利善也是那場意外的受難者啊……

↳只有他是受難者嗎哈哈

↳【作者刪除的留言】

↳只會對受難者趕盡殺絕，叫受難者開口的留言水準，嘖嘖

↳【遭到屏蔽的留言】

↳【遭到屏蔽的留言】

↳---------------- 滿嘴屁話防止協會 ----------------

#13

雖然我知道現在出大事了………………

但是看到被史賢抱在懷裡哭泣的利善……我的內心都澎湃了起來……

↳眼淚掉下來……我的心臟也掉下來……

↳4 賢在流血，2 善在流淚嗚，我推薦這個最佳組合 Q

↳「鄭利善，要讓你看我一眼還真難。」

滴

「鄭利善，要讓你看我一眼還真難。」

滴

「鄭利善，要讓你看我一眼還真難。」

滴

↳太澎湃了，內心彈起了弦樂四重奏交響樂

↳嘩啦啦……嘩啦啦……

↳這麼做應該是有理由的吧

#14

建築物再次被修復看到好入迷 QQQQQQQQQQQ

↳利善接下來可能會接到梵蒂岡的聯絡

↳QQQQQ 21 世紀神的現身……

↳ 我為什麼這麼感慨 QQQQQQQQ 利善啊 QQQQQQQQQQ

#15
副本一清理完畢就躲起來的魔王，就像留言區的誰誰誰耶 ~~ 呵呵。

↳ 留言被刪掉的速度真的很透——明 ^^

↳ 但是都有留備份哦 ^^)7

#16
這次魔王惹錯人了哈哈哈哈哈哈哈哈哈哈哈哈哈

↳ 招惹撒旦的化身都很危險了，偏偏惹到鄭利善……

↳ 魔王是看戰鬥力惹人的，但是實際上鄭利善才是最危險的對象 QQQ

↳ 戰鬥力：

– 史賢：100

– 鄭利善：0

招惹時的危險程度：

– 史賢：100

– 鄭利善：10000000000000000

↳ 唉唷史賢應該是真的生氣了哈哈哈哈哈，看他處理魔王以來，這次是最可怕的 ;;;;

↳ 突然放開魔王的脖子我還想說這是怎樣 ?? 在幹麼 ???? 結果看到下一個畫面就覺得果然……是史賢

↳ QQQ 噗魔王再次試圖攻擊利善，獵人們全都擋在前面，熱淚盈眶 QQQ

#17
「只有流血的時候，利善你才會看我，往後若想要繼續得到你的關注，我看這副身子是留不住了。」
只有我聽起來像在討拍嗎 ??????????

↳ 什麼啊，幹麼突然裝弱，這是怎樣，你怎麼了？

↳ 不能對ㄕㄒ心動，但是我現在心臟被爆擊

↳ 史陷：(動詞) 陷入史老爺

↳ 為什麼要得到關注 ??? 為什麼 ???????

↳ 暗影御史賢粉絲俱樂部也感到非常混亂，史賢內心到底在想什麼

↳ 粉絲俱樂部氛圍：被魔王下詛咒的其實不是鄭利善，而是老爺嗎 ...?

#18
4 賢 2 善是什麼關係，馬上給我講清楚

↳ 4（賢）+ 2（善戀愛傳聞官方給出說法的）= 6（輪副本嗎？）

↳ 莫名覺得記者會會辦在 8 點 =4 賢 x2 善，因為上述原因

↳ 各位冷靜……

#19
為什麼他們對摸臉頰看起來這麼習慣ㄒ?

↳ 無論是摸的人還是被摸的人看起來都很習慣，這才是心臟爆擊的重點

↳ 最後利善哽咽的表情戳到我了……

↳「……那年夏天。」

↳ 瘋掉哈哈哈

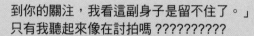

第二章

跳動

鄭利善因為副作用而臥床的期間，ＨＮ公會迎來了許多變化。

史允江成為公會長。

如果前任會長還活著，公會長交接過程會需要幾天的時間，不過這次的情況是公會長死亡，其位置產生正式空缺，需要有人馬上補位，ＨＮ公會是韓國最大的公會，在全球也極具影響力，因此公會長的空缺是很大的致命傷。

儘管媒體紛紛對史允江帶領ＨＮ公會一事提出正向報導，但是社會輿論卻仍有存疑，就算史允江的經營實力據說不差，不過許多人提出，一位要代表獵人公會的公會長，進入副本的實戰經驗卻很少，任命這樣的人是否合適，全世界的大型公會的公會長，都是在副本非常活躍的獵人，現任ＨＮ公會長確實是很異類的存在。

人們對曾經和史允江競爭公會長位置的史賢，會有怎樣的反應更加感到好奇。前任公會長的葬禮期間正是準備進入第六輪副本的時候，就算當時史賢無法給予回應，而在成功清除第六輪副本的現在，所有人都很關注他會採取怎樣的行動。

但是史賢的反應和先前並沒有什麼不同，泰然自若地出席了從簡辦理的公會長就任儀式，面對史允江禮貌性地恭喜他清除第六輪副本，他也只有露出微笑。

就在人們內心徒增疑問時，鄭利善的副作用期結束了。

鄭利善從使用隱藏能力後的隔天，就臥床整整一個星期，但這段期間他並非無法提起精神，也大概知道發生了什麼事，因此和史賢一起前往龍仁的家時，他無可避免地觀察著史賢的眼色。

「……」

不過抵達龍仁後，史賢一句話也沒說，他分明知道鄭利善在看他的眼色，卻沒有露出任何反應，只用他淡然的面孔詢問這次要對誰進行無效化。

鄭利善意識到針對公會長一事，史賢並不願多提，於是乖乖地指出這次要進行無效化的朋友。史賢對那個朋友施以無效化後，用單調的語氣詢問：「剩下的這位朋友為什麼排在最後一個？」

「嗯，就是……按照生日順序。」

鄭利善撫摸著被施加無效化、倒在沙發上的朋友的手臂，像是在摸著蛋白質人偶的異物感與陰森感，如今已變得陌生許多，過去一年來都和他們一起生活，不過才幾個月，就感受到了疏離。

這份感受讓鄭利善覺得有點苦澀，靜靜地凝視著朋友們的臉孔，這輪副本期間，自己險些死去，差點搞砸所有事情，幸好他活了下來，才能讓剩下的朋友闔眼離世。他短暫被錯誤的欲望遮蔽了雙眼，雖然極度渴望的事物就擺在眼前，讓鄭利善的理智渙散，但是他必須好好送朋友們最後一程才行。

鄭利善注視著與他昏倒時，在夢裡見到的朋友似是而非的臉龐，也看向另一位朋友，喃喃自語。

「成功清除第七輪副本後，依照現在的週期，幫留下來的最後一位朋友施加無效化的話……也許可以讓他在生日的時候闔眼離開。」

「這個嘛……」

「……」

史賢的反應讓鄭利善將視線移向他，古代世界七大奇蹟只剩下一個，因此基本上已經可以確定第七輪副本的建築物，只要分析線索，獲得清除提示即可，這次的線索和第六輪副本時相同，是以毀損的型態呈現，雖然還無法辨識上面寫了哪些文字，但是可以確認距離下一輪副本還剩幾天。

因此只要依照目前的週期，就會剛好和最後一位朋友的生日重疊，鄭利善心想能讓朋友安息也是一件禮物，對史賢的反應感到詫異，尤其語尾流露出的模糊態度，讓鄭利善呆滯地看向他。史賢直愣愣地與鄭利善對峙，露出一抹微笑。

「既然已經死了，是不是生日也無所謂了吧？」

聽到史賢語氣溫和地說出這句話，鄭利善心想這還真像是史賢該有的反應，移開了視線，原本一直無法適應史賢的說話方式，沒想到現在如果沒得到史賢這樣的反應，反而會覺得很奇怪。

爾後，史賢聯絡火葬場時，鄭利善幫最後一位朋友整理著衣袖，內心感慨地環視家裡，七個人一起生活時，總是覺得這個房子非常狹小，現在一想到只剩下一個人，頓時感到無比寬敞，雖然把這位朋友單獨留在這裡，讓鄭利善有些過意不去，不過這位朋友本來就是個獨立的人，只要在鄭利善回來之前，能好好地待在這裡就好。

鄭利善在家裡走來走去時，突然有個撞擊聲從陽臺窗戶傳來，像是棒球又像是石頭等重物敲擊窗戶的聲音，鄭利善詫異地輕輕拉開窗簾，家裡總是用厚重的遮光窗簾隔絕，因此當鄭利善稍微拉開窗簾，燦爛的陽光便灑了進來。

鄭利善陌生地看了一眼灑在腳邊的陽光，隨後將視線轉向陽臺，似乎真的有被什麼東西砸中，的確留下了一些痕跡，但沒有到破碎的程度。

應該不會有人在這個被遺棄的城市裡打棒球吧？

鄭利善掃視了樓下一番，再次拉上窗簾。

走回客廳的路上，史賢用單調的語氣詢問：「現在就快要結束了，你應該也有打算處理掉這個家吧？」

「……什麼？」

「突擊戰結束之後，你應該沒有想要再回來這裡住吧，雖然利善你應該會為了想要保存回憶，而保留這裡現在的樣子，但是消除才是上策，剛好我聽說這個城市要進行大規模的都更了。」

史賢告訴鄭利善，這個城市不能因為第一次大型副本而一直被擱置，最近開始有人採取行動了。

史賢會用這麼堅決的語氣叫鄭利善處理掉這個家，是因為第六輪副本中鄭利善表現出來的反應，顯示他的內心比想像的還要疲弱，史賢認為直接消除會讓他回想起過去的因素反而比較好，或許也參雜著看到鄭利善不顧一切跑向朋友，自己那糾結的心情。

史賢持續說著，鄭利善呆滯地眨著眼，不自覺地提出了疑問：「如果這個家沒了……我就沒有家了耶？」

「那你現在住的地方是什麼？」

「……不是你隨口說要讓我暫住的地方嗎？」

「繼續住下去吧。」

史賢微笑說著，鄭利善的修復能力，在突擊戰發揮了期待之上的效果，因此充分有資格得到等值的報酬。鄭利善陷入不大情願的心情，雖然每次當他收到史賢對他的能力稱讚，都會感到難為情沒錯，但更重要的是……

「你好像有說過，你討厭隔壁房有住人……」

一開始找史賢拿隔壁房卡的時候，他明明有聽到史賢這麼說，他記得因為不喜歡過於吵雜的環境，所以住在大樓最頂樓，也乾脆把隔壁戶買下來。

鄭利善遞出了詫異的眼神，史賢輕輕地撫弄他的頭髮，捻著髮梢，漸漸地將手往上移至耳廓揉著，再自然而然地捋著他的頸部線條。

「現在這樣住下來，覺得隔壁有人也不賴。」

貼近的距離和隱約的碰觸，讓鄭利善一下子慌張了起來，別過頭去閃避著視線，史賢抓住他的頭，讓他正視著自己並繼續詢問。似乎是挪開視線讓他不悅，史賢的手勁並不輕。

「所以，你想去其他地方嗎？」

看著近在眼前的瞳孔，鄭利善說不出任何一句話，每當史賢這麼逼近，他的視線就像被拴在史賢身上一樣，只能注視著他。他獨特的眼神有種束縛的感覺，當然這也和鄭利善無法將視線移開活人鮮明的瞳孔有關。

不過單用以上這些理由無法說明，為何現在有股莫名的緊張感，將鄭利善拴至喉頭堵住呼吸，他只能用顫抖的聲音回答：「我、我再想想。」

「我在問你會不會去其他地方，你回答再想想，這樣不好吧。」

爾後，彷彿觀察著鄭利善所有反應的史賢彎起眼角，後退一步，說著要離開了，獨自走向玄關。鄭利善像是被釘在原地一樣，深呼吸好幾次才有辦法跟隨史賢移動。

這時，鄭利善突然頓悟了非常奇怪的一件事，他每次來這個家，看著朋友們一個個闔眼離世，都會想到自己最後也可能會死，甚至連自己會在什麼時候死去，都隱隱約約有了打算。

但是今天一次都沒有想起這件事。

「……」

這讓鄭利善暫時受到了衝擊，甚至當史賢詢問送走最後一位朋友後要住在哪裡，他還給出了很奇怪的回覆，鄭利善一下子陷入了巨大的混亂中，只能呆呆地張著嘴。

「利善。」

聽見史賢喊著他的名字，鄭利善打起精神移動著腳步，不對，不知道是真的打起精神，還是反射性地被他的聲音所吸引而移動。

就像是如履薄冰地站在裂縫上。

在前往Chord辦公室之前，史賢突然帶著鄭利善前往韓白醫院。

史賢說要確認身體是否異常，讓鄭利善接受了全身性的檢查，這讓鄭利善非常詫異。雖然在第六輪副本的確遭受了魔王的詛咒，不過那是精神上的攻擊，隨著魔王死去，詛咒也就跟著消失了，而且，當時實際身體負傷的人是史賢。

可是真正接受全身檢查的人是鄭利善，史賢和醫院相關人士交談之後，還短暫離開了一下，後來回到醫院的史賢手上拿著文件夾，鄭利善隱約推測那個文件夾才是史賢來醫院的真正目的。

接收到鄭利善視線的史賢和藹地說：「我在蒐集某個愚蠢的人洩漏的線索。」

明明是溫和的微笑，卻莫名讓人不禁哆嗦，鄭利善無法再仔細詢問，只能點點頭表示瞭解。

抵達Chord辦公室後，他發現獵人們吵吵鬧鬧地聚集在中央桌子附近，桌上擺滿了各式道具，鄭利善想起他們說過第六輪副本出現的道具特別多。

「哇，修復師！剛好這次出現的道具之中，有適合修復師使用的。」

鄭利善對道具沒什麼興趣，打個招呼就準備離開，這時奇株奕突然出現，並且在鄭利善給出任何反應之前，就飛快地將手鍊套在鄭利善的手腕上，細長的金鍊間密實地鑲著湛藍色的寶石，乍看之下就像從名牌專櫃買來的精品一樣高級。

鄭利善尷尬地往下看著自己的手腕，其他獵人也點頭表示同意。

「聽說這個是用來抵抗詛咒的S級道具，各個部門今天都公布了關於所有道具的鑑定結果。」

「S級嗎？……我能收下這個道具嗎？」

道具也有等級之分，其中S級道具真的非常稀有，全國總數不到五十個，光是稀有性就非比尋常，而這麼珍貴的東西，竟然平白無故地被戴在自己的手腕上，鄭利善慌張地試圖摘下手鍊。

羅建佑見狀連忙搖手說著：「正因為是利善修復師，才必須配戴S級道具，一直都覺得沒有S級的守護型道具很可惜，剛好這次副本出現了呢。」

「沒錯，戰鬥類型的獵人都有一些基本的抵抗力，利善修復師可是非戰鬥系，其他人被下咒也沒關係。」

韓峨璘隨後也和善地笑著補充，奇株奕堅定地大喊著體力活是他該做的，卻只得到其他獵人們的漠視，大家輕輕地搖搖頭，開玩笑地對奇株奕說他的體力很弱，不大可靠，奇株奕馬上哭喪著臉。

面對如此熟悉的場景，鄭利善卻感到有些陌生，最終他微微低下頭對大家道謝。道具是用來阻擋攻擊，並不會戴上一次就消失，但是若長久使用，還是會有所毀損。

不過大家卻欣然將這個道具給了自己，鄭利善除了感謝也有點難為情，一定是因為自己被第六輪副本的魔王下咒，大家才執意把這個道具給自己。

「如果是S級道具，應該有很多人想要吧……」

「喔，這次副本還有出現其他頂級道具。」

作為保證讓 Chord 有第一順位進入副本的條件，Chord 必須上繳一部分副本裡出現的道具給獵人協會，清除副本的隊伍可以選擇自己要的道具，聽說其中有史賢最先決定好的道具，甚至在覺醒者本部鑑定結果出來之前，史賢就拿走了……

「有看到那條手鍊吧？那個也被鑑定為S級。」

韓峨璘指向史賢的手腕悄悄說道，史賢現在在桌子的最尾端和申智按交談，隱約可以從袖口看見他手腕上掛著一條黑色的手鍊，鍊條就像是藤蔓一般糾纏在一起，手鍊的中央鑲有一顆暗紅色的寶石，手鍊本身看起來十分高級，鄭利善不禁感嘆並詢問。

「那個是怎樣的道具？」

「那是用來引誘怪物的道具，可以強制讓躲起來的怪物現身，怪物就像是被迷惑般的被佩戴者吸引，如果能夠好好利用，絕對是很厲害的道具。」

韓峨璘簡略地說明，並表示自己沒搶到非常可惜，只要有那個道具，在第六輪副本裡，就不會被貼在天花板上的怪物們突襲，再加上這是S級道具，她分析應該也能或多或少引出魔王。

韓峨璘說在副本裡最重要的是預防突襲，這句話讓鄭利善呆愣地點點頭，提出了突然浮現在心中的疑問。

「可是……如果用錯方法，也可能會死嗎？」

「應該是吧？畢竟，如果把怪物引出來，卻沒有處理掉怪物的能力，那佩戴者就會死掉吧。」

鄭利善小心翼翼地詢問，韓峨璘卻一副理所當然地點點頭，說著道具本來就要由懂得好好利用的人來使用。這句話讓鄭利善理解了很多事，如果說那個道具的佩戴者是史賢，那完全不需要擔心，也許反而應該對束手無策被引出來的怪物感到惋惜。

鄭利善想像著也許會在第七輪副本看到的場景，預先打了個哆嗦，韓峨璘用有些複雜的表情看著史賢，突然瘋狂抖著肩。

「我這輩子……絕對不會跟他結仇。」

莫名其妙的一句話讓鄭利善擺出詫異的表情，韓峨璘說這不重要，拍著他的肩膀。大家就這麼一邊看著堆在桌上的道具一邊聊天。

突然奇株奕大聲喊著：「天啊！瘋了……」

他看了一下手機，突然一隻手摀住嘴巴，環視四周，顫抖的瞳孔看向史賢，他的行為讓氣氛變得混亂，史賢也看向奇株奕，奇株奕的手抖動了好幾下，最終用錯綜複雜的表情打開了桌前的電視。

畫面馬上出現新聞頻道，主播底下的紅底白字有著鮮明的存在感。

【七大奇蹟突擊戰，最後一輪副本將由HN公會一級進攻隊伍進入】

主播用堅定的聲音告訴民眾，就在一個小時之前，公會長方才在HN公會公開的管理階層人員會議上提及，這次有可能不是Chord，而是由其他進攻隊伍進入副本，公會長以HN公會的特殊精銳隊伍Chord 324成功清除過去六輪所有副本，必須體諒他們的辛勞為其分擔重責為由，向大眾做出說明。

雖然只是「可能性」，但是獵人們都看到了聳動的新聞標題，空氣中瀰漫著一股冷冽的寂靜。

鄭利善理所當然知道事實並非如此，Chord連續清除了六輪副本，地位只會隨著時間繼續向上成長，史允江無法控制事情的發展，於是現在直接進行妨礙。剛好在第六輪副本發生之際，史允江當上了公會長，那個只花了五個小時就清除S級副本的Chord隊長和他又有了無止盡的比較。

史允江從開始能進行獵人活動的二十歲開始，這十五年間進入副本的次數不到十次，因此一直被人民抓著這點指責，偏偏與他競爭公會長位置的史賢，在副本裡極度活躍，於是他試圖阻擋史賢，乾脆讓史賢無法進入副本。

雖然獵人協會給出的第一順位進入權限是在Chord手上，但如果將範圍稍微擴大一點便是指整個HN公會。實際上協會在公布突擊戰消息時所說的是，會給予三大大型公會進入副本的權限，而那就是指HN公會、泰信公會以及樂園公會。

「……」

一瞬間，辦公室陷入了沉默，史賢則是擺出非常平淡的表情，並沒有冷冰冰地皺眉，反而像是在觀望非己之事一般，語氣不帶起伏地對申智按說：「對外發布消息，告訴大家Chord尚未和公會長討論過有關第七輪副本的事，預計按照原定計畫，如期進入第七輪副本。」

史賢的語調很柔和，申智按低頭表示瞭解，隨即走向大廳，向櫃檯人員傳達訊息。辦公室裡至此仍一片沉默，直到史賢環視四周並露出微笑，大家一同顫抖，連忙擺正姿勢。

「有需要在意那些胡說八道嗎？」

這句話讓獵人們全體點頭表示贊同，並再次討論著要如何利用道具的進攻方案。雖然尚未分析出第七輪副本的線索上寫了什麼文字，不過因為七大奇蹟只剩下最後一個建築物，所以大家也都知道最後一輪副本是什麼。

法羅斯島是位於埃及北部亞歷山卓的一座島嶼，是古代最大的港口城市，當時掌管埃及的托勒密一世，奉命在島嶼的最東邊建造燈塔，並由其子托勒密二世完工。過去的燈塔並非使用燈具，而是火焰，燈塔頂部設有火炬和反射鏡，每天晚上都照耀著大海。燈塔擔任在夜晚中照亮大海的角色這件事，是從一世紀的羅馬才開始，在那之前，燈塔只有標示港口位置的功能。

法羅斯島燈塔是由正方形地基，八角形塔身，圓柱形頂層組成的三部件建築物，用白色大理石雕製而成，高度約一百三十公尺。據說最底下的堡壘還曾因為足夠堅固，而被用來作為軍隊的營帳，燈塔內部以螺旋式通道連接至三樓，頂層的圓柱上方還有巨大的女神像，那是用黑色花崗岩製成，高度約五公尺、重量為十二噸的古埃及傳統神伊西斯女神像。

塔頂的瞭望臺可以清楚地看見地中海，據說經過反射的燈光在四十公里之外就能看見，白天利用太陽光反射，這個燈塔也有著用反射的光燒光敵艦的傳說，當然，考慮到當時的光學技術，這不過就是個沒有可信度的傳說。

法羅斯島燈塔千年來照耀著亞歷山卓港，卻在十四世紀發生的大地震中倒塌，掉入大海裡的燈塔殘骸則在進入二十世紀後被發現，法羅斯甚至著名到成為希臘、義大利、法國、羅馬尼亞、西班牙等語言中「燈塔」的單字語源，對後代的燈塔建築型態也有著重要的影響。

「我們會在燈塔打架，這次的副本周遭也是海啊……」

「魔王應該又會是神級的人物了。」

接續著奇株奕的嘆息，韓峨璘也嘆了一口氣，目前為止都是和希臘神交手，這次必須面對埃及神，這讓他們更加茫然。「伊西斯」這個名字本身就代表著「王座」，祂是埃及的母親之神，也是在埃及神話中活最久的神。

在神話被塑造出來之前，就深受埃及人崇拜，之後被稱為尼羅河之神，後來也有了太陽神的屬性，希臘被波斯占領後持續存在信仰，直到埃及王國滅亡時，伊西斯依然深受崇拜。

伊西斯的頭上戴著以牛角製成、形如王冠的圓蓋，下半身有時候會被塑造成蛇形，祂被稱為魔法與醫術之神，同時也是孩子的守護神。韓峨璘指出這點並搖搖頭，希臘神大部分都只有一個特徵，但是埃及神的權能範圍通常更為廣泛。

「如果是魔法與醫術之神，那麼就代表祂的魔法攻擊能力應該很高，自體恢復能力應該也不低，既然是雕像，內部構造自然不容小覷……」

伊西斯兼任尼羅河的守護者和太陽神，似乎也表示這次第七輪副本會相當棘手，也許就像韓峨璘在第六輪副本所說的，突擊戰副本越到後面難度越高。

鄭利善也在獵人們旁邊端詳著修復圖，發出了低沉的嘆氣聲，燈塔的高度超過一百三十公尺，是目前為止修復的建築物中最高的，雖然構造很直觀，可以不用太過用心在細節上……就在鄭利善用變化多端的表情看著畫面時，外頭傳來了腳步聲。

「消息這麼快就……」

史允江帶著幾位管理階層的人員來訪，公會管理階層在公會長的遺囑公布之前，都在史允江和史賢之間戰戰兢兢地尋找可靠的陣線，當史允江一當上公會長，所有人一致轉向支持史允江。

今天在附近的飯店休息室，進行公開的管理階層會議，史允江這樣的行動，也顯現了稍早他故意放出消息的意圖。

面對史允江突如其來的拜訪，Chord 獵人們以有些僵硬的面孔問候，位於桌子尾端的史賢只有微微將視線轉向他，臉上浮現溫和的微笑。

「有人等不及想要昭告天下的話，那還能怎麼辦呢，我看根本是把記者叫進去一起開會吧。」

「對大型公會來說，透明營運很重要。」

「如果你認為差別對待也是透明的營運，那是不是應該重讀經營學？」

史賢的一句話讓史允江嘴角揚起歪斜的角度，兩人暫時什麼話也沒說地看著對方，在為時不短的寂靜之後，史允江先笑了出來，搖搖頭說：「我本來想親自告訴你，沒想到你卻先透過媒體知道了，真是遺憾。不過 Chord 目前為止連續進入了前六輪副本，我認為已經大幅超出你們能負擔的程度，最後一輪副本就先休息一下，如何？我們公會的一級進攻隊伍裡，也有很多實力出色的獵人。」

「據我所知，ＨＮ的一級進攻隊伍並沒有人進入過Ｓ級副本……我很擔心你是不是過度照顧我們 Chord，反而沒有顧及到自家進攻隊伍的水準。」

聽到史賢溫和地說出這句話，史允江微微譏笑。

「難說，Chord 每次都是背負著極大的危險進入副本，我只是覺得作為公會長，多加照顧你們是對的，要是在第七輪副本中，建築物又倒塌了該怎麼辦？」

辦公室裡的氣氛頓時變得冷冽，原本低著頭的 Chord 獵人們全部注視著史允江，空氣急速凍結，尤其是韓峨璘使勁咬著嘴唇，甚至壓低聲音罵了髒話。鄭利善一下子也沒辦法跟她說自己沒關係，只能盯向地板。

在第六輪副本中，鄭利善被施詛咒，精神狀態變得不穩定導致建築物倒塌，這件事讓原先位於二樓的獵人摔落至一樓，也因此有很多人負傷。

儘管沒有人受重傷，但是和目前為止清除的副本中，Chord 獵人們受傷的程度相比，這次所帶來的傷害還是很大的。

「要是在燈塔上，建築物崩塌的話，也許會墜入海裡……」史允江歪著頭，語尾含糊不清地表示遺憾。史賢的表情不為所動，注視著史允江，那個視線讓史允江更加得意地說：「所以如果你們有壓力的話，交給公會來處理也是個好辦法。」

「不管交給誰處理，都要對那個對象有足夠的信任才能成立吧？」

「你……」

「既然你這麼說……我會考慮看看。」

史賢少見的爽快嗓音在空間中響起，史允江稍微因意料之外的正面答覆感到訝異，看到史賢笑著點點頭的模樣，才明白這是委婉地對他下達逐客令。

史賢不想繼續對話的行為，讓史允江稍微咬了下嘴唇，勉強擠出笑容對 Chord 說聲「辛苦了」之後便離開辦公室，既然史賢今天已經破天荒地乖乖回答會考慮看看，那就滿足於此吧。

辦公室在這場見面之後變得寧靜，史賢叫大家繼續討論道具的使用方案後，就走進了自己的個人辦公室，獵人們互相交換著複雜的眼神，最終還是在沉悶的氣氛中，再次討論著道具。看著獵人們的反應，鄭利善心想也許這一週以來，史允江就是用這種方式隱隱約約動搖著 Chord。

鄭利善帶著有點，不對，是非常沉重的心情，站在史賢的個人辦公室前面。一開始是因為獵人們對自己的關注，讓他有些壓力並更加愧疚，於是走向自己的辦公室，但是隔壁緊鄰的就是史賢的辦公室，他站在門口煩惱了片刻，最後還是小心翼翼地敲門，聽見了史賢允准他進去的聲音。

鄭利善開門走進去，首先看見的是史賢的背，他站在桌前確認著某樣東西，似乎是不用回頭，也理所當然地知道來者是鄭利善，史賢用平穩的聲音要鄭利善有什麼想說的話就直說。

鄭利善猶豫不決地開口：「……難道，是因為當時的事情，讓你被抓住了什麼弱點嗎？我的意思是，我修復了公會長屍體的事情被發現，而史允江以此當作把柄，還是……」

站在鄭利善的立場，看到剛才史賢和史允江的對話，會有這樣的想法也很正常，儘管史賢以非常沉著冷靜並泰然自若的態度回答，但是鄭利善很在意是不是因為自己，才讓史賢無法完全無視史允江說的話，他服毒讓史賢的計畫出了差錯，而在那之後，就一直有種被抓到把柄的心情。

史賢馬上轉過頭來，臉上全是詫異的表情。

「弱點？」

「喔，我不是單指弱點……只是在想現在是不是被抓住把柄了……」

「哪方面讓你這麼覺得？」

「……我在第六輪副本表現出不夠穩定的模樣，讓建築物倒塌，史允江似乎一直以此借題發揮，再加上修復公會長屍體的事……」

儘管鄭利善的聲音越來越小，但是好不容易表達完自己想法的他看向史賢，因為講得含糊不清，感覺一直在繞圈子說話，最終連真正想講的重點都無法明確表達出來。

史賢不知不覺間變換成坐姿，在桌子的尾端靜靜地聽著鄭利善說話，似乎是覺得他有那種想法很好笑，從容地和鄭利善對視後，低聲失笑。

「利善，在副本裡發生的所有事情都是意外。」

「……什麼？喔，是啊……」

「而且嚴格來說，在第六輪副本發生的這場意外裡，你是受害者，即使進攻隊伍因為建築物倒塌而負傷，但是在S級副本裡，被S級魔王下詛咒？如果拿這種事當作別人的弱點，那才奇怪吧。」

目前為止，沒有任何一個魔王以如此直接的方式針對鄭利善，獵人們無法快速應對，再加上當時史賢自己還在副作用期間，無法替鄭利善擋下魔王的攻擊，因此他認定身為非戰鬥系覺醒者的鄭利善毫無過失。

他用平淡的嗓音說著，就像是在朗誦一個非常客觀的事實一樣，讓鄭利善稍微放心了下來，本來還擔心，史賢會不會就當時的事情予以指責，但他完全沒有這麼做。鄭利善突然想起，史賢為了破除自己的詛咒所做的行為，內心怦怦跳著，好不容易才讓自己鎮定下來。

不過既然史允江跳過這個事實，直接指出鄭利善在第六輪副本表現出來的狀態，鄭利善無法不去在意這部分，他兩度試圖開口，最終只能說出自己擔心史允江會繼續堅持讓ＨＮ公會的一級進攻隊伍代替 Chordr 進入副本，這句話讓史賢短暫地笑了出來。

「利善，你覺得要是Chord和ＨＮ公會越來越對立，折損的會是哪一方？」

「……ＨＮ公會，更準確來說，是史允江吧？」

「沒錯，Chord目前為止已經清除七大奇蹟突擊戰之中的六輪副本，儘管中間有一次選擇再次進入，以及不久前第六輪副本有引起騷動，但這些並不會改變Chord成功清除副本的事實。」

史賢親切地說明，即使史允江裝作對Chord釋出善意，決定讓一級進攻隊伍進入副本，只要Chord沒有隨之給予反應，那他的作為不過就是沒事找事做，鄭利善靜靜地傾聽，突然頓悟了怪異之處。

這麼回想起來，史賢看到新聞快訊時一點都不驚訝，只是擺出淡然的表情在確認電視畫面，就像是已提前預見了會發生這個情況。

雖然這只是鄭利善的推測，但是他覺得史賢現在的表情，越看越顯得胸有成竹，鄭利善在衝動之下向史賢詢問。

「你有料到史允江會採取這樣的行動嗎？」

「顯而易見，史允江從第四輪副本之後就隱約想要詆毀Chord，而且我們在第三輪副本決定退場時，他也是吵著要讓ＨＮ公會一級進攻隊伍代替Chord進入副本。」

「啊……」

「因此史允江不會只有這次來鬧事，以後也會這樣不斷搞小動作，現在他當上了公會長，一定會更囂張。」

史賢最後那句話讓鄭利善垂下視線，從他的口中聽到史允江當上公會長，令鄭利善觀察起了他的眼色，不過史賢接著若無其事地說：「這樣反而比較好。」

「……什麼？」

「就算我成為公會長，史允江也會仗著自己當副公會長時期的成就，凡事都試圖干涉，所以可以好好趁這個機會把他趕走。」

史賢說，即使他成為公會長順利把史允江逐出公會，憑史允江至今累積的名望，也可能會在某個地方找到一個不錯的工作崗位。史賢說著這番話時，擺出了對目前情況欣然接受的表情，鄭利善漸漸發呆了起來。

片刻，史賢開心地喃喃唸著：「Chord 這次不會以第一順位進入第七輪副本。」

「什麼？」

鄭利善的瞳孔放大，他歪了歪頭，似乎是感到難以置信，但史賢並沒有改變他的說法，吐露了如此具有衝擊性的話語，史賢也只是用非常平淡的表情，緩緩地將視線往下轉移。

史賢往下看著自己戴有黑色手鍊的手腕，手鍊就像束縛著人的藤蔓一樣，團團纏繞在史賢的手腕上，找不到任何得以解開的地方，是一條如同泥沼般的手鍊，用來引誘怪物出現的S級道具。

「最先進入副本的人，會是史允江。」

鄭利善突然想起今天史賢執意先去一趟韓白醫院這件事，假借要確認自己的狀態為藉口，從醫院人員那裡拿到某份資料，史賢說他在蒐集某個愚蠢的人洩漏的線索，那個當下感受到的寒意再度蔓延全身。

因為進入副本的經驗較少，始終被懷疑是否有資格擔任公會長的史允江，以及他將要第一次進入的S級副本。

「利善，在副本裡發生的所有事情都是意外。」

史賢像是在回想什麼一樣，露出了微笑。

「對吧？」

▲

七大奇蹟突擊戰的最後一輪副本，受到了極大關注。

這場突擊戰之所以吸引全世界注意，是因為以古代世界七大奇蹟為主題，並且是S級的連續副本。起初人們感到既害怕又難過，全世界都為了韓國祈禱，不過隨著副本一個個被Chord成功清除，所有人都為之瘋狂。

這次的連續副本是在世界各地發生時間最長的突擊戰，而且最特別的是以建築物倒塌的狀態開始，不僅如此，這也是世界上首次能讓「修復師」大展身手的突擊戰，看著他們成功修復那些美麗的奇蹟建築物，自然會讓人們加倍關注。

因此，所有人期待著將畫下終止符的最後一輪副本，也是理所當然的事，現在比起不安與恐懼，人們反而更加期待 Chord 會如何清除副本。

第七輪副本發生前的間隔時間，是目前為止最長的，既然準備時間這麼長，人們也都更加信任 Chord 也能順利清除最後一輪副本，不過還有一個不安要素緊緊跟隨。

突擊戰的最後一輪副本也許不是 Chord，而是由ＨＮ公會的一級進攻隊伍進入所帶來的不安。

史允江在第一次公開的管理階層會議之後，到處散播也許不會由 Chord，而是由一級進攻隊伍進入副本的消息，雖然不是官方正式的聲明，但是他一直提到有這樣的可能性，每次提到這件事，媒體也都會刊登激進的報導，寫得就像已經確定由ＨＮ的一級進攻隊伍進入副本一樣，輿論風向總會在瞬息之間產生變動。

每當這種時候，Chord 總是會不動聲色地發布公告，表示並沒有和公會長討論過這件事，儘管有許多詢問電話湧入，Chord 的回覆永遠一致，Chord 的隊長也沒有表露出其他反應。

隨著對峙持續，人們也開始批判史允江是為了邀功而拉下 Chord，讓自己成為清除最後一輪副本的人，就算一開始覺得史允江只是提及有更換進攻隊伍的可能，但是同樣的戲碼不斷上演，人們也當然會覺得故意的成分居多。

一連串的情況讓鄭利善有些感嘆，事情真的照著史賢所說持續發展，人們數落為何進入副本經驗不多的史允江要牽制一直以來表現優異的 Chord，這些爭議甚至已經超越國內的討論，擴展到國外也開始關注了。

而且因為輿論攻防變得漫長，言論漸漸走向人們認為Chord受到HN公會，準確來說是受到公會長的迫害，因而感到心疼……

「迫害……」

「成立Chord之後，他們一直被視為最軟弱的隊伍。」

鄭利善原本不常上網，也不大確定外界的反應，不過最近從奇株奕那裡聽到不少事情，因此聽到「迫害」這兩個字時，鄭利善不禁感嘆怎麼會出現這麼不搭的描述……

但是事實和他所想的不同，大部分Chord獵人都認為最近的氣氛有點嚴重，史賢考慮到也許會走漏風聲，所以沒有對隊員們說出詳細的計畫，只展現出悠哉的態度。面對持續與史允江發生摩擦，大家都假設這個「也許」代表著對於公會長是否會濫用職權、搶奪Chord入場權限的警戒。

鄭利善不能說出史賢選擇不告訴大家的事，因此必須用難以言喻的心情看待最近的爭議，但是知曉史賢計畫的人除了他自己，似乎還有兩個人，如果其中一個是韓峨璘，那麼另外一個是……

「鄭利善修復師，請問你現在忙嗎？」

「什麼？不，我有空。」

中智按來找鄭利善，剛好就在鄭利善想到另外那個人可能會是她的時候，這讓鄭利善一陣哆嗦，不過旁邊奇株奕發出的聲響大到足以隱藏他的反應。

「智按獵人！有成功處理那場混亂嗎？我看新聞鬧得很大。」

「副本馬上就清除了，不過公會訓練場倒塌，現在修復師們正準備前往。」

今天早上，在泰信公會作為專用訓練場使用的體育館旁邊發生了副本，雖然是與公會本館分開的附屬建築物，但是如果副本發生在與大型公會所持有的建築物緊鄰的地方，通常就會由那個公會進入副本，因為為了快速進入副本，不需要透過獵人公會另外進行投標，所以這也是為什麼大型公會附近的房價都很貴。

一出現副本生成的前兆，泰信公會就已經待機準備，入口開啟後馬上探測難度，約在一小時之內進攻隊伍就進入副本，因為是B級副本，不需要花太多時間就能清除，不過該副本炸毀體育館，也讓附近民宅受害，即使完全沒有人員罹難負傷，但是唯獨有一棟住宅倒塌，那就是……

「泰信公會長，也就是我阿姨，希望委託鄭利善修復師協助復原她的家……可以嗎？不行的話可以拒絕，請你給我一個答覆。」

那就是泰信公會長的家，也是之前申智按和母親一起住的家，偏偏那個住宅的一部分倒塌了。

訓練場預計由泰信公會旗下的修復師前往修復，A級修復師會修復建築物的百分之三十，為了讓公會長的家修復到最原始的狀態，因此委託身為S級修復師的鄭利善。不過現在鄭利善屬於Chord的修復師，不能隨意在外面使用修復能力……

「史賢獵人呢？」

「他現在跟我阿姨待在一起。」

早上史賢去了泰信公會，鄭利善看出他和泰信之間有著某種交易，雖然無法猜出他的所有心思，但是單就史賢現在和泰信公會長待在一起，目前為止都沒有特別說什麼，就代表他是同意的。

因此這次的修復決定權在鄭利善手上，他欣然點點頭。

「我可以修復，現在出發嗎？」

「對，不過我還有一件事要拜託你……」

「……嗯？」

「修復我家之後看到的一切……請幫我保密。」

「喔……好，我知道了。」

從申智按的嘴裡聽到「拜託」這個詞語，讓鄭利善感到有些新奇，儘管對她難為情的反應感到陌生，鄭利善還是沉穩地表示瞭解。

爾後，鄭利善與申智按一同行動，抵達了崩塌的家門口。

泰信公會長和史賢一同待在那裡，申瑞任一看到鄭利善，臉上的表情開朗了起來，儘管她面色冷淡，但是申智按這幾個月和她相處下來，也能從那張無表情的臉上多少看出一些變化。

「謝謝你來。」

申瑞任率先湊近對鄭利善伸出手，她露出了由衷感謝的表情，讓鄭利善感受到應該要好好完成修復的責任感。

申瑞任立刻帶鄭利善到屋子裡面，因為只有一半倒塌，因此可以進入內部，申瑞任拿出這個家的復原圖和以前拍下的照片給鄭利善，讓他感到責任感漸漸加重。

「我先……試試看。」

越看會越有壓力，於是鄭利善先往前走了一步，其實鄭利善來的路上已經先行看過並背下屋子構造了。

鄭利善短暫地深呼吸後，把手放到牆壁上開始修復，最近都只有使用隱藏能力，儘管對使用基本修復能力修復建築物有些陌生，但他熟稔地找回了手感，既然他們說副本發生於今日清晨，因此鄭利善抓了充裕的時間，預計讓建築物恢復到十二小時前。

胡亂散落在地上的殘骸浮起，空間裡只吹拂著輕柔的風，但是巨大的碎片卻可以飄在空中，鄭利善的眼神沉著地打量著那些碎片，接著馬上吹來一陣強風，原以為風只會停留在某一區，卻突然開始往反方向襲來，也因為基本修復能力是讓時間倒轉回到過去，那陣強風彷彿就像在證明這件事，方向雜亂地混在一起。

就算頭髮被吹得飄散，鄭利善的視線始終固定看著前面，空氣被拉扯到甚至有一個區塊特別緊繃，而從鄭利善稍微瞇起眼睛的那一刻起，建築物就開始復原，從崩塌的起點位置開始，壁面的碎片一個個拼湊上去，原先分裂的地面連接起來，而天花板的碎片則是有如分類一樣，高高懸在空中。

雖然這是很荒唐的感想，但這確實是鄭利善第一次這樣修復住宅，原本都是修復公司、公共機關等龐大的建築物，這次卻是兩層樓的屋子，幸好這次倒塌的部分是從一樓往旁邊延伸的區域，所以只要修復單一樓層就好，這一點讓鄭利善覺得比較容易一些。

轉念之後，鄭利善稍微緩解了緊張，能夠更自在地專注於修復，既然泰信公會長親自拜託，再加上這是申智按小時候住過的房子，讓鄭利善更加留意殘骸縫隙間的填補，就像乾枯的土壤裡長出新生芽苗一般，那些空隙漸漸連接了起來，S級能力果然能夠做到更加平滑完美的修復。

「……咦？」

就在鄭利善持續進行修復時，他的視線突然被某些奇怪的東西吸引，因為直接修復屋子裡一陣子了，所以能夠看見內部裝潢，隨著牆壁的復原，被壓在建築物殘骸底下的相框也一個接著一個回到牆壁上，而且那些相框全都是……申智按小時候的照片。

或許是因為那些照片裝載著申智按從嬰兒時期開始的所有成長過程，隨著一個個掛上牆壁，鄭利善的視線也隨之移動。上小學、小學畢業、上國中，以及在某個比賽上得獎等等……

修復後的書桌上也開始擺上了滿滿的獎盃，彷彿就像在觀看申智按的生平傳記，之前聽說過幾次申瑞任過度保護姪女申智按，看來是真的這麼珍惜她，整個房間才會布置成這樣。

雖然是有點，不對，是非常神奇的景象，但是鄭利善最後還是將天花板放上去，完成了所有修復，完成度稍微高於百分之八十，看起來只要請施工團隊來補充施工，就能連牆壁的瑕疵通通填補起來。

完成修復的鄭利善回頭，看見申瑞任似乎非常感動地看著他，這次她衷心感謝的表情連平常那張冷淡的臉孔都遮掩不住。

「真的很感謝你，偏偏倒塌的地方是智按住過的房間，我該有多擔心……」

滿是真心的感謝讓鄭利善變得難為情，即使他告訴申瑞任仍有些地方復原的程度稍嫌不足，申瑞任還是用雙手抓住他的手表示感謝，他看見了申瑞任身後比自己還要尷尬的申智按。

申瑞任開始說起了申智按從小和她以及申智按的母親一起生活，看見申智按越發不知所措的臉孔，鄭利善認為應該要趕快離開這個房間。

申智按出聲插入對話，才好不容易轉移話題，說著連角落都修復得很好，一點一點地吸引申瑞任的注意，鄭利善則趁空走到房間外面。

整個住宅非常寬敞，儘管幾年前申智按搬出去住，只剩下申瑞任住在這裡，但內部整體還是充滿了當時一起生活的痕跡，鄭利善打量著收納櫃和書桌，一股格外新鮮的心情引起鄭利善的注意，這是因為和家人一起生活的空間，給他一種過於陌生的感受。

他和父母一起生活的家在很久以前就消失了，現在留下的只有曾經和朋友們一起生活的家，而那個家失去生活的痕跡也有段時日了，朋友們變成那樣之後，自己在那裡住了一年，卻絲毫沒有讓那個空間添增有人居住的感覺。

他靜靜地待在這股疏離感裡，一同出來的史賢柔和地搭話：「你在想什麼呢？」

史賢的語氣聽起來十分清楚鄭利善現在陷入怎樣的想法裡，鄭利善有些尷尬地別過視線，說自己沒在想什麼，迴避了這個問題。史賢也看得出來鄭利善在說謊，但是他沒有特別指出來，而是直接岔開話題。

「你的基本修復能力完成度好像變高了，是因為跟隱藏能力相比，沒那麼累嗎？」

「喔，對。可能是因為我還是比較熟悉使用基本修復能力，才會這樣吧。」

「如果利善你再次開始以修復師的身分活動，應該會湧入一大堆委託吧，國外應該也會有人聯繫你。」

史賢的語氣就像是在稱讚鄭利善做得好一樣，這讓鄭利善露出了難為情的表情，雖然他本來就不善於面對誇獎，但是每當史賢誇獎他做得好，他的心情就會更加奇怪，而且只要靜靜地被史賢注視著，他的內心就會癢癢的。

鄭利善莫名覺得耳朵發熱，用假裝摸著耳周的動作遮住耳朵，環視四周，時隔許久才用基本修復的能力修復建築物，而非隱藏能力，這也讓鄭利善感到很神奇，也感到有些欣慰。

「跟第一次見面時相比，已經提高非常多了，當時就算只修復百分之五十，你都會覺得累。」

史賢的一句話，讓鄭利善想起一開始剛認識他的時候，在現在突擊戰副本連續展開的地點，第一輪副本發生之後，史賢為了掌握自己的修復能力，動了一些手腳讓委託案都能轉介到自己手上，後來自己偷偷在半夜出門工作遇到史賢……當時應該是隔了一年再次修復大型建築物的時候。

那次遇見史賢應該是第二次見面吧，就在鄭利善感到這些記憶格外鮮明時，史賢湊近並伸出了手，儘管鄭利善正摸著自己的耳朵，但是又熟悉且具反射性地把自己的手放到史賢的手上，史賢露出了滿意的微笑。

「你還記得嗎？當時你用盡力氣也只能修復百分之三十，還叫我不要找你，去找A級修復師。」

「喔，那時候……」

史賢突然提起之前的事情，讓鄭利善尷尬得無法接話，因為剛認識時，鄭利善對史賢總是露出非常冷淡的反應，不斷反駁他說的話……

想到這裡，鄭利善也回憶起漠視自己的史賢，猛然皺起了眉頭，那是史賢才應該看自己臉色的過去吧？

「當時我真的只能修復到百分之三十以下，所以只能這樣告訴你，儘管你有說需要S級的修復能力，但我不知道你需要的是隱藏能力……而且用那個隱藏能力修復的東西也都很不穩定。」

「我還說了等級猶如一個人的潛力，利善你就是能夠修復到百分之百的人。」

「……」

「雖然我挖角你是花了滿多時間沒錯……」

史賢沒把話說完，緩緩地與鄭利善十指交扣，兩人手指交錯，手掌貼合在一起，既像是緊緊握住，也像是纏繞得毫無空隙，這份異樣的觸感讓鄭利善微微顫抖著看向史賢，對方瞇起眼睛露出微笑。

「但事實證明辛苦是值得的。」

他漆黑的瞳孔裡透露出微妙的滿足，史賢輕輕移動大拇指，撫摸著鄭利善的手背，那份搔癢的觸感從手蔓延至全身，讓鄭利善再次顫抖。

鄭利善很想當作只是因為不善於面對稱讚，而非給予的人是史賢，所以他才會有所反應，但是事情沒那麼簡單。

這麼回想起來，以前自己使用修復能力，以及因為這個能力被稱讚時，自己似乎總是覺得很噁心……

忽然憶起了這一點，鄭利善短暫地忍住呼吸，某個瞬間開始，鄭利善不再厭惡自己的這份能力了，就算還不能引以為豪，不過他開始會暗自在意自己的修復完成度，他必須完善地修復，這麼一來獵人們才能輕鬆地進入副本，因為這項能力對別人有所幫助，這樣的念頭在不知不覺間變得理所當然。

腦海裡像是經歷過一頓暴打變得呆滯，對於有所改變的自己感到陌生，緩慢地眨了眼，再次直視史賢，能夠造就這些變化的人只有一位。

察覺這一點的鄭利善大力地顫抖，從上次就開始感受到那股戰戰兢兢的分裂感似乎更加擴大，他害怕去直面那個造成變化的原因，更準確來說，是害怕為那份情感命名，最終鄭利善急忙轉移話題。

「話、話說回來，你跟泰信公會長都聊了些什麼？」

儘管鄭利善突然瞪大眼睛說話的行為，讓史賢的臉上浮現了詫異，但是他接著用從容的態度點點頭，爽快地回應著這個被轉換的話題。

「我向她請求了一些協助，如果要讓史允江以第一順位進入副本，最大程度地減少其他變數會比較好。」

「喔……」

「在S級副本裡，雖然第一個進入的隊伍也有成功清除的可能性，不過也會需要面對無法掌握的攻擊，沒有必要讓他進入，還告訴他攻略方向，而且就算他知道了也無法好好執行吧。」

史賢從容不迫的微笑，讓鄭利善熟悉地點點頭，如果突然更換要進入副本的進攻隊伍，那麼獵人協會也許會傾向由排名第二的泰信優先進入，史賢似乎是考量到這個可能，才先來和泰信進行談話。

也許是透過申智按和申瑞任的關係，史賢和泰信似乎能自然而然地取得聯繫，並進行對談。

鄭利善稍微煩惱了一下，向史賢詢問：「不過如果是泰信，應該也會覬覦以第一個順序進入副本……他們開的條件不會很刁鑽嗎？」

「這個嘛，是差點協調不順，這棟房子倒塌得正是時候。」

「……」

「利善在各個方面，都是有顯著效果的一張牌。」

史賢笑著拍拍鄭利善的手背，鄭利善思考著為什麼史賢會同意自己來這裡，露出了理解狀況的表情，史賢說他和泰信還有在交易著另一件事情，但看上去尚未確定。

不過聊著聊著，鄭利善無法不對一件事產生懷疑，其實這是從史賢那裡第一次聽到計畫時就有的疑問……

鄭利善小心翼翼地發問：「……可是，Chord有辦法進入第七輪副本嗎？儘管假設史允江因為經驗不足而失敗，但是第二個進入的泰信……」

要是依照史賢的計畫，史允江以第一個順序進入副本，那麼為了讓Chord進入副本，就必須讓順序輪過一遍，HN公會，再來是泰信，最後是樂園，還需要兩支進攻隊伍都失敗，才會輪到Chord入場的順序。

排名第三的樂園公會代表進攻隊伍，千亨源和他的進攻隊員目前都受到獵人協會的懲戒處分，他們的隊伍解散了，而最近登錄了新的進攻隊伍，但是該隊伍裡沒有S級獵人，進入S級副本的經驗也不過幾次，因此清除第七輪副本的可能性很低。

不過泰信公會的隊伍，由歷經身為公會長的S級獵人申瑞任十多年來的帶領下，在韓國是Chord之下數一數二的進攻隊伍……

鄭利善點出這點表示擔憂，史賢淺淺一笑，那抹微笑讓鄭利善忽然想起，史賢之所以會想完成一系列的突擊戰，是為了成為公會長的計畫中的一部分，鄭利善心想既然公會長已經被史允江搶走，是不是就沒必要清除所有的副本了？但是……

如果想要讓自己最後一位朋友接受無效化，就必須在副本裡修復建築物，而且都走到這一步了，他內心也希望由一直以來都表現優秀的 Chord 進入最後一輪副本。

雖然鄭利善不知道，到底是從什麼時候開始感受到這份歸屬感，但是他用懷抱疑問的臉孔抬頭看向史賢，兩人視線相對的那一刻，史賢突然低下了頭。

臉的距離一下子逼近，讓鄭利善不禁一個哆嗦，將身體往旁邊靠，但是旁邊就是窗戶，鄭利善的一隻手撐在窗臺上並顫抖著身體，史賢用極度淡然的表情在鄭利善耳邊輕聲說著，那是既平靜又低沉的嗓音。

「第七輪副本是法羅斯島燈塔，副本的背景應該是大海，燈塔也應該是以倒塌的狀態呈現，泰信公會長主要是利用雷電系獵人使用廣範圍的攻擊，因此在進入燈塔內部之前，可能有辦法強力地對怪物施加破壞，但是進入燈塔內部就無法使用雷電系攻擊了，因為一個不小心，可能會導致建築物倒塌墜入海裡，也可能讓進攻隊員負傷。」

總的來說，主要輸出的攻擊如果有所限制，那麼進攻隊伍整體的攻擊能力就會下降，而倒塌的建築物，也會讓清除副本的失敗機率提高，史賢說著他對對手進攻隊伍組成和副本相性的分析結果，明明就是用非常平淡的聲音唸出這些客觀事實，偏偏是從耳邊聽到，讓鄭利善略微緊張。

貼近耳邊的呼吸，讓鄭利善的身體微微發抖，最後他瞪著史賢不悅道：「你幹麼這樣講話？」

「因為泰信公會長也在這裡。」

「這裡跟房間隔得很遠，你是故意的吧？」

「對。」

「……對？」

原先像在盤問的鄭利善，瞳孔瞬間呆滯，似乎是覺得自己聽錯了，鄭利善歪歪頭，而史賢揚起微笑回覆他：「你不是問我是不是故意的嗎？所以我回答對啊。」

非常厚臉皮的回答，但是看著他開玩笑般的舉動，鄭利善的臉頰漸漸發熱，最後鄭利善露出表示荒唐的輕笑，遲來地用手遮住耳朵。

「到底為什麼？」

「因為利善你的反應很有趣。」

「……」

鄭利善遲來的後悔，早知道還是跟申智按她們一起待在房間裡還比較好。

也許是鄭利善的想法原封不動地寫在表情上，史賢低沉地笑了出聲，輕笑時呼出的氣息碰到鄭利善的手指，他顫抖並試著離開這裡的那一刻，史賢伸出了手臂，鄭利善被困在了史賢的雙臂與窗臺之間。

米白色的窗簾垂下，微弱的光線照進來，讓空間變得沉穩，歪斜地撫過史賢身上的微弱陽光，讓他變得無比陌生，也許是因為和他的能力形成對比，也或許是因為他的臉上浮現著最陌生的情感類型。

這突如其來的違和感讓鄭利善呆滯地眨著眼，史賢低沉地喃喃自語：「為什麼會覺得有趣呢？」

「……」

「從某一刻起，就一直覺得利善你的反應很有趣。」

鄭利善無法回答，因為他想問的問題被史賢搶走了，而且史賢的語氣並不像是真的希望自己回答，反而更像是出於好奇的反問自己。

從第四輪副本結束後鄭利善住院的那時起，不對，搞不好在那之前，自己就開始覺得他的反應很有趣了，史賢呢喃著：「無法理解……」

嘴唇微微跳動的鄭利善，最終為了擺脫現在這個情況，把身體轉往旁邊，似乎和史賢越靠越近，抓住他的肩膀示意他不要再這樣了，但是鄭利善的手腕突然被抓住。

「可是如果看到利善你逃避的反應，會讓我覺得心情很糟糕，不論是迴避我的視線，還是像現在這樣試著逃跑。」

面對直接表達出來的情感，讓鄭利善反射性地顫抖，偏偏當他說著心情很糟糕的時候，鄭利善想起幾天前發生的事，當時史賢在生氣，他以讓自己心情好轉的名義……

鄭利善現在不僅全身緊張，連胃都在攪動，現在的情況讓他感到過度熟悉，甚至連當時的感受都緩緩地浮現，鄭利善的臉漸漸發熱，就在快要和漸漸逼近的史賢碰到鼻尖時……

喀噔，申瑞任和申智按從另一頭走了出來。

「……」

一聽見那個聲音，鄭利善驚訝地瞪大眼睛，原先逐漸模糊的理性，突然之間像是被潑冷水一樣回神。

鄭利善的反應讓史賢不禁失笑，慢慢地往後退開，他表現得如往常，擺著非常平穩的表情轉過身。

申智按和申瑞任似乎沒有在看這裡，所以並沒有發現剛才兩人互動的情況。

史賢轉而繼續和她們若無其事地對話，但是鄭利善做不到，於是固執地躲在史賢背後，突然回想起剛才的自己似乎差點做出什麼事來，不禁一陣暈眩。

心臟快速跳動。

✦ 第三章 ✦

失敗

HN公會長和 Chord 324 的意見分歧持續著。

史允江起初說，有以HN公會的一級進攻隊伍代替 Chord 進入副本的「可能性」，現在卻開始把這件事說得像是既定事實一樣，近期全國各地發生的所有A級副本全都由HN帶有攻擊性地標下，並且全都讓一級進攻隊伍進入，看起來就像是為了突擊戰最後一輪副本做準備一樣。

說到有著四十年歷史的HN公會裡的一級進攻隊伍，的確是高水準的隊伍，由二十位A級獵人所組成，這些獵人的經歷也相當豐富，實際上比現在樂園的代表進攻隊伍還要出眾，如果要排出順序，也許只在泰信公會長所帶領的進攻隊伍之下，只是HN公會裡還有足以被稱為韓國最精銳、實力相當超群的 Chord，相較之下，一級進攻隊伍就會被埋沒。

接著聽到史允江表示已經贊助一級進攻隊伍S級道具的消息，不僅是韓國，史允江甚至從國外引進道具，直接公開地交給獵人們，這有如「我信任你們」的態度，自然讓輿論滿天飛。

「哇，他明明完全沒有贊助過S級道具給 Chord。」

「上次四十週年活動的時候，說是要給我們獎勵，但是裡面也沒有S級道具吧？」

Chord 也在觀察現在的社會氛圍，大家聚集在辦公室，用電視關注著史允江最近的行跡。當鄭利善要經過電視附近時，大家急忙地關掉電視，因為最近史允江一直話中帶刺地主張由一級進攻隊伍代替 Chord 進入副本的最主要原因就是……

「理由就跟第六輪副本時大家看到的狀況一樣，進入副本的 Chord 覺醒者狀態並不穩定……」

嗶的一聲，畫面和聲音一起閃爍消失，面對從辦公室出來的短暫時間內所發生的情況，鄭利善緩慢地轉著瞳孔。

最近史允江一直提起第六輪副本時，鄭利善表現出精神不穩定的模樣，作為他的論點，表達他對 Chord 進入副本的擔憂，其實從一開始他來訪 Chord 辦公室的時候，就能預見到他現在這些行為。

獵人們尷尬地翻找著桌上的資料，竊竊私語。

「最、最後一輪副本的線索到底什麼時候才會出來啊？」

「就是說啊……」

就算鄭利善表示自己不在意，但獵人們還是屢屢看他的臉色，他最終就像什麼事也沒發生一樣，轉向走回自己的辦公室。

距離第七輪副本發生還剩下三天，還沒有任何關於副本的線索被分析出來，當然和線索以毀損狀態呈現有關。其次，連接碎片拼湊出「石板」上的文字是古代埃及文，要解析出這個古老的語言也非常困難。

即使已經確定第七輪副本的主題是法羅斯島燈塔，不過也許會如同第四輪副本，線索會與副本的攻略方向有關，因此引起了全世界學者對解析線索的熱情。第四輪副本線索出現【獻上祭品吧，讓以弗所再次重返光榮】的語句，實際上也確實是在祭壇上見血，魔王才由上而下地現身。

因此等待線索分析結果出來的這段期間，Chord也堅持不懈地訓練。不過如同Chord的堅持，史允江也死纏爛打般地搞小動作，史賢漸漸減少了對他的行為做出反應，不再補充發布公告，不僅是外界大眾，就連鄭利善都有些懷疑的時候……

ＨＮ舉辦了公會長的就任活動。

聽到這個消息的鄭利善，馬上意會到今天就是史賢等待已久的日子，這次的就任活動和過往不同。之前只是為了填補公會長位置的空缺，只召集公會的管理階層人員快速辦理儀式，可這次還邀請了其他公會的人，要舉辦一場對外公開的活動。

雖然相對於ＨＮ公會四十週年活動較為簡樸，但那是因為比較基準是四十週年活動，實際上這已是一場規模甚大的儀式，在公會大樓的戶外庭院大談公會往後的營運方向和展望，老實說這場活動就是史允江為了讓自己的公會長地位更加鞏固而舉辦。

「這就是他仗著自己是公會長，示意大家好好選邊站的活動啊，哪有什麼。」

「也許會公開發布第七輪副本由一級進攻隊伍進入。」

韓峨璘非常簡單明瞭地指出今天的活動目的，奇株奕則是認為也許有其他目的，並對此保持警戒，就任活動明明在突擊戰結束過後再辦也不成問題，史允江偏偏要挑在現在舉辦，奇株奕表示故意籌辦這個公開場合，一定有他的理由。

聽到奇株奕這麼說，韓峨璘和鄭利善將視線轉向他，他用非常趾高氣昂的表情得意地說。

「我就是這裡的偵探吧？」

「……」

韓峨璘和鄭利善兩人說不出任何話，彼此交換著微妙的視線後，別過頭去，韓峨璘拍拍奇株奕的背表示同情。

儘管今天還有著史允江成為公會長之後，首次舉辦公開正式活動的意義，不過光是這點並沒有太大的影響力，畢竟考慮到在突擊戰期間，只能在公會大樓的戶外從簡舉辦，約兩、三個小時就結束。

不過聽說獵人協會長，居然要親臨這樣的場合。

獵人協會長不是會輕易出馬的人，他過去以韓國的S級獵人代表韓國，在年近半百的時候決定暫別獵人生活，坐上了協會長的位置。協會長本人極少在公開場合露面，甚至連HN公會的四十週年活動都是由副會長代理出席，那樣的協會長竟然說要出席這次的活動。

這也證明了連協會長都很在意目前的爭議——到底將由HN公會的哪支進攻隊伍進入第七輪副本。

公會大樓整體瀰漫著微妙的緊張感，聽到獵人協會長要親自出席的消息，從活動開始前幾小時就不斷湧入人潮，不只是其他公會的旗下獵人，還有記者、覺醒者本部的人都蜂擁而至，甚至聽說連覺醒者管理本部的本部長都要出席，隨著時間過去，人們對這場活動的關注度越來越高。

「活動變得好盛大……」

「史允江應該很開心吧，目前為止，還沒有哪一次的公會長就任儀式能聚集那麼多有影響力的人。」

鄭利善即時看著外頭漸漸變多的桌椅數量發出了讚歎，韓峨璘搖了搖頭，但還是指揮大家先下樓，即使儀式再怎麼從簡辦理，公會的大部分成員依然必須參與，尤其是在不知道今天活動會發生什麼事的情況下，Chord 獵人們全都繃緊神經下樓。

大家全都離開後，鄭利善和史賢一同搭乘電梯下樓。史賢從今天早上就心情愉悅，鄭利善悄悄看了一眼他的側臉，就在鄭利善低頭的時候，史賢柔和地說：「你今天領帶繫得很好呢。」

「喔，對……」

今天的活動也算是公會的正式活動，因此必須穿著符合禮儀的適當服裝，雖然不用穿得像上次四十週年活動的派對服裝，不過鄭利善還是穿著合宜的西裝，或許是因為穿第二次了，鄭利善也比上次更加習慣。

上次穿西裝的時候還沒有繫領帶的經驗，是史賢幫忙繫的，這次鄭利善從昨天晚上就持續練習，史賢觀察領帶這件事，讓鄭利善莫名感到難為情，尷尬地摸了一下後頸。

「我有練習。」

「真可愛。」

「……啊？」

鄭利善以為自己聽錯，抬起頭來，不過與他對視的史賢，頭卻歪向一邊，就像在反問他自己說錯了嗎？不知道史賢是沒有意識到剛才自己說的話，還是明明清楚卻擺出泰然自若的表情，最終只有鄭利善結巴並轉移目光。

然而，鄭利善的目光被史賢的手腕吸引，那個手腕上依然掛著黑色的手鍊，鄭利善看了一眼那個S級道具後環視四周，反正在電梯裡說話的聲音，並不會被監視器錄到，鄭利善多此一舉地轉頭確認這裡別無他人之後，才開口向史賢詢問。

「你真的要讓史允江戴上那個道具嗎？」

「應該吧。」

「你打算……殺了他嗎？」

「……嗯？」

鄭利善用很凝重的語氣詢問，史賢則回以詫異的眼神，其實在鄭利善從史賢口中得知計畫的那天起，就隱約很在意這一點，儘管對於讓自己服毒的史允江絕對沒什麼好感，但是一想到他可能會死在副本裡，鄭利善還是覺得心裡不大舒服。

聽見這個問題，史賢彷彿聽到某個笑話一樣，看了一眼鄭利善，低聲笑著說：「你覺得我是為了殺死史允江，才要把他送進副本嗎？」

「你不就是為了這麼做，所以想讓他戴上手鍊嗎？」

「這個嘛……雖然我沒有要用這個道具殺人的想法，不過如果他的能力奇差無比，應該就會出事吧？」

「……」

「但是史允江至少也是A級獵人，也有其他獵人陪他一起進入副本，應該是不至於死掉。」

史賢語氣平淡並面帶微笑地說明，即使他輕輕地收起鋒利的眼尾，露出了美麗的笑容，但是鄭利善過去的經驗告訴他，每當史賢這樣微笑，就是在說一些不祥的事。

「而且就這麼讓他死掉，也太平淡無趣了吧。」

「是這樣嗎……」

鄭利善無法想像對史賢來說，不平淡無趣的死亡指的是什麼，只好含糊地點點頭，他的反應讓史賢看得有些出神。

隨後，史賢伸出手，親自幫鄭利善整理著方才他摸對方後頸時而弄亂的衣領，兩人的距離極近，不在乎鄭利善的哆嗦，史賢用非常平穩的態度自顧自地說話。

「他動了我的人的這件事情……讓我的心情比想像中還差，所以我不能讓他就這麼輕鬆地死去。」

漆黑的瞳孔肅殺地往下瞥過，鄭利善對這個眼神感到陌生的同時，電梯抵達一樓，在電梯門打開之前，史賢用他那爽快的聲音補上一句話。

「而且在副本裡死去的話，會以殉職處理。」

「……什麼？」

「國家的錢應該要用在更有價值的事情上。」

史賢微笑著輕輕往電梯門外歪頭，示意鄭利善出去，雖然鄭利善覺得自己似乎聽到很奇怪的言論，但是他只能跟著史賢走向會場。

▲

如同在建築物內看到的一樣，庭院裡人滿為患，鄭利善雖然因為看到記者而感到緊張，但經歷了幾次後，也稍微比先前熟悉一些，儘管尷尬的感覺還未消散。鄭利善左顧右盼，史賢則泰然自若地帶著他，移動至泰信公會長所在的地方。

「很高興見到你，鄭利善修復師，真心感謝你上次的幫忙。」

「啊，那些空隙也都填補起來了嗎？」

「幾乎修復得很完美，後續要加工的部分也很少。」

申瑞任簡單地和史賢打過招呼後，就牽起鄭利善的手，再度對他表達幾天前修復房子的感謝，儘管申瑞任依舊掛著一張冷冰冰的臉，但是鄭利善明顯讀出她瞳孔裡的善意，鄭利善也微微露出笑容，回應她的問候。

「下次等到突擊戰結束，我想邀請你來我家。」

突如其來卻又理所當然的提議，讓鄭利善稍有遲疑，他反射性地認為要是申智按知道這個邀約，她一定會覺得很難為情，接著才頓悟到自己的不對勁之處。他又自然而然地設想未來了。

明明未來這個詞語和自己總是疏離的，是因為周遭的人一直談論著關於未來的話題，所以自己也開始被影響了嗎？鄭利善內心感到有些苦澀，於是以一股非常模糊的心情，避開回答申瑞任，而是露出了略為尷尬的微笑。

通常獵人會在年過五十歲的時候選擇引退，而申瑞任仍然是被公認為韓國第二名進攻隊伍的隊長，就算不像以前那麼活躍於進入副本，但是作為泰信的公會長，地位卻是屹立不搖，那樣的人正在和目前最受關注的史賢及鄭利善對談，自然而然地吸引了大家的目光。

尤其是史賢和申瑞任聊了一陣子後，兩人單獨移動到庭院的角落，從後方走過來的羅建佑似乎覺得很神奇，向鄭利善搭話。

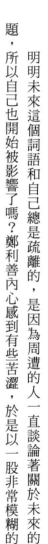

「看來泰信公會長真的很喜歡利善修復師呢。」

「什麼？」

「她一向很少邀請人去家裡，但是對你提出邀請了，她應該真的很感謝你幫忙修復她的家吧。」

羅建佑是和申智按一起加入Chord的初始成員，也是現在Chord獵人中擁有最長獵人活動經歷的人，他對泰信公會長釋出善意的行為感到神奇的同時，也輕拍鄭利善的背表示理解，羅建佑的眼神過於自豪，鄭利善有點尷尬地稍微移開視線，不管怎麼說，好像都是因為修復的房間是申智按的房間⋯⋯

不過就在此時，羅建佑突然環視四周，刻意壓低聲音對鄭利善小聲地說：「難道……Chord 要去泰信了嗎？」

「……什麼？」

「最近隊長和泰信公會長不是很常見面嗎？雖然泰信的公會長現在依舊寶刀未老，但是那邊也快到了更換公會長的時候……我在想 Chord 是不是要更動到泰信，隊長是不是要接泰信公會長的位置。」

羅建佑用嚴肅的表情說著這件事，最近 Chord 和ＨＮ公會長的衝突持續被大眾審視，史賢的一舉一動也廣受矚目，在這樣的情況下，史賢卻和泰信公會長保持聯繫，所以才會有傳聞認為 Chord 也許要更換公會。

樂園公會提議挖角史賢的流言也甚囂塵上，甚至連外國公會都對此表示關注。

「其實 Chord 不管去哪個公會，都會受到一級進攻隊伍以上的待遇，所以應該不會去國外吧？獵人之中也時不時會有被挖角去國外的例子，不過那種案例都會被罵得很慘，等級越高的獵人，越容易被視為背叛者，如果要更換公會的話，比起樂園，泰信還是好一點……」

儘管泰信公會的歷史並沒有ＨＮ和樂園這麼長，但是他們只花大約二十至三十年的時間就成為排名第二的公會，鄭利善聽著羅建佑頭頭是道的分析，不禁啞然失笑。

「首先……應該不會更換公會。」

雖然鄭利善也認為更換公會，可能是平息目前輿論最和平的方式，但是他也曉得這絕對不是史賢會選擇的方向，鄭利善只能告訴感到詫異的羅建佑馬上就會知道了。

如同他所說的，史允江一出現在庭院裡，空間裡的氛圍就變了，穿著俐落西裝的史允江，從表情就透露出他現在有多自豪及享受，竟然有這麼多人來參加他的就任儀式，這些有影響力、舉足輕重的人士能齊聚一堂，讓他非常滿意。

史允江的登場讓人們快速地輪番看著他和史賢，就像是享受著那些視線一樣，史允江緩慢地踏著步伐，他先去問候獵人協會長和覺醒者本部長，而後接受大型公會長們的致意，接著走上講臺。

「感謝各位與會的來賓。」

在人們的掌聲中，史允江用愉悅的語調朗誦著問候語。

「在我上任公會長後約三週的時間內，有著不少的變化。」

鄭利善從以前就覺得史允江有演講的才能。

他提到父親突然離世，自己為了填補父親的空缺，在過去四年間做了很多努力，現在自己坐上了這個位置，感到非常神奇，也很想念父親，史允江沉穩地說著：「成為公會長之後，我更加感受到應該要對我所在的崗位負責，ＨＮ公會的水準已經超越韓國走向國際，為了要帶領這樣的公會，我該怎麼做？為了讓這個公會無止盡地成長而不被淘汰，我該做哪些事？」

史允江繼續說著，面色稍微變得黯淡，苦澀地微笑。

「隨著我成為公會長，我知道有不少表示擔憂的聲音，我知道所有的期待和擔心都是出自於對公會的關注，因此我會謙虛接受一切評論，持續為了公會努力。」

空間裡的氣氛變得很微妙，對於史允江成為公會長，實際上媒體的風向都是善意地表示對他日後的作為感到期待，但是大眾卻更加在乎他進入副本的經驗，表現出懷疑的態度，甚至HN公會的股價從三週前就一直持續探底……

「所以我非常煩惱，HN公會已經是世界上首屈一指的公會，為了讓這樣的地方持續成長，我該做些什麼？在歷經深思熟慮後，我得到了最基本的回答，那就是好好觀察公會旗下的覺醒者。」

史允江說要觀察公會的最基本成員，也就是公會旗下的覺醒者，這一番話響徹整個庭院，他強調此舉的重要性，即使觀察每一位覺醒者這件事並不能立即見效，但是長期來說，這能夠讓公會的地基更加穩固。

史允江就這麼營造出他想要的氛圍，露出微笑。

「要說目前HN公會裡最辛苦的隊伍，想當然爾是Chord，我必須對Chord的鄭利善修復師更加地留意，在全是戰鬥系覺醒者的隊伍裡，他是唯一的非戰鬥系覺醒者，過去一年來都沒有對外活動，這次突擊戰才加入Chord，所以，我需要為此多加留意也是理所當然。」

史允江說獵人們要進入副本都會緊張，更何況是非戰鬥系覺醒者，他們在副本所受到的壓力該有多大，鄭利善沒想到自己會在這個場合被公開提及，稍微低頭往下看，而後抬頭直視講臺上的史允江。

史允江對上了鄭利善的視線，露出了似乎非常溫柔卻又表示心疼的微笑。

史允江：「所以我觀察著鄭利善修復師，得知他最近進出韓白醫院的消息，聽說還接受了全面性的檢查，是不是因為副本裡發生的意外，而感受到極大的心理負擔？我為此感到非常擔憂，實際上，他在第六輪副本被魔王下詛咒，還有過去在第二次大型副本遭遇那樣的事……」

史允江非常自然而然地提起第二次大型副本的事情，鄭利善在第一次大型副本中失去雙親，在第二次大型副本失去了朋友們，這些故事早已傳開許久，但是在如此公開的場合直接提及，帶給了鄭利善很不同的感受。

「在這次突擊戰的第三輪副本中，鄭利善修復師也露出了極度的不安，因而從副本中撤退……」

鄭利善緩慢地眨眼，這種人他看得太多了，裝作擔心他、實則揭開他傷疤的人們，自己並不希望被談論，這些人卻在其他地方到處胡說，認為自己待人溫暖、懂得擔心別人，並沉浸在這樣的思想裡，或是利用這一點作為戰術策略。

其實只是躲在同情這個名詞底下，對別人的悲痛幸災樂禍。

鄭利善知道每當這種時候，那些人都在期待自己的反應，所以鄭利善靜靜地、不帶任何表情變化地看向史允江。面對這樣的反應，史允江的表情雖然變得有點奇怪，但他馬上讓微皺的眉頭舒展開來，笑著說道：「根據上述原因，我非常擔心，Chord 是不是為了進入突擊戰，而強迫覺醒者做到超過可承受範圍的事。因此最近我有提到，本次突擊戰的最後一輪副本，也就是將進入第七輪副本的進攻隊伍人選……不過我要藉由這個場合聲明，我的目的絕對不是要妨害 Chord 的成果，至於將由哪個進攻隊伍進入，預計之後會和 Chord 隊長進行真摯的對談……」

史允江繼續發表言論，鄭利善一點反應都沒有，他很習慣在這種情況下藏好自己的情緒，不過每當這種時候，他看上去就像一個沒有情感，甚至毫無生氣的娃娃，因此給人一種奇怪的疏離感。

鄭利善靜靜地待在別人覺得他看上去很陌生的視線裡，突然感受到了往自己的手上繞上來的溫暖。靠近他身邊的史賢與他十指相扣，史賢突如其來的行為讓鄭利善落下了詫異的視線。

史賢看著他，對他耳語道：「現在殺他，你還會在意嗎？」

「你在說什麼……」

「你剛才不是怕史允江死在副本裡，心裡不舒服嗎？所以我現在在問你，你能不能接受他死掉，只要你想，我就幫你達成。」

史賢的聲音聽起來似乎真的會這麼做，但是又莫名帶著一點淘氣感，頓時讓鄭利善發出輕笑，他看向史賢的眼神像是在說，我到底都聽了些什麼。就算因為耳語讓兩人的臉非常靠近，但是鄭利善也不覺得有壓力，反而因為看見全然望向自己的瞳孔而露出笑容，鄭利善再次微微地揚起嘴角。

「不在意了。」

如果史賢會對自己說這種開玩笑的話，代表自己剛才的表情比想像中還要黯淡，不管怎麼想，史賢應該都是想要提醒自己注意表情，才會這樣說……等等，他應該是這樣想的吧？鄭利善稍微變得嚴肅，而後輕輕地搖搖頭，推了一把史賢的肩膀，史賢臉上露出微妙的微笑，乖乖地配合被推開。

與此同時，史允江的演講不知不覺地結束了，聽見他說著最後的問候詞，希望大家好好享受這場活動，雖然臺下所有人都在鼓掌，卻暗自互相看眼色。

史允江透過這次機會，不只解釋了他與Chord之間的衝突，還強調了他決定由一級進攻隊伍進入第七輪副本的正當性，即使與實際情況不同，但是他的這番說詞還是一定程度地改變了氣氛。

就在大家議論紛紛著，這樣下去是不是真的要由一級進攻隊伍代替Chord進入副本的時候，這場活動的司儀走上講臺。

「接下來HN公會的特殊精銳隊伍，Chord的隊長要發表一段祝賀詞。」

司儀當然是照預定程序說明，但是史允江的表情突然變得很奇怪，他問走下臺的司儀到底在說什麼。司儀感到非常慌張，以為這是已經溝通好的橋段，就在司儀解釋自己只是照交代的內容辦事的時候，史賢在掌聲之中走上講臺。

史允江擺出不滿意的表情看向史賢，但是又不能把已經走上講臺的人拉下來，在這個這麼多人的空間裡，不能引起騷動，他心想連獵人協會長都在場，史賢應該不會亂講話，就在看向史賢的側臉時，突然與轉頭的史賢對視。

兩人的視線在空中沉默地來往，史賢收起了目光，露出美麗的微笑。

「我一直對於沒能好好恭喜我的手足成為公會長這點，感到很可惜，非常開心能有今天這樣的機會。」

儘管坐在前面的韓峨璘抖著肩膀，正在喝水的奇株奕微微咳嗽，祝賀詞還是流利地進行著。

聽著史賢說過去四年來，近距離看著自己努力的模樣，認為那份努力值得獲得報酬，史允江的表情變得越來越奇怪，因為史賢完全沒有露出挖苦的神情，似乎是真的為此開心，擺出欣然接受的表情。

「我知道他為了這個公會勞心勞力。」

史賢明明都是在說好話，但是聽者各自都懷揣著不安，在如此奇妙的情況下，他歪頭說道：「不過，剛才公會長所說的內容中，似乎有一些會構成問題的地方。」

親口稱呼史允江為公會長的史賢，開始指出問題點。

「Chord的古代世界七大奇蹟突擊戰入場權限，是由獵人協會親自賦予，雖然三大大型公會都有入場權限，但是Chord是首支發現突擊戰副本的隊伍，實際上也和協會長一同協議突擊戰的公開方向，因此被保障握有入場權限，也就是說，協會長給予了Chord權限，現在公會長卻想決定Chord進入與否，這是否算是一種越權呢？」

整個空間因為這股死寂感寧靜了下來，史允江的表情漸漸僵硬，坐在最前排的獵人協會長微微點頭，儘管擁有入場權限的是三大公會，但是Chord在這之中又處於特別的位置。儘管第三輪副本Chord決定退場，再次進入時有傳聞是否將由HN公會的一級進攻隊伍代替進入，不過那是因為Chord的主力成員韓峨璘獵人身上有傷，與現在的狀況截然不同。

因此也就代表，就算史允江決定將由一級進攻隊伍取代Chord進入副本，只要Chord不退讓，那麼史允江也無法強制推行，因為Chord的入場權限不是由公會長，而是由獵人協會長賦予。

「不過我們非常感謝公會長對Chord的關心，甚至無微不至地為Chord的覺醒者設想，雖然我不知道你是什麼時候開始對Chord這麼上心，但是想成是你當上公會長，開始有了些新的變化就行了吧。」

眼角抽搐的史允江和史賢的視線再次相交，史賢露出了微笑，認為史允江的一切反應都很可笑。

「Chord的覺醒者的確在第六輪副本遭遇意外，不過我不禁設想，那場意外有嚴重到讓Chord無法進入副本，讓公會長如此擔憂嗎？Chord一直都在為第七輪副本做準備，我們想進入這次突擊戰最後一輪副本的意願沒有改變……」

「……」

「但是如果公會長還是執意這麼做，那我也沒有辦法。」

史賢說得一派輕鬆，整個會場暫時變得寂靜，隨後立即引發了一場混亂，人們像是在確認自己聽到的是不是真的，全都左顧右盼地環視四周，而那樣的行為讓會場的混亂更急速加劇。

史允江瞪大眼睛，不知道為什麼史賢會突然說出這番話。史賢看著他的所有反應並表示理解，放鬆眼角，表情看起來十分溫柔。

「換作是任何人，當上大型公會的公會長，一定都會想要打造顯眼的實績，我非常能夠理解，因為光是進入S級副本這件事，某種程度上就能證明一位獵人的能力，再加上人們不是都說成為公會長之後，最先清除的副本，會是公會長在獵人之間被認可的機會嗎？」

氣氛頓時驟變，史賢的一句話，聽起來就像是史允江想要自己進入副本一樣，人們也開始議論紛紛，讀懂現在的氣氛，史允江露出非常慌張的表情。

「……什、什麼？」

「最近你持續關注一級進攻隊伍，也是為了配合默契吧？我當然會認為是公會長在為了進入第七輪副本做準備。剛才公會長自己也提到，有許多聲音對你的上任感到擔憂，看起來你應該有自覺到自己身處爭議之中……」

史賢微微歪頭，他直接點出史允江最近的爭議，也就是史允江為數不多的進入副本經驗，而這漸漸地引起騷動。因為史允江過去幾天來，不間斷地表現出阻止Chord進入副本的意圖，彷彿在問著原來這就是他做出先前行為的理由嗎，場內四處發出議論。

實際上就像史賢說的，成為獵人公會的公會長後，第一個進入的副本能夠證明獵人的能力，也就是鞏固公會長地位的副本。不斷有人以史允江進入副本的經驗很少為由，紛紛出現表示不滿的輿論，由他親自帶領的進攻隊伍清除這次第七輪副本，也許能夠一次反轉輿論。

Chord 獵人們也瞥向彼此，有幾位點點頭，似乎有透過目前的氛圍，預測到史賢長期以來在打的主意，奇株奕不知道是否因為過度驚訝而嗆到，咳嗽不止甚至要羅建佑輕拍他的背。

站在講桌前的史賢與旁邊的史允江承受著許多人的眼神。

在那樣的氣氛之中，史賢最終使出了殺手鐧。

「如果是公會長想要親自進入副本，那我也沒有辦法，不過如果並非如此，那我感受不到為什麼……我需要把進入副本的權限，讓給其他進攻隊伍。」

史允江張大嘴巴，好不容易才重新閉上，他像是聽見不可理喻的言詞，觀察著講臺底下的人們，但是所有人都在等待他的答案。不對，這些人已經十分篤定，史允江就是為了進入副本，所以這些日子以來，才會用這種方式打輿論戰，如果不是這個原因，並沒有任何理由，要阻止直到目前都表現優異的 Chord 進入副本。

史允江抖動著瞳孔看向協會長，似乎是認為協會長是現在唯一能阻止史賢行為的人，但是協會長依舊保持著面無表情的臉孔。成為公會長的第一個副本很重要，這是事實，協會長的眼神中似乎在計算著韓國排名第一公會的公會長，為了親自進入副本，而一手造成當下情況的可能性。

協會長的祕書安靜走近，對他悄悄說了些什麼，協會長有些驚訝地睜大眼睛，指示祕書下一步動作，接著祕書走向史賢，複述協會長轉告的話。

會場裡突然陷入一股微妙的寧靜，獵人協會長的反應或史賢帶來的氛圍都不尋常，人們一個個看著眼色，靜靜聽著祕書傳話的史賢，臉上終於浮現笑容。

「聽說第七輪副本的線索分析結果出來了呢。」

解析古代埃及語非常困難，直到副本發生前三天，都還處於未知狀態的線索終於被分析出來了。這個消息引起位於庭院一角的記者們發生騷動，原本副本的線索都只有獵人協會和 Chord 能提前知道，如果線索此時此刻被公開發布，自己就能最先以快訊昭告天下，包括現在所發生的、甚是有趣的情況。

就在每個記者擦亮眼睛拿起相機時，史賢用低沉的聲音唸出線索內容。

亞歷山卓的法羅斯島燈塔，以古代世界七大奇蹟為主題的突擊戰中，最後一個副本的線索。

「『找回數千年來照耀著大海的燈火吧』這是上面寫的句子。」

史賢走向旁邊的史允江，走在講臺上的皮鞋聲，在史允江耳裡聽起來就像是宣判死刑一樣，他的臉上寫滿緊張。史賢打量著他的反應，露出微笑並輕拍他的肩膀。

「現在副本的線索也出來了，你也到處對外表示一級進攻隊伍已經做好完美準備……現在只要公會長公開表示進入副本的決心就行。」

史賢輕輕推了史允江一把，示意他再次站上講臺，史允江用躊躇的步伐拖著時間，人們卻投以要他趕快宣布的眼神，對總是在操控周遭反應的史允江來說，現在的情況就像被逼至絕境一樣。

看著史允江猶豫不決的行為，人們開始四目交接、竊竊私語，就在氣氛漸漸變得混亂的時候，獵人協會長親自開口：「公會長，不對，史允江獵人，你計畫著要進入第七輪副本嗎？」

史允江那在鏡片底下的瞳孔抖動著，自從他坐上HN公會長的位置後，就再也沒有被稱呼為獵人，因此現在的情況帶給他更大的壓力與緊張感。

看著站在講臺上反覆握拳又放開的史允江，史賢溫柔地對他微笑並低頭耳語，外人看起來似乎是史賢無比溫馨地在為他加油打氣，實際上史允江耳邊落下的則是無限冷冽的聲音。

「你看到Chord連續清除S級副本，覺得一級進攻隊伍也有可能辦到，認為清除副本也沒什麼難的，所以才妨礙Chord進入副本，不是嗎？」

「……」

「怎麼？現在才要說你的想法錯了嗎？難道你怕了嗎？」

柔和的語氣卻說著挑釁對方的內容，讓史允江緊閉雙眼。

實際上史賢說的點也沒錯，Chord持續在十小時之內清除副本，讓他判斷也許副本也沒有那麼難以清除，就算不是他們，換作是任何人也能成功清除，所以才妨礙他們的進入。

也許最後一輪副本不是由史賢，而是必須由自己清除才能平息現在的所有非議，這是全世界都在關注的突擊戰，因此只要打好最後這一場仗，一直以來跟隨他的懷疑就能一口氣消失，緊張感如同反胃一般襲來，然而史允江試著強行壓下這番感受，這對他來說也許是個機會。

最後史允江睜開眼睛並開口，將他的一連串反應盡收眼底的史賢，嘴角緩慢地展開微笑。

史賢設下了圈套。

「第七輪副本……我會親自進入。」

史允江自投羅網。

▲

第七輪副本發生當天。

儘管史允江過去五年來，都沒有進入副本的經驗，但是他這三天還是徹底做足準備。雖然HN公會的一級進攻隊伍，對於史允江突然說要一同加入稍微有些驚訝，不過，因為他們內心都希望能夠進入S級副本，所以也欣然迎接這位新來的隊長。

獵人通常都是好勝心很強的人，雖然對S級副本一定存在著害怕，但是他們更渴望清除該副本時能得到的名望。考慮到這次突擊戰所受到的關注，只要清除一個副本，就能因此聲名大噪，而且古代世界七大奇蹟突擊戰中，Chord已經清除了前面六個，他們也有信心自己能夠做到。

面對突如其來變更第一順位進入副本的進攻隊伍，獵人協會變得非常忙碌，至少要在一週之前登錄進入突擊戰，並且要通過協會的審核，這次卻是在副本發生三天前突然更換。

被視為韓國排名第一的HN公會長都親自出馬了，所以完全無法駁回他們的申請，獵人協會經過考慮之後，最終提出了對策，由泰信作為第一順位進入副本，而原先的第二順位樂園公會，則改由HN公會獲得入場權。

在這樣的情況下，泰信卻出乎意料地拒絕以第一順位進入副本。

「我尊重並支持HN公會長以第一順位進入副本，泰信依照原本的順位即可。」

泰信公會長親自出面，鄭重並正式地回絕了協會的提議，身為隊長，而且是現役獵人中活動資歷最久的申瑞任都拒絕了，協會自然無法強迫泰信改變進入順序。因此，在副本發生的前一天，協會將第七輪副本的第一順位入場權限交給了史允江。

一連串的情況讓史允江漸漸認為幸運降臨在自己身上。

甚至在進入副本之前，史賢來訪，並將第六輪副本中出現的S級道具交給史允江，而那就是能夠引誘出藏匿的怪物，預防突襲的最佳道具。

「公會長說要親自進入副本，身為公會旗下的獵人，當然要為此加油。」

史賢欣然地把所有獵人都渴望得到的道具交給史允江，還親切地幫他戴在手腕上，史允江漸漸充滿自信與期待，他先前是裝作沒看到輿論，並不是完全不知道大家在談論什麼，偏偏競爭公會長一職最久的史賢是一位非常出色的獵人，兩人之間的副本進入次數一直被拿來比較，事到如今史允江也厭倦這一切了。

史允江把這輪副本當作他的機會。

儘管史允江認為史賢的行為很令人詫異，但是既然公會長一職木已成舟，史允江心想，也許史賢現在才看清現實選邊站吧。他那驚人的同父異母弟弟，修復了死去父親的屍體，打算利用這具屍體直到突擊戰結束，現在這個計畫告吹了，他也可能對全面攻破突擊戰這個目標死心了。

他原先並不覺得史賢真的會就此放棄，甚至過去幾天以來，還以修復師的精神狀態為由，持續塑造他很擔心 Chord 的氣氛，也隱約為 Chord 扣上過度強迫修復師使用能力的帽子。

史允江也看過 Chord 攻略突擊戰的所有影片，他承認利用修復師的能力確實很有效果，但是非覺醒者進入副本這件事，對進攻隊伍來說是很大的負擔，實際上讓 Chord 成員有顯著負傷的第三輪、第六輪副本，都是因為鄭利善精神狀態不穩定，才會造成場面的混亂。

即使修復能力能夠幫助進攻隊伍順利地進入副本，那說到底也只是圖個方便，並不是化不可能為可能的能力，透過泰信公會和樂園公會在第三輪副本的攻略，史允江已經確認，就算副本處於倒塌狀態，也能夠進攻到魔王的房間。

因此史允江認為修復師的存在並不那麼重要，面對這次進入副本，他也完全沒有感到一絲不安。

雖然有點，不對，是非常緊張，但史允江認為那說到底也只是對於第一次進入S級副本的緊張，可是……

「……」

站在睽違多年，隔著入口看到的副本面前，HN公會一級進攻隊伍的所有人都陷入了寂靜，站在最前頭的史允江，甚至面部有些扭曲，隊員們觀察著他的臉色詢問：「公會長……該怎麼辦？」

第七輪副本，亞歷山卓的法羅斯島燈塔不只是以倒塌狀態出現，甚至還沉在水裡。雖然史允江非常慌張，但還是盡最大的努力不顯露出來，儘管他一看到副本狀態就扭曲的臉已經被攝影機捕捉，他也只能盡力隱藏表情。

他花了一堆氣力假裝擔心鄭利善的狀態，強調讓修復師一同進入副本的危險性，結果這輪副本卻是以最需要修復師的型態出現。

一直線的道路延伸至燈塔所在處，連這條路也是越往前走越陷入水中，燈塔是由三層部件構造而成，一樓和二樓是石塔，三樓是點燈的空間，只有三樓稍微露出水面，無法找到應該緊緊固定在頂端的伊西斯神像。

「先……全員前進。」

史允江以僵硬的聲音下令，等到人聲逼近，副本裡的地形還會有所改變，史允江決定期待地形改變的可能性，先帶隊前進。

這輪副本是史允江時隔數年才又進入的副本，也是他成為公會長之後首次攻略的副本，全世界的人們都在觀戰，不能讓眾人看見他才剛入場，就選擇退場的可笑模樣。

雖然是在白天進入副本，但是副本裡面非常漆黑，暗紅色天空底下的黑色大海像是要吞噬一切，濃烈的顏色裡瀰漫著不祥的預感，甚至在進入路線的另一頭，海浪也高得像是颱風來襲一樣。

儘管獵人們走在坍塌的路上，互相交換著緊張的眼神，卻以極快的速度堅定決心，他們身為韓國第一公會的一級進攻隊伍，還是對自己很有自信，雖然從進入的那一刻起，就感受到S級副本的震撼，但是他們神情認真地邁開步伐。

唰——離開入口一定距離，進入副本之後，就聽見大海裡傳來某種噴湧而上的聲音，那些形體穿透倒塌的地板、挺起上身，它們身穿鎧甲漸漸逼近。

那些噴湧而上的形體是人形怪物，是法羅斯島燈塔作為軍事設施使用時的士兵們，不過臉上了無生意且布滿藤壺，令人作嘔，有幾個怪物的臉上甚至長出鱗片，當有著紫紅色瞳孔的怪物越來越靠近，地上就留下稀軟的腳印，它們的步伐不像是從海裡出來，而是像爬出泥沼一樣。

所幸這些怪物的攻擊速度不快，取而代之的是數量繁多，掌握情況的史允江最終微微皺眉並下令。

「搜索整片大海，抓住這些怪物。」

史允江所下達的命令，是Chord在第五輪副本就展現過的攻略方式。

在與羅德島巨像對決的副本中，獵人們必須往港口的盡頭移動，當從海裡冒出的怪物數量越來越多，奇株奕就使用水屬性的技能橫掃整個海面，因為魔法大面積分散，足足形成十道水柱，將這些水柱當作龍捲風一般使用，一網打盡海裡的所有怪物。

即使每道水柱攻擊力不大，對於阻擋怪物移動卻是非常有效，史允江雖然對於在這個副本第一次發動攻擊就是仿效 Chord 的攻略有所不悅，不過他說服自己這只是客觀上來說策略相近而已。

實際上，當時奇株奕的攻擊在獵人界引起廣大迴響，使用水屬性魔法的獵人們也都有練習這種攻擊方法。站在前方的獵人以悲壯的神情揮舞著法杖，甚至那位獵人手持的法杖，還是這次史允江特別給予一級進攻隊伍的 S 級法杖。

當他很開心自己是在副本裡最活躍的獵人，充滿自信地揮舞著法杖時。

「……咦？」

發生了巨大的問題，獵人以慌張的神情再次舉高法杖，但是海面上沒有任何變化，與先前一樣拍打著大浪，海水並沒有往上捲起，也就代表……

「魔法在海裡不管用……」

「什麼！」

史允江因為慌張而發出吶喊，A 級以上的副本，很多時候會有較為險峻的地形環境，剛好這次第七輪副本就是那樣的地方，有水的地方就不適用魔法其實不算少見，所以在第五輪副本裡奇株奕也是確認過一輪，才使用廣範圍技能。

不過現在魔法師因為馬上使用廣範圍技能，所以已經消耗了不少魔力，而導致這一切的主因，就是他一開始就想要成為活躍角色的心態，魔法師以慘澹的神情說著他沒辦法而退下，但是史允江命令他再試一次。

「難道不是需要更強力的攻擊才會有反應嗎？也可能是因為海浪很大，魔法無法馬上奏效，你再試一遍。」

魔法師雖然有些猶豫，但是在副本裡，必須絕對服從進攻隊伍的隊長，何況這同時也是公會長的命令，完全無法違抗。他最終又使用了一次技能，儘管海面上依稀可以看到魔法落下的氣息，不過最後還是看到魔法被彈出的模樣。

海上的波浪似乎多少可以用魔力調節，但是魔力無法觸及海裡，史允江看到波浪有所動靜，又下令多施展幾次魔法，魔法師因此浪費了不少魔力。

嘎啊，而此時那些士兵怪物開始發出怪聲並跑向進攻隊伍，明明先前都是緩慢地走過來，隊伍全員都沒怎麼在意，但當縮短至一定距離時，怪物的腳步卻變得極快，甚至還有一些躍至空中飛了起來。

「呃……啊！」

「全、全員保持隊形！」

進攻隊伍突然迎來了混亂的場面，史允江一個哆嗦退了幾步，馬上快速下令要隊員保持隊形，隊員們也急忙採取戰鬥準備。他們待在一級進攻隊伍也有些時日了，對於攻略副本的流程自然非常熟稔，如果要說問題出在哪裡，那就是這次副本是他們第一個進入的S級副本。

S級副本裡的怪物對破壞的抵抗力，比A級副本還要高出一層，相對地，怪物所發出的攻擊也更加強力，明明以能夠處理掉A級副本怪物的程度發出了攻擊，但怪物卻沒有死去。

這讓獵人們備感慌張，為了馬上處理掉這些怪物，獵人們施展出更加強力的攻擊，雖然這樣能讓怪物死去，不過那只是治標不治本的解決方法，因為他們依舊處於尚未進入燈塔的狀態，也就是這輪副本的主場域。

對於名譽的欲望、身為獵人的好勝心、受到全世界關注的壓力，這一切的情感交織讓獵人們的攻擊更加劇烈，同時也代表他們的體力正快速消耗著。

但是一番圍剿結束後，隊員們漸漸瞭解攻擊模式並適應節奏，由遠距離輸出型獵人先採取行動，削弱怪物約一半的體力，而後當怪物逼近時，再交由近距離輸出型獵人處理，坦克型獵人則負責掩護這些輸出型獵人。

不過因為怪物等級比之前都還要強，所以魔力消耗的比想像中還多，就算史允江身為進攻隊伍的隊長，可以攜帶滿滿的HN公會準備的魔力恢復藥水，但是不知不覺也使用掉了一半的劑量。

獵人們終於前進到這條道路的盡頭，他們內心期待著走到這裡，也許副本地形會有所變動、燈塔會立起來，但是一切完全沒有變化，史允江的神情有些疲憊，微微皺眉。

他突然喃喃說著「線索」兩字，陷入了煩惱，隨著煩惱的時間加長，獵人們也漸漸面面相覷，觀察著彼此的眼色。

「線索的內容是『找回數千年來照耀著大海的燈火吧』，那麼……」

史允江說著話，就像是個得到重大領悟的人，現在在海面上的部分是燈塔的三樓，也就是點燈的部分，史允江確信在那裡點「火」就是正確的攻略方向，隊員們也點頭表示他說的很有道理。

他們為了在燈塔裡放火陷入一番苦戰，但是往燈塔走去的道路埋在水裡，讓體感上的距離更遠，為了準確地在三樓點火，需要縝密地瞄準標的物，不過海裡的士兵怪物不斷冒出，混亂的情況讓大家很難保持專注。

終於在三樓點火時……

「哇——」

發生了驚人的奇景，當火源一接觸到燈塔，唧唧唧，就發出了巨大聲響，沉在海裡的燈塔開始往上直立，這番景象讓獵人們情緒高漲並抱以期待。

往燈塔前進的道路也漸漸浮出水面，史允江快速地上前，雖然燈塔要完全升起還要花不少時間，但是為了能以最快的速度進場，史允江站在前頭，這段時間依然有士兵怪物試圖接近，不過大家都想著待會進入燈塔後，能在燈塔裡稍微喘息整頓，因此用盡自己最後一絲力氣搏鬥，大家都覺得待會兒在燈塔裡喝藥水恢復後，一切就沒問題了。

然而他們的期待就在海浪高高重擊的那一刻崩塌。

唰，海嘯般的海浪捲起，澆熄了方才在三樓點的火，而從那一刻起，燈塔開始往下沉沒。

「這是……怎樣！」

「道、道路也在下沉！」

片刻之間，上演了令所有人魂飛魄散的情況，浮起來的路面再次沉入水面下，獵人們雖然試圖快速逃離，但是從海裡伸出的手抓住了他們的腳踝，悲鳴聲四起，眾人為了掙脫而踹著腳，原先的陣形也蕩然無存。

面對眼前的情況，隊員們不得已地強烈意識到這件事，他們彼此交換著不安的眼神，原先帶領著一級進攻隊伍的獵人終於站出來說道。

「公會長，我們不如退場……」

「什麼？那可不行！」

史允江像是被惹怒一樣地大吼，他並不想在他成為公會長後，第一次進入的副本裡，以這種方式退場，都還沒碰上魔王，甚至都還沒進入古代世界七大奇蹟的最後一個建築物——法羅斯島燈塔內部，這樣退場的話就太丟臉了。

看著Chord連續清除了數個S級副本，自己也產生對於清除副本的自信，因此妨礙他們進入副本，對外表示HN一級進攻隊伍也能充分做到跟他們一樣，都已經宣戰了，不能就這麼退場。

史允江命令魔法師們再次點起三樓的火，獵人無法違抗他的命令，最終再次排好陣形與怪物交手，不過攻擊的準確度比先前下降許多。

在這種情況下，史允江仍然催促隊員一邊補充藥水一邊發動攻擊，這些是他為了今天所製作的特殊藥水。但是跟藥水能夠恢復的魔力相比，消耗的魔力大上許多，而且藥水能恢復的體力也很有限。

「怎麼這麼煩！」

看到隊伍停滯不前的模樣，讓史允江越來越著急，他陷入了無論如何都要在這個副本裡有所作為的壓迫感，而這股壓迫感迫使他終於還是看向了自己的手腕。

史賢給的能夠引誘怪物的S級道具。

這是會讓人相見恨晚的上等道具，因為史允江進入副本的經驗很少，所以連使用道具的時機都沒能好好掌握，要是一開始就使用這個道具，也許就能一網打盡水中的士兵怪物，也就不用像現在這樣長期抗戰了。

史允江也想到了下一步，燈塔裡明顯也有怪物，那麼只要使用這個道具，就能一次性地帶出所有怪物，這樣不就沒問題了嗎？隨著攻略時間變長，看著獵人們氣力殆盡的模樣，不如一次引誘所有怪物出現，也許這樣的攻擊才是上策。

史允江對自己的想法非常篤定，既然沒有辦法進入燈塔內部，那就把怪物召喚出來外面，產生自信之後，他一聲下令所有隊員等候，並往前站了一步。

「……公、公會長！」

許多獵人都很羨慕史賢的S級道具，既然全世界都已經知道第六輪副本出現的道具功能，史允江也對這個道具賭上極大的期待，只要能好好利用這個道具，也許就能一舉扳平現在的劣勢，將危機化為轉機，抱著這樣的想法，史允江立即將魔力灌入手鍊裡。

喀噠，令人心生畏懼的悲鳴聲響徹整個空間的同時，無數的怪物從海裡飛起，道具啟動並對這一帶區域使出廣範圍的迷惑技能，被迷惑技能打中的怪物，像是被拉扯般地開始衝向史允江。

「呃！」

這個道具在引誘怪物上非常有效，但是數量多到超過史允江的想像，慌張的獵人們急忙地試著阻擋卻無法承受這麼大量的怪物，不只是進攻隊伍，連地面都不祥地震動了起來……

「蛇，有蛇！」

海裡出現了一隻巨大的蛇，那是在古代傳說才會出現的、比人類大上好幾倍的蛇，牠以凶狠的氣勢爬向史允江，速度快到史允江驚荒失措地後退並忍不住發出吶喊：「先處理那個！」

不過獵人們忙著處理各自遇到的怪物，無暇顧及史允江的情況，他頂著變得蒼白的臉孔胡亂施展技能，雖然史允江的專業是製作藥水，但是至少也是一位A級治癒師，能夠對一定範圍內的人，使用恢復體力並提供保護的魔法陣。

史允江馬上施展這項技能，不過他忽略了一件事，那條巨蛇已經盯上他，而且治癒魔法會發出極大的亮光。史允江將法杖伸向怪物的正面，施展著治癒魔法並發出強烈光芒，這樣的行為只會對怪物造成刺激，而這麼做的下場就是……

「啊啊！啊，啊啊啊！」

怪物一下子縮短了與史允江之間的距離，對史允江拿著法杖的手進行攻擊後，並消失於海面上，雖然後面有獵人們急忙上前施展魔法，才讓史允江只有手部遭受攻擊，但是結果相當慘澹。

唰，巨大的怪物摔落橫跨道路，重擊與怪物本身的重量讓道路倒塌，史允江站在倒塌的道路前發出了悲鳴。

因為怪物咬斷了他的手。

史允江所使用的法杖也消失至海平面下，他沒辦法在沒有法杖的情況下使用治癒魔法，握著被咬斷的手腕發出嚎啕般的悲鳴。

儘管其他治癒師趕來施展治癒魔法，卻因為戰鬥持續了好一陣子，魔力已經不足，被攻擊的怪物丟下史允江的斷手就跑，但是治癒師目前的魔力，甚至不夠將手斷裂的部分連接起來，盡快到外面接受緊急處置會是更明智的選擇。

在一連串的慘狀下，隊員們決定退場。手被咬斷的史允江已經陷入恐慌，無法下達任何命令，在剛才那場混亂裡，甚至連一同入場的獵人協會所屬攝影師都負傷，現在真的只能選擇退場。

原本的隊長攙扶著史允江使用召喚石，他們馬上移動至入口前，一個個從入口往外走，所有人的臉上都露出慘淡的挫敗感。

作為一級進攻隊伍，他們一直以來對於清除A級副本都很熟練，所以他們對於攻略S級副本抱有期待，Chord連續六次都在十個小時內清除副本，這甚至讓他們覺得S級副本也沒有那麼困難。

但是當他們親自面對實際情況才終於頓悟，S級副本絕對不簡單，看起來簡單只是因為快速清除副本的是最精銳的獵人隊伍Chord。

「公會長……」

獵人們看著瑟瑟發抖的史允江，一個個都露出了感到可惜的眼神，而史允江在那樣的視線下，漸漸積累著他的憤怒，起初只是因為手被咬斷而陷入恐慌，現在的怒火則是直指一人……

史賢。

他反常地欣然讓出S級副本的進入權限，而且故意在人多的公眾場合塑造「公會長所進入的第一個副本」的框架，慫恿史允江入場，從他的口中親自說出如果不是公會長要親自進入副本，他沒有想要讓出權限的想法，搞不好史賢從一開始就是看準了事情會這樣發展。

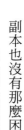

如果是一級進攻隊伍進入副本後失敗退場，那麼史允江說成是他們能力不足就行，但是史允江親自進入副本，甚至擔任進攻隊伍的隊長，那麼這次攻略副本的失敗原因都會指向他的指揮能力不足，史允江眼前漸漸變成一片黑暗的同時，腦海裡也充斥著過熱的憤怒。

連進入副本前史賢交給他的道具都很可疑，他認識的史賢不可能欣然給他這種道具，應該要抱著懷疑的心情收下才對，史賢絕對是看準自己無法善用這個道具才給的，無庸置疑。

「……史賢！」

史允江瑟瑟發抖著走出入口外，他得先立即回到公會大樓治療手部的傷，再來生史賢的氣，不過他的視野裡映入了某個人的皮鞋。

那雙皮鞋甚至像擋路般，逕自出現在史允江面前，他抬頭往上看，與一雙黑色的瞳孔對視。

「你就這樣失敗了呢……」

一從入口出來就碰上史賢，他的眼角放鬆，就像是對事情如今的發展表示遺憾，史賢虛假的溫柔神情，讓史允江立刻睜大雙眼怒瞪著他，眼裡充滿血絲。

史允江帶領的進攻隊伍進入副本已經超過十個小時，儘管他們已經盡力，但是如果要客觀對他們的攻略作出評價，花了十個小時無法進入燈塔，甚至還有那麼多人受傷，這很明顯是進攻隊伍實力不足所致。

「你……故意！」

「什麼故意？所有的選擇都是公會長親自決定的。」

在這個深夜裡，以漆黑的夜空為背景，一步步走近的史賢低頭看著史允江。雖然走路不穩並受人攙扶的史允江也怒瞪著他，但是看上去糟糕無比。

「說出要由其他進攻隊伍代替 Chord 進入副本，以及公開發表自己要進入這輪副本的人，都是公會長自己吧。」

「你故意給我這個道具，不是嗎！」

「我有強迫你使用嗎？是某個自大地覺得自己能善用道具的白痴使用的吧，這種情況我們通常稱之為找死。」

「你……」

史賢爽快地挖苦一番後，露出了柔和的微笑。

「你不想承認你討厭的人其實很厲害，充滿自卑感又打壓不成，結果看到對方的成功，產生或許自己也能做到的錯覺，不是嗎？實際上，你只是不想承認自己的能力不足而已。」

史賢的語氣溫和到讓人差點忘記，他正說著刺耳又譏諷的言語，呆滯眨眼的史允江慢了一拍才提起精神，為了抓住史賢的衣領而伸出手。史賢一動也不動，就在史允江的手好不容易才搆到他的領口時……

「你得去一趟協會。」

史允江的雙手突然被抓住，穿著黑色西裝的人們讓原先攙扶著史允江的獵人後退，像是逮捕一樣地抓住史允江，領口上的協會徽章證明了他們真的是協會的人，突如其來的狀況讓隊員們感到慌張，史允江的眼睛瞪大。

這麼回想起來，情況很奇怪。

從副本退場時，雖然自己正想著要去見史賢一面，但是就這麼在入口前相遇，非常可疑。史賢也不是第二順位進入副本的隊伍，不可能會出現在這裡，卻帶領著獵人協會成員等待著史允江。

就像在等待他以這種落魄模樣出來一樣，馬上要把他抓走。

「這是、是怎麼回事！」

「史允江獵人現在是殺人事件嫌疑人。」

「什麼？殺人事件？」

史允江大叫並露出荒唐的神情，他是治癒系的治癒師，目前為止製作的藥水也都是恢復型或是用於解除詛咒上，不可能會害人，能夠救人就會救，殺人這種事……

想到這裡，史允江的臉突然急速僵硬，眼前的史賢，以及被視為殺人事件嫌疑人的自己。

「HN前公會長中毒的驗屍結果出來了，詳細內容請你到協會提供陳述。」

協會派來的人一板一眼地朗誦著通知，因為獵人逃跑的可能性很高，因此協會將進行拘捕調查，其他有關緊急治療或律師的事，史允江都聽得左耳進右耳出，只能用目瞪口呆的表情看著史賢。

史允江進入副本的時候，也就是他無法操控媒體的時候，史賢趁機散播消息，公會長的驗屍結果顯示，其離世時處於中毒狀態，推測其服毒的時間與史允江來訪韓白醫院的時間相符，而當時的監視器畫面也散播出去了，協會甚至分析出毒物檢體內含有魔力的痕跡。

那份結果意味著HN前公會長的死因並非是單純疾病，而是現任公會長使其服下劇毒物質，全世界都爭相發出快訊。

「你、你……」

史允江在副本裡證明了他身為獵人的能力不足，與此同時，副本外流傳著他的弒父疑雲，不用看也猜得到現在媒體和輿論都只談論著這件事，因為一直以來他都是以這種手段控制言論，坐在副公會長的位置上。

憤怒、衝擊與害怕，史允江的臉上混雜著一切情緒，甚至出現痙攣現象。史賢往史允江靠近一步輕拍他的肩膀，似乎是在表示他的心疼，低聲對他耳語，聲音溫柔地就像是在安撫身處驚嚇的孩子。

「你應該搞清楚自己有幾兩重。」

「……」

「錯用與自己等級不符的道具，就會遭致等價的災禍。現在不就是這樣嗎？當然，你的位置也是如此。」

史賢對著面色蒼白的史允江露出微笑，嘴角明明因為微笑而上揚成一個弧形，但是他的瞳孔裡卻是無止盡的寒冷，明顯表露出他寧靜的憤怒。

史賢擰著史允江抖動的後頸念叨著：「要招惹人也要看對象是誰。」

從他的聲音裡可以感受到他壓抑的憤怒，這是第一次完整地感受到史賢的情緒，這讓史允江稍微有些慌張，但是他無法逃出史賢的手中。

「知道誰在他旁邊的話，就不該用這種爛方式，不是嗎？要有多蠢才會去刺激最弱的人並愚笨地操控他。」

聽見冷冽的聲音，史允江這才想起史賢指的是誰。史賢是單純因為公會長位置被搶走之外的事感到不悅，黑色的瞳孔裡全然找不到能稱之為人情的情緒，史允江就像在獵捕者面前的草食動物抖動著。

史允江想起，「那天」史賢乖乖讓公會長死去的理由，儘管他考慮的時間很久，但那天他在醫院裡一句話都沒說，把公會長身上的修復能力解除後就離開了，原來當時他沒有太大反抗都是有原因的。

史賢沒有直接殺死史允江，而是摧毀了他在社會上的所有地位，甚至是用史允江一直以來最擅長利用的手段。

陷入衝擊的史允江顫抖著想要大喊，但是喉嚨卻好像被恐懼勒緊似的，只能張動著嘴。史賢看到史允江這副模樣，露出微笑並轉身離開，以眼神示意協會人員把人帶走。

最終史允江連個像樣的反抗都無法做出，就被協會的人帶走了。

至此，史允江徹底垮臺。

◆ 第四章 ◆

未來

古代世界七大奇蹟突擊戰的最後一輪副本在下午四點開啟。該副本由HN公會的一級進攻隊伍以第一順位進入，他們在副本生成的前兆發生那一刻起，就在副本前面等候，代替了以往的Chord。

那天，Chord全員都沒有上班，史賢說公會大樓應該會很混亂，交代隊員各自收看攻略副本的影片並分析，因此鄭利善在家看著直播影片，原本都是由自己的團隊以第一順位進入，像這樣看著其他的進攻隊伍率先進入副本，有點，不對，是非常新鮮。

每次進入副本時都很緊張，不知道副本會是怎樣的型態。這次透過手機觀看，心情放鬆許多，不過幾天後就要親自進入這輪副本，因此為了縝密地修復，必須仔細觀察畫面，而那天透過手機看見的情境，讓鄭利善大吃一驚。

目前為止他見過了很多倒塌的建築物，但是像這樣完全沉在水裡的，他還是第一次見到，甚至連前往燈塔的道路都沉在水裡，他認為第七輪副本難度，明顯高出其他幾輪一大截，不禁擔心了起來。

史賢為了昭告天下史允江能力不足，故意推他進入副本，然而這輪副本也像是炫耀般地展現它極為險峻的難度。鄭利善的心情甚是複雜，儘管不同情史允江，但是也難免有點憐憫。另一方面，內心還有一些痛快，因為副本難度越高，越能讓史允江的真實能力表露無遺。

因為是大型公會的一級進攻隊伍，鄭利善認為他們至少能夠有效防守，但是隨著時間流逝，鄭利善的想法……老實說，只能轉變為失望與驚訝。

也許是因為自己跟著 Chord 活動，從旁看過史賢指揮隊伍的模樣，所以可以明顯看出史允江的能力不足，他比鄭利善想像中的還要弱，即使考慮到他是治癒師，對戰鬥較不熟悉，但是他掌握全面性狀況的能力依舊很不足。

鄭利善心想，也許會有需要注意的戰鬥模式，逼自己專注地看著影片……就這麼看到睡著了。

影片中的一級進攻隊伍連燈塔都無法進入，一直在同樣的地方徘徊，讓他感到有點，不對，是非常無聊乏味。

鄭利善就這麼久違地一覺好眠，結果等到他起床的時候，家裡迎來了一批訪客。

「修復師，你的臉看起來睡得超飽耶？」

「利善修復師該不會是昨天看攻略影片看到睡著吧？最後才是精華耶？」

「從昨晚到今天凌晨整個世界喧擾紛亂……」

奇株奕、羅建佑、韓峨璘邊輪流搶著說話，邊走進鄭利善的家。

鄭利善呆滯地迎接突然前來拜訪的他們，因為還沒完全清醒，所以無法好好聽進他們吵雜的招呼問候。

洗漱出來之後，鄭利善才好不容易提起精神，得以和他們談論目前的情況。昨天凌晨兩點左右進攻隊伍退場，與此同時，發生了史允江被獵人協會抓走的衝擊消息。

「突然出現……獵人協會嗎？」

鄭利善昨天晚上還沒十點就昏睡了，而且睡前都在觀察攻略影片，根本不知道另外一邊發生了什麼大事，所以直到聽完大家所說的故事，他才用非常驚訝的表情上網確認，搜尋引擎已經因為史允江用毒殺害前公會長的消息而癱瘓。

「我以為史賢只是單純想藉此機會，讓世人知道史允江的實力高低……沒想到他會利用得這麼徹底，故意等到史允江和外界隔絕聯繫的時候，連應對情況的時間都奪走，一離開副本就被逮捕……」

韓峨璘神情驚恐地抖著肩膀，奇株奕和羅建佑頻頻點頭，說著果然讓出副本進入權限自有史賢的理由。

鄭利善看著史允江被獵人協會逮捕時拍下的照片，表情有些微妙。

「你選擇這樣做，不就是知道無論我做什麼都殺不死他嗎！」

自己服下毒藥，史允江和史賢在副公會長的辦公室對話的時候，隱約記得史允江說過這句話，鄭利善在模糊的記憶裡翻找著，認為史賢也許是從那個時候就在計畫這一切了，在韓白醫院說的搜集資料，都是為了這一刻嗎……

鄭利善回想著當時的情況，同時看到報導說從公會長的屍體裡驗出了含毒成分，而且不只是一種，是五、六種，既然公會長沒有死，那應該是被迫服下這麼多種毒藥，他抱著不對勁的心情繼續看報導。

韓峨璘搖搖頭說道：「總之，史允江毒害前公會長的事情公諸於世後，現在公會陷入了混亂之中，建築物被記者包圍，根本不能進去，所以大家決定在這場騷動結束之前，各自分析攻略影片，我們想跟利善修復師你一起看，所以就過來了。」

「姐姐的話絕對可以直接推開眾人進去，不過現在還是不要惹事，小心為妙。」奇株奕開朗地說著，看見韓峨璘露出和藹的微笑後馬上閉嘴，羅建佑則在一旁安靜地聽著這些爆笑情節。

鄭利善認為史賢從昨天就不讓Chord上班是有理由的，媒體從以前就喜歡幫史允江和史賢營造對立形象，史賢這麼做是為了防止Chord成員的一舉一動遭媒體穿鑿附會，與現在的情況做過多的連結。

當鄭利善看到照片裡史允江的一隻手臂，準確來說是染成紅色的手腕時，發出微微的嘆息。

「……那隻手，接得回來吧？」

「獵人協會裡有A級治癒師，應該會幫他接回去。不過，他可能無法馬上使用那隻手……沒有法杖也可以使用技能，但是那也需要練習好幾次才能成功，史允江一直以來都是透過法杖施展魔力，應該會更難練起來。」

「不能換成使用左手嗎？」

「如果平常是左右開弓還行，根據我目前為止的瞭解，史允江都只用右手，使用魔力這件事和意識狀態有關，要以熟悉的方式使用，魔力才會順利輸出。他應該不至於無法使用魔力，只是當前無法控制手臂的小肌肉，因此製作藥水上會有點困難，要適應也很花時間……」

因為同樣身為治癒師，羅建佑仔細地分析著目前的情況，滔滔不絕地說道：「而且怪物就在面前，幹麼還要用廣域治癒技能，嘖嘖。自以為是地施展出最大的技能，卻完全沒有考慮到，技能亮度會跟隨程度上升，導致刺激到怪物嗎……明明就不是使用戰鬥技能的人，幹麼自己出頭。」

他咂嘴搖頭，要是在副本裡治癒師的魔力足夠，就能進行緊急處置，他批評著一級進攻隊伍的攻略，說魔力早已嚴重浪費。在副本裡，魔力的分配很重要，如果過於自大地認為藥水是萬能的，絕對會遭遇麻煩。

「不過現在史允江無法使用魔力了，因為殺人絕對會被停止獵人資格。但是可能會有限制他A級技能的裝置，所以，以後如果不是完全不能使用魔力，就是一用馬上就被監視，嘖嘖……」

「啊，毒害……」

「公會長被停止獵人資格，應該是全世界第一次吧，哎唷，真丟公會的臉。」

奇株奕哭喪著臉說HN公會的股價要掉了，名聲也要掃地了，排名第三的樂園公會因下任公會長千亨源引起騷動，排名第一的HN公會則是因為現任公會長史允江亂成一團……奇株奕說這一局的贏家是泰信公會。

鄭利善莫名覺得很有道理，不自覺地小幅度點點頭，然後詢問：「那麼史賢獵人現在在哪裡？」

「啊，隊長現在在非常混亂的公會裡。」

「史允江忙著妨礙 Chord 進入副本，連副公會長都沒有選出來，搞不好是他怕權力因此分散，才故意不選的……」

史允江毒害前任公會長的證據出現，他被停止獵人資格也是顯而易見的事。帶領獵人公會的公會長，如果沒有獵人資格，也就等於褫奪公會長一位，現在是由史賢管理這個混亂的公會。

其實史賢的職位並沒有代理公會長的權限，不過沒有任何人對史賢提出異議，因為對象是和史允江競爭公會長一職許久的史賢，所有人都理所當然地接受了現在的情況。

鄭利善隱約猜測著現在的情況，並點點頭。

「泰信公布他們計畫什麼時候進入副本了嗎？」

「聽說是正中午，待機十個小時後進入，現在大概剩兩個小時。」

聊了好一陣子史允江的事，眾人自然而然地轉換話題，一級進攻隊伍的攻略影片中，其實沒有太多能夠分析的內容，但是一絲線索都不能放過，大家認為要仔細地看過一遍，忙碌地打開筆記型電腦，他們打算用電視看泰信的影片，用筆記型電腦看一級進攻隊伍的影片。

鄭利善最後看了一眼手機上史允江被架走的照片，就毫無留戀地關掉手機畫面。

奇株奕馬上開啟ＨＮ公會一級進攻隊伍的攻略影片，並說道：「我從攻略影片的一開始就大受衝擊，第七輪副本完全就是為了修復師你而存在的副本。」

「我也很驚訝，我們 Chord 有利善修復師在，不知道有多幸運……」

奇株奕和羅建佑露出了真心覺得幸好的表情，不過說到看影片時感受到的衝擊，其實鄭利善也同樣驚訝，表情有些尷尬。

「可是……我的修復能讓燈塔升起來嗎？這個進攻隊伍也是等三樓點火之後，燈塔才升起來，我會不會也只能做到修復道路……」

「我投燈塔會立起來一票。」

「兩票。」

「三票。」

「……」

突如其來卻又瞬間結束的投票，讓鄭利善露出了不情願的表情，其他三人大笑出聲，他們噗哧笑著說捉弄鄭利善很有趣。

韓峨璘最先收拾笑意說道：「考慮到你目前為止都是用隱藏能力修復，我認為這次燈塔也沒有問題，而且就算沒辦法讓燈塔升起，如果能夠將前往燈塔的道路修復得平整穩固，對獵人來說也會輕鬆很多，走到道路的盡頭再讓奇株奕點火就行……你不需要有太大壓力。」

「浪那麼多又那麼大，我有辦法一次點火成功嗎……」

「你要是擔心，我這就聯絡史賢，請他多幫你訓練一下。」

「我是點火達人，我上輩子是點烽火的人。」

奇株奕悲壯的一句話，最終讓鄭利善微微笑了出聲，他的笑容讓眼前的三人暫時露出驚訝的神情。

奇株奕接著極為欣慰地說道：「每次修復師笑，我都有種破解關卡的感覺。」

「這個講法真的很奇怪，但是我也有這種感覺。」

平常奇株奕說什麼，都會開玩笑回以冷淡反應的韓峨璘，這次居然也表示同意並點頭，每次自己笑都讓他們有這麼大反應，這讓鄭利善很難為情。

「不過利善修復師越來越常笑了，看上去真好。」

羅建佑突然隨意說出口的一句話，讓鄭利善的表情變得更尷尬了，他撫摸了自己的嘴唇。一年前的那天以後，他知道自己過著情感停滯的人生，因為沒有朋友，自然也沒有能讓他笑的事情，但是在Chord和新的隊友相處，讓他的人生稍微多了一些值得微笑的事情。

因為他們的對話很好笑，搞不好是因為他其實內心很認同這種輕鬆的氣氛。

「……」

察覺到這一點，鄭利善的心情非常奇怪，先是反射性地感受到了不舒服的愧疚，但是又出現了一份陌生的自在感，當鄭利善反芻著這兩種相悖的感受時，其他三位正忙著確認攻略影片。

奇株奕看了一下手機，突然小聲地嘆氣看向窗外。

「哇，我本來以為情況對泰信有利……現在變成一場硬仗了。」

突如其來的一句話，讓其他三個人也都轉頭看向旁邊，因為他們聚在客廳，所以所有人都發現了同一片天空，跟著奇株奕嘆氣。

外頭的天空一片陰暗，烏雲密布，看起來馬上就會下雨，有時候副本內外的天氣會同步，考慮到第七輪副本的地形，現在快下的雨，肯定會對泰信進攻隊伍的攻略造成很大的影響。

此時，確認完天氣預報的奇株奕說，接下來兩天都會下雨，也許輪到 Chord 進入副本的時候也可能是下雨的狀態，他有些心煩意亂地喃喃自語：「是會下多少雨……」

被染成無彩度的天空，漸漸地失去陽光。

▲

就在泰信進攻隊伍進入副本前的三十分鐘，天空下起了大雨。

許多人對此感到可惜，泰信進攻隊伍也在入口前召開緊急會議，這場雨下在首爾全區，哪裡都看得到，包含獵人協會的建築物。

「……」

史允江正走向審訊室，他呆滯地望著外面的天空，一夜之間長滿黑斑的眼周和了無靈魂的瞳孔，都說明了他度過了怎樣的一晚。

凌晨就被獵人協會抓來，先針對被咬斷的手腕接受治療，因為獵人協會是獵人的中心機關，所以存在實力超群的治癒師，治療品質也在水準之上。不過儘管手部已經接上、沒有太大傷口，但是史允江一點都沒有因此開心。一切的情況都很陰鬱，先前他自信滿滿地進入S級副本，似乎就像一場夢一樣。

原先期待著，自己可以一次解決進入副本經驗不足所招致的爭議，認為能給連續成功清除S級副本，而得意洋洋的史賢一點顏色瞧瞧，但是現實卻截然不同。

甚至還因為史賢過分親切地幫忙帶上的道具，讓自己公開地顏面掃地，連手都被咬斷了，更別提一離開副本，就被殺個措手不及，直接被協會抓來這裡……

在副本裡感受到的恐懼，漸漸轉化為憤怒，從他頓悟這一切都是史賢的縝密布局那一刻開始，他就感受到內心有股無法壓抑的憤怒，再加上現在下起雨了，這讓史允江更加生氣。

身為親身經歷過第七輪副本的人，他清楚知道在那個地形裡受風吹雨淋會有多險峻，就算沒有風雨，倒塌的道路對於泰信公會長的雷電技能也很棘手，如果再加上颳風下雨，更會限制技能使用的範圍，泰信公會將攻略失敗，考慮到樂園進攻隊伍的水準，他們的失敗也是顯而易見。

那麼最終就會輪到Chord進入副本，這也是史賢的如意算盤吧？最近史賢頻繁地跟泰信公會長見面，搞不好已經達成了某種交易。

這麼一來，在副本裡顏面盡失，在副本外則被世人認為是殺父兇手，自己的結局就是徹底沒落嗎？

那麼Chord呢？史賢終將全數清除古代世界七大奇蹟突擊戰副本，名聲遠播嗎？史允江想到這一點，感受到了極大的相對剝奪感和憤怒。

自己被認為毒害公會長一事，讓史允江覺得非常委屈，他對公會長下毒是事實，但那是因為該死之人一直死不了，他才出此下策。照鄭利善所言，公會長在幾個月前就已死亡。

真正對公會長心狠手辣的，不是自己，而是史賢。

那個史賢就這麼高尚地勝券在握嗎？

自己就要背黑鍋，人人喊打？

這一點讓史允江越想越生氣，明明兩人的手段都一樣骯髒，為什麼只有自己遭殃？他努力掙扎多少年了！

史允江獨自坐在審訊室裡氣得直發抖，覺得就這麼被打敗實在太委屈了，所以他開始思考，什麼時候最讓史賢動搖，雖然只是一下子，但是是什麼理由讓史賢最終必須做出退一步的選擇。

史允江看著史賢一路走過來，身為對史賢抱有自卑感的人，自己比任何人都站在更近的地方、更加仔細地觀察著史賢。

因此史允江能從史賢的行為裡，馬上察覺到與往常不同的地方，一開始覺得史賢只是就近看管這次突擊戰的隱藏人物，但事實並非如此。

史賢只會對鄭利善展現不同的反應。

他帶著流血的鄭利善來到自己的辦公室時，當時史賢的臉上滿是憤怒，那分明是情感受到動搖的表現，讓他放棄一直以來費盡心思的計畫，不惜放棄最簡單的路線，都要選擇救他性命的那個存在。

還有自己從副本中離場的時候，史賢抓著自己的後頸說出的那句話。

「要招惹人也要看對象是誰。」

想起史賢當時的瞳孔，史允江可以確定，那個不悅的程度已經超過招惹他隊上的成員。史賢絕對沒有心胸寬大到能夠把打亂他計畫的人，也就是行為脫離他控制的人，再次帶在身邊，但是史賢卻依舊和鄭利善一起行動，甚至以這種方式布局報仇。

根據史允江這些年來對史賢的觀察，他確定這就是讓史賢變得不同的部分。

「史允江獵人，現在開始，請你如實回答問題。」

因此史允江想讓史賢也嚐嚐失敗的滋味，想要蹂躪史賢故作清高的自信。

只要雨停，這次的副本反而對泰信進攻隊伍更有利，因此 Chord 失敗也沒關係，不對，Chord 必須失敗。

原先低著頭瑟瑟發抖的史允江揚起微笑，抬頭與面前的協會人員對視。

其實他從以前就在搜集跟鄭利善有關的資料。

一年來銷聲匿跡的修復師偏偏和史賢簽約，修復公會長的屍體，史允江想知道他回歸活動的理由，因為史賢只對鄭利善有不同的反應，他認為如果持續挖掘這一點，也許日後就能掌握史賢的弱點。

在與副本尚無關聯時，就備感興趣地凝視著解除異常狀態藥水，還有當他們談論著修復公會長屍體一事的時候，吐血的鄭利善無意識地說出的那句話。

「那你怎麼知道可以使屍體再次動起來？」

「因為朋友……」

聽見鄭利善這麼說，史允江自然而然地認為，他的過去還有一些可疑之處，而後他得知，史賢和鄭利善每次突擊戰副本結束後，都會去一趟龍仁的家，他就打算在那附近安排眼線。

他們兩人一起進屋，卻完全不拉開窗簾，因此自己安排的眼線，即使承受著會被發現的風險，也要丟石頭砸窗，只為取得照片。

史允江早就收到那些照片，但是為了以防「萬一」，他先採取保密路線，既然他已經發現史賢只對鄭利善有不同的反應，等到乖乖退出競爭公會長一位的史賢，日後再有胡作非為的時候，就能以此威脅。

但是事到如今，威脅也早已毫無意義，史允江失去了一切，因此他想讓史賢也感受到同樣的失敗滋味。

史允江樂在其中地唸叨著：「在我回答之前，有件事我想先告訴協會。」

他笑得深不可測。

「是關於鄭利善修復師，與第二次大型副本的疑慮。」

泰信公會進入了第七輪副本。

原先宣布將於正午進入副本，但在三十分鐘前開始下大雨，泰信進攻隊伍召開了緊急會議，雖然比預定的時間稍微晚了一些，但是大家都能理解是因為意料之外的暴雨。

「哇，他們的魔法師會很辛苦耶。」

「原來還可以那樣擋雨……」

四人聚集在客廳電視前看著攻略影片直播，奇株奕說著話。鄭利善看著泰信進攻隊伍的魔法師，利用魔法阻擋雨柱，也真心感到佩服，一道透明的陣法散開至進攻隊伍四周，看上去就像是撐著雨傘。

「那麼一來，下雨就不成問題了不是嗎？」

「那個做法很消耗魔力，而且如果像那樣持續使用單一技能，會很難施展其他攻擊……等於挪出一個戰力人員。」

羅建佑簡略地說明並搖了搖頭，如果有事先練習同時施展兩種魔法還行，但是現役魔法師中，能做到這件事的人少之又少，幾乎可以說是不可能，鄭利善再次認知到奇株奕是多麼厲害的魔法師。

奇株奕二十二歲，在幾乎沒有獵人活動經驗的時候就被 Chord 挖角，當時應該沒有能讓史賢滿意的實績，但史賢的挖角自然有他的理由，就是他看出了奇株奕的才能，鄭利善安靜地感嘆並聽著奇株奕的分析。

「他們應該是決定在進入燈塔之前，採取阻擋雨勢的路線，那就要看他們能多快進入燈塔了。」

「是用雷電技能阻擋，以避免負傷嗎……」

韓峨璘也自言自語，專注地盯著畫面看。

泰信公會長一開始就想快速地進入燈塔，申瑞任往前站，施展了廣範圍的雷電技能，副本裡原先就陰暗的天空瞬間烏雲密布，響起了轟隆隆的聲音，接著一道閃電劈進海裡，氣勢磅礴的攻擊讓看著影片的鄭利善發出驚呼。

但是當他們看見接下來發生的事，所有人都露出了難以言喻的表情，韓峨璘發出了短暫的驚呼。

「哇，那片海……連閃電都打不進去。」

「我以為用閃電燒光就能結束了，結果水面本身就會阻擋魔力……」

雖然爬上坍塌道路的士兵怪物被申瑞任的技能打中，但是海底的怪物毫髮無傷，甚至還有一些怪物在閃電劈下來的時候，躲到更底下的地方。

「伊西斯神是尼羅河的守護神，這個地圖是這樣開啟的嗎……」

「看來是因為祂守護著從燈塔到亞歷山卓近海。」

聽見羅建佑的嘆氣，奇株奕補上一句，兩人一起搖頭。

獵人們試圖抓出躲在海裡的怪物，但如果是非怪物的人類碰到海水，就會像陷入泥沼一樣被拉進去，如果沒有人在海面外抓著，就會無法逃出水面，情況相當棘手。

道路原本就是倒塌狀態，要是一個不小心墜入海底，極有可能會擴大成嚴重意外，鄭利善也露出凝重的表情觀察著路面，正想著屆時自己要仔細修復時，韓峨璘暗自看著大家臉色，而後開口。

「其實……史賢說有件事在泰信進攻隊伍進入副本之前，要絕對保密……」

三個人的視線同時看向韓峨璘，她微微尷尬地摸著脖子，心想現在泰信進攻隊伍已經進入副本，其他獵人應該也會一個接著一個接到聯繫，於是決定道出真相。

「我們進入副本的時候，好像會跟泰信一起進入。」

韓峨璘說這就是最近史賢和泰信公會長頻繁見面的原因，並道出了事情始末。為了讓史允江最先進入副本，史賢徵求了泰信的妥協，並商量了最後一輪副本的合作，史賢認為在第七輪副本中進入燈塔之前，泰信公會長的攻擊應該會強烈奏效，因此如果能夠聯合進入副本，在策略上會有許多益處。

韓峨璘接著說明，如此一來Chord就能順利將古代世界七大奇蹟副本全數清除，泰信公會也能一同被記錄在副本進攻隊伍名單上，對彼此來說都是一次有所獲益的組團。

實際上A級以上的副本，進攻隊伍各自組團一同進入的情況並不少見，只是兩支進攻隊伍可能在磨合過程中會產生問題，因此獵人協會都會優先勸導進攻隊伍各自分別進入，但如果仍想要聯合進入，也只要繳交簡單的書面資料即可。

「所以到進入魔王房間之前，都不用太擔心，只要算準怪物上來的時間，泰信公會長就會負責掃蕩。」

「哇……那麼第七輪副本會有三位S級覺醒者耶。」

起初表示驚訝的奇株奕轉而表示驚歎並點著頭，光看影片就能確實感受到最後一輪副本有多棘手，如果是組團合作，應該就能期待更加順利地清除副本，羅建佑也說應該能展現很驚人的畫面，感到津津有味。

鄭利善這才發現之前史賢說，他和泰信公會長最後還有一件事要商量，指的就是聯合組團進入副本。

站在泰信的立場，如果比史允江還早進入副本，也不用像現在這樣面臨風雨交加的情況，就能更加順利地攻略，但是現在接受史賢的請求而讓步，反而進行著更加棘手的攻略，也許他們很需要組團合作。

就這麼聊了一陣子有關組團合作的事情，影片裡的泰信公會持續前進，儘管閃電的破壞無法深入海底，讓泰信覺得很可惜，不過只要等待怪物上來的時機，由泰信公會長準確地劈下攻擊，瞬息之間怪物就被處理乾淨，和先前進入副本的ＨＮ公會一級進攻隊伍採取了截然不同，並且是很有系統的攻略方式。

專注討論了一陣子，突然聽見了門被打開的聲音。

「哦？你來啦！」

史賢來訪，似乎是處理完公會大部分的急事才過來的。奇株奕一看到他就起身問候，鄭利善在慌張之中也跟著站起來。

史賢先詢問韓峨璘是否告訴隊員聯合組團進入副本的事，而後突然對鄭利善說道：

「利善，我們修改合約吧。」

「……什麼？」

「原本的合約內容，是一起攻略古代世界七大奇蹟副本，期限是到副本結束，但是，我們延長期限吧，原本簽約的內容也有提到在合約結束前，可以討論是否要延長合約。」史賢理所當然地說著。

奇株奕馬上開心地詢問，這樣是不是代表修復師會繼續待在Chord，羅建佑和韓峨璘也露出喜悅的神情，點頭表示贊同。當下只有鄭利善表情呆滯地緩緩眨眼，過了一陣子才打起精神。

「等副本結束之後，修復師在Chord還有需要做的事情嗎……不對，我們換個地方說話。」

有許多雙眼睛直視著自己，鄭利善最終拉著史賢往房間移動。

本來是打算冷靜下來談話，才移動到其他空間，結果進房一關門後，史賢馬上大步上前，抓住鄭利善的手。

如果他的目的是為了標記，那遠遠地握住手就行，現在的姿勢就像被他抱在懷裡一樣。鄭利善一關門轉身就被史賢抓住，雖然有些躊躇地想往後退，但是他的背已經貼在門上了。

不管鄭利善是否驚訝，史賢用著有些享受的神情說道：「我想過了，延長合約是最快、最簡單的方法，有必要回到沒有所屬隊伍的狀態嗎？」

史賢的手溫柔地撫過指縫間，慢慢地往上覆蓋著手腕，而後抓住了鄭利善的手臂，因為兩人過度靠近，鄭利善就像是被困在他的影子裡，只能慌張地仰起頭。

現在史允江的事情也解決了，公會也不言而喻地成為了史賢的囊中物，鄭利善知道為什麼他會像是要挖角一樣地馬上來找自己，但是鄭利善不知道史賢為什麼要如此靠近說話。

因為手腕被抓住，鄭利善只能用有所限制的手部動作，拍打史賢的手臂，但是對方完全沒有要退開的意思，只顧著笑。

最終鄭利善無法推開史賢，只能維持著幾乎困在他懷裡的姿勢，鄭利善慌張地連聲音都微微顫抖著。

「原、原本簽的契約是突擊戰期間在 Chord 工作，如果要延長這份合約，意思是要繼續在 Chord 工作嗎？但是，除了這次副本，Chord 之後應該沒什麼事情需要用到修復師了吧……」

「所以你並不是討厭一起工作。」

「不，我不是……在說那個，Chord 是獵人隊伍，一個要進入副本的隊伍裡，如果有我這個非戰鬥系的人，不會很沒效率嗎？現在是因為這次的副本，有建築物倒塌的特性才需要我，除此之外……」

「只要讓利善你專職負責那些由 Chord 解決的副本就行，原本這份工作是ＨＮ公會的修復團隊負責，等我當上公會長，這點異動不成問題，大家都知道利善你的實力，應該沒有人會提出異議。」

史賢欣然說道，他看起來似乎真的很高興。鄭利善可以得知史賢很滿意目前自己即將成為公會長的事實，但是在這樣的情況下，一結束手邊的急事，就來找自己討論延長合約……

胸口莫名地發癢難耐，也許是因為史賢靠得太近，鄭利善會反射性地意識到兩人的距離，身體一直處在緊張的狀態，也因為距離過短，鄭利善覺得身體似乎越來越熱，微微皺眉，一下子說不出任何話。

對於史賢的提議，他雖然沒有給出正面回覆，卻也沒有回絕。

最終鄭利善只能維持現在的姿勢逃避著視線，喃喃自語般地說道：「……為什麼突然說要更改合約？」

「因為我覺得利善你若接受其他公會的挖角是很浪費時間的事，反正都已經決定好最終要去哪個公會了，還有必要讓其他人白跑一趟嗎？這只是浪費雙方的時間，兩邊都辛苦而已。」

「……什麼？」

「而且你對被人們包圍，向你提出邀約這種事也很有壓力，那就盡快決定吧。」

史賢語氣平穩地就像在說一件非常理所當然的事情，自然而然地接著說，等這次副本一結束，他便計畫公開發表鄭利善會作為 Chord 的專任修復師繼續共事。

「我本來想要等到你下定決心重啟活動，但好像沒那個必要，上次修復泰信公會長家裡的時候，我看你的修復完成度也幾乎完全恢復了……就算不馬上重啟活動，也可以先把所屬隊伍定在Chord。」

鄭利善呆滯地聽著史賢說，Chord解決的副本難度都很高，負傷受害的程度也相對高，因此也會得到許多獎金。

他還聽到史賢說，突擊戰結束之後，馬上就會處理龍仁那個家，繼續住在現在這裡，像平常一樣去Chord上班就行。

雖然鄭利善不曾描繪未來，但是如此直接地聽到史賢為他設想的藍圖，不由得開始想像起那個情況，不知道是因為史賢計畫得很具體，腦海中很容易浮現畫面，還是是被他的話術矇騙過去。

如果以上皆非，那可能是自己單純地被這個說話內容吸引。

「反正你會待在我身邊，不是嗎？利善。」

不知不覺間，低著頭的史賢用低沉的聲音對著他耳語，鄭利善頓時無法喘氣。他再度經歷那個總會聽見的「被看透的語氣」，史賢怎麼會對連自己都無法判斷的事情那麼篤定，鄭利善沒信心深究原因，只能噘著嘴巴。

不對，還是說自己早就知道，只是一直想要掩蓋內心的渴望？無法言喻的眾多情感，狠狠地撓著鄭利善的咽喉。

鄭利善什麼話也說不出來，本能地將視線往旁邊一瞥，他沒有自信繼續看著史賢的臉龐，但是連這點小動作都馬上被阻止，史賢直接扳過鄭利善的臉，讓他正視自己。

「利善，我說過你迴避視線，會讓我的心情很糟。」

「啊，那、那是……我也需要時間考慮續約……」

鄭利善結巴地說著辯解般的言語，史賢漸漸湊近，原先就很靠近的距離，就在兩人連呼吸都漸漸交織在一起的時候。

嗡嗡，突然聽見了震動聲，甚至響了不只一次，更加確定是電話鈴聲。最終史賢稍微後退，確認手機畫面，因為公會正處於混亂的情況之中，要是有什麼問題發生，必須馬上確認，但史賢已經整頓好一切才過來鄭利善家裡，理當沒有這種狀況才對……

但是看了手機畫面的史賢，臉色有了微妙的變化，是獵人協會打來的電話。史允江的案件還有要補充的內容嗎？還是針對第七輪副本還有需要商榷的事？史賢稍微煩惱過後，最終接起了電話。

那通電話很短暫，但是史賢只能乖乖回應。

「……好，我現在過去。」

原來獵人協會的會長親自聯絡史賢，不是吩咐手下打電話，而是親自致電，看來這件事刻不容緩。史賢轉身離開之前，看著仍然貼在門上的鄭利善露出微笑，隨後輕拍他的肩膀便走了出去。

「契約的事等我回來再說吧。」

鄭利善留在原地結巴，無法給出答覆，也無法跟他說再見，回想著剛才差點發生的事情，內心翻騰糾結。

他知道史賢無論是說話方式或行為都有著把人逼至牆角的能力，所以當他回過神來，清楚自己剛才處在被他影響的狀態，但是至於發生剛才那種事嗎？就算自己在這方面再怎麼遲鈍，也不至於不知道剛才兩人的嘴唇差點碰觸在一起。

不知道問題出在他身上，還是自己身上。

▲

史賢離去了好一陣子，鄭利善才有辦法從房間走出來，因為他臉頰發燙，必須讓自己鎮定下來才能出房門。

「咦，修復師醒著耶？你一直不出來，我以為你在睡覺。」

「正好現在泰信攻略到燈塔前方了，要用電視看影片嗎？」

羅建佑說剛才他們以為鄭利善睡著了，為了保持安靜而用筆記型電腦看影片，看到他們的反應，鄭利善更加好奇自己到底在房間裡待了多久，想著想著莫名覺得臉頰好像又要燒起來了，他尷尬地將視線轉向一旁，回答改用電視看影片吧。

韓峨璘、奇株奕和羅建佑坐在沙發底下，鄭利善安靜地坐在沙發尾端看著畫面。如他們所說，泰信進攻隊伍抵達燈塔前方，正試圖往露出海面的三樓點火，但是風雨交織下海浪變得更加劇烈，泰信正進行著非常艱困的苦戰。

燈塔正前方的道路沉在水裡，必須從很遠的地方把火點進三樓，泰信進攻隊伍的飛行魔法師乘著法杖飛起，儘管試著努力點火，無奈風很強勁，魔法師屢屢失敗，只能無功而返。

這樣的情況持續不斷，漸漸地，大家的注意力也分散了，韓峨璘比較起一級進攻隊伍與目前的影片，開始談論著在三樓點火的方法，奇株奕也點著頭提出他的意見，討論持續著。

羅建佑悄悄地走向廚房打開冰箱，提議邊吃水果邊討論，鄭利善跟在他的身後轉來轉去，但是羅建佑卻比鄭利善搶先一步發現水果，鄭利善不禁覺得這裡真的是自己在住的地方嗎？連冰箱裡有什麼都不知道……

羅建佑洗了水蜜桃，在切盤的時候，鄭利善繼續張望，羅建佑大笑著請鄭利善回去坐著，他切好會拿過去，接著用很輕鬆的語調詢問鄭利善：「不過利善修復師，你會延長合約嗎？」

「……什麼？」

「不，我不是要給你壓力……只是覺得以後如果一起共事也很不錯，客廳裡的他們也會很開心……」

聽到羅建佑說 Chord 的其他獵人也都很喜歡利善修復師，鄭利善只能尷尬地在原地眨眼，因為這麼單刀直入的善意對他來說實在過於陌生，他什麼話也說不出口，羅建佑強調他真的沒有強迫鄭利善，只是請他往正面的方向考慮看看。

「我覺得如果突擊戰結束之後，就不能再見到利善修復師的話，有點可惜，我們清除大型副本之後，都會有休假，到時候一起出去玩的話也很棒……」

面對鄭利善的沉默，羅建佑語無倫次地附加說明，最終只能露出尷尬的笑容，先行走回客廳。儘管羅建佑不斷解釋自己絕對沒有要給他壓力，鄭利善卻連這個也無法給予回應。

又來了，又被給予未來的想像了。

「……」

那份未來若無其事卻又理所當然地被放在他面前，儘管他一次也沒有想過，而且目前為止也不會因為那些話而有所反應，但是一直被給予未來的想像，鄭利善內心有些東西在翻攪著，也許是茫然的抗拒感，抑或是不安。

如果以上皆非，那可能是期待。

鄭利善呆滯地站在廚房看向客廳，似乎是泰信進攻隊伍再次點火失敗，奇株奕大叫一聲「哎唷！」蹬著腿。

韓峨璘踢了一下桌子卻馬上停頓，露出了擔心會踢裂桌子的眼神，羅建佑看著他們的行為，在旁邊笑得開懷，他還警告其他兩人不能因為這是修復師的家，相信不管弄壞什麼修復師都有辦法修復，就胡作非為。

他們相處的模樣看起來非常平靜。

過分陌生卻又極為熟悉。

鄭利善靜靜地反芻著這股奇怪的感覺，就算想法飄忽不定地讓他有些暈眩，但是看著他們的模樣，看著他們揮手招呼自己快點過來一起吃水果的模樣……

鄭利善覺得那裡就好像自己該待的世界，內心繼續翻攪著，就算這份過度的疏離感就像要吞噬自己一般，鄭利善依然無法將視線從眼前這幅平靜的景象挪開。

片刻，鄭利善心想，這樣的現實其實也不差。

嗡嗡，此時口袋裡傳來了震動。

鄭利善不大會給別人自己的聯絡方式，所以會聯絡他的人少之又少，除了現在在這間屋子裡的人，再來就是史賢了……

鄭利善詫異地拿出手機，視線固定在一個熟悉的名字上。

【泰植大叔】

元泰植，五年前，鄭利善為了償還朋友們的債務，獨自在公會工作的時候就認識的大叔，他為了讓鄭利善和朋友們避免成為詐欺延長合約的受害者，不斷提供幫助，一年前第二次大型副本意外發生之後，依然低調地發案給鄭利善的大叔。鄭利善過去一年之所以能夠低調活動不出面，都是多虧這個人。

開始在Chord工作之後，偶爾還是會跟大叔問好，但是鄭利善沒想到大叔會在這個時間點打電話來。

鄭利善心想發生什麼事了，詫異地接起電話，他原本想簡單地互相問候後就直接問重點，結果大叔先開口了。

「利善，到底發生了什麼事！」

「……什麼？你指的是什麼？」

泰植大叔搶先一步問出了自己想問的問題。

鄭利善雖然感到慌張，但是聽到大叔的聲音裡帶有震驚，他的內心某一塊也變得寒冷，這就像是基於本能感受到的不安。

鄭利善和朋友們一起去國中畢業旅行的那天，他看著同時改變的電視快訊而產生的感受，還有第二次大型副本當時，他親眼目睹副本生成前兆時的感受，就像手發麻、內心漸漸腐壞的，那種令人不悅且不安的心情。

「現在、現在有快訊……不是吧？你說啊？」

鄭利善沒有聽進去泰植大叔說，連自己的個資都被散播，突然有很多人來問他狀況。鄭利善呆滯地眨眼，緩緩地抬起視線，因為客廳瞬間變得像是如履薄冰一般，瀰漫著不祥的寂靜。

在那樣的情況下，鄭利善看向突然改變畫面的電視。

【第二次大型副本再掀疑雲】

匿名爆料者寄給電視臺的照片中，在第二次大型副本意外中，唯一生還的某覺醒者家中……淺褐色的瞳孔出現的畫面裡，在龍仁市的老舊公寓裡拉窗簾的自己，以及在客廳遊蕩的……他最後一位朋友。

蒼白的臉孔、模糊失焦的瞳孔，儘管只有照到側面，畫面旁邊卻附上了一張對照圖，顯示他確實就是過去第二次大型副本中，官方發布的其中一位D級獵人罹難者。

那一刻，時間過得極為緩慢。

畫面中主播朗誦著第二次大型副本的臉、朋友那完全沒有表情變化的臉，一個個映入眼簾，接著鄭利善看見客廳裡望著自己的三張臉。

「利善，你不可能對他們做出奇怪的事吧……」

耳邊的聲響越來越遠，鄭利善的手機啪一聲摔到地上，即使只是手突然無力，手機才會摔到地上，但是鄭利善覺得這次的墜落既漫長又深刻，一場暴風雨掩蓋了世界上所有光線。

✦ 第五章 ✦

真相

韓國的第二次大型副本原先就帶有許多爭議。

那是韓國首次發生的連續副本，也是因為清除第一個副本的公會，沒有察覺後續的怪異情況，就擅自宣布清除完畢，而造成附近一般民眾大量遭受波及的一次慘劇。在C級副本之後馬上發生了B級副本，約有五十人無法躲過像爆炸般的副本生成前兆，最後死亡。

當時B級副本裡面的C級與D級獵人總共七位，入口被堵死，所以完全無法選擇退場，那次副本的難度是B級，是C級與D級獵人無法解決的程度，副本裡面甚至還有一般人，全軍覆沒也是可想而知的事。

但是那次副本，並非獵人的鄭利善以唯一生還者的身分走出了副本。

人們很好奇當時的情況，但是當時，一般人為了拍攝鄭利善的修復情況而攜帶的相機，也都全數消失在副本裡，故無從得知當時確切的局面。

雖然是除了唯一生還者，其餘皆全軍覆沒的副本，但是遺屬還是想知道副本裡到底發生了什麼事。

不只如此，獵人協會和覺醒者本部，都對該次副本不敢掉以輕心，因為這是韓國第一次發生連續副本，所以掌握副本狀態也就變得非常重要。

不過鄭利善拒絕了所有機關的聯繫，並完全銷聲匿跡，也沒有出席第二次大型副本的受害者聯合告別式，一年來活得像個早已消失的人。

畢竟身處一個常有意外發生、資訊爆炸的時代，就在人們對鄭利善漸漸沒那麼感興趣的時候……

鄭利善被韓國最精銳的獵人隊伍 Chord 挖角。

那時大眾都很詫異，為什麼 Chord 會挖角一位 S 級修復師，其中一定也有對第二次大型副本的真相感興趣的人，只是無法親自追問鄭利善而已。在突擊戰裡非常活躍的鄭利善，阻止了那種社會氣氛的誕生，同時，身旁的 S 級獵人史賢，他的存在隱約讓鄭利善稍微脫離爭議之中。

不過第六輪副本中，鄭利善被下詛咒後發生的情況，再次點燃了疑惑的火苗，被魔王的詛咒打中的鄭利善，看見了最能讓他變得脆弱的幻影，也就是他那些在副本裡死去的朋友們。

但是他們對鄭利善說了非常詭異的話。

「只有你還……活著的話……那怎麼可以。」

「我們……因為你甚至死不了……」

「……你利用我們，活了下來……」

甚至他們的幻象是四肢掉落的詭異姿勢，人們對那個畫面感到心疼的同時，也對第二次大型副本的情況感到更加疑惑，最終第六輪副本成功清除，這些疑惑也都被當作傳言看待。

可是在那之後，HN 公會長史允江不斷表示對鄭利善的狀態感到擔憂，並且提及第二次大型副本，雖然關於此事的爭議已經平靜許多，但是卻一直持續被討論，就像快要達到沸點的熱水般不祥地滾動，今天被公開的照片，終於招致所有的爭議爆發。

「每次突擊戰副本結束後幾天，他們都會來龍仁……」

在第一次大型副本以後，人們盡數離開的龍仁市成了一個無比寂寞的城市，因此來到那個城市的外地人，甚至是S級獵人史賢，當然會顯得格格不入。

幾位生活在鄭利善先前住的那棟公寓附近的居民，受訪並證實了他們兩人的行為，紛紛表示他們停留的時間短則幾分鐘，長則一、兩個小時。

那張照片拍到第二次大型副本時，眾所皆知已經死亡的人，造成的後續影響非常驚人，人們懷疑鄭利善是不是把屍體製成標本帶在身邊，而這些疑惑接二連三，一波接著一波，再加上照片是透過連拍模式拍攝，似乎還拍到站在客廳裡的那個存在往前走了兩步，更加擴大了整起爭議。

鄭利善沒有心情確認所有的爭議，看到電視裡記者們聚集在那棟公寓附近，鄭利善只覺得內心有股強迫感，逼著自己必須前往那裡。後來才接收到獵人協會的快訊，幾分鐘前正式發布聲明，表示會繼續瞭解情況。

協會也許會把自己藏了一年的朋友們抓走，以確認狀態之名，行無數實驗之實，不對，比起那些表面上的擔心……也許他得以在第二次大型副本活下來的殘酷方法會被眾人所知。

這一點讓鄭利善無法振作。

這是一種非常拙劣的恐懼，鄭利善變得格外且強烈地厭惡自己，眼前這個情況，自己的恐懼竟然是來自於此，這讓他覺得很噁心。

這一切如果被眾人所知……自己以後該怎麼活下去？

「現、現在得去，馬上去那裡……」

「請冷靜，利善修復師！」

「修復師！」

鄭利善像是陷入恐慌狀態一般，不停瑟瑟發抖，彷彿一看到電視就要昏倒的人，臉色變得蒼白，突然就要衝出家門，韓峨璘急忙追上去抓住他。

目前無從得知快訊的真相，鄭利善的狀況也不允許他們現在過問，但是現在要是讓他回到過去的家，很明顯只會引起騷動，記者們全都擋在公寓前，鄭利善過去也只是火上加油。

羅建佑神情焦躁地試著打電話給史賢，但是都沒有接通。史賢說要去一趟獵人協會，也許那裡也爆發了某個問題。

隨著時間過去，鄭利善開始掙扎，像是昏倒般癱在地上，說著自己必須過去一趟。

韓峨璘煩惱著，是不是乾脆讓鄭利善昏過去會比較好？此時韓峨璘的手機響了，史賢終於打電話來了，在她詢問現在到底是什麼狀況之前，史賢先開口了。

「你們現在在哪裡？」

「什麼？喔，我們還在利善修復師的家裡……他的狀態很差。」

韓峨璘告訴史賢，自從鄭利善看到電視裡，許多記者聚集在龍仁的家門口，他就無法保持鎮定。

史賢沉穩地交代了某件事情，他要韓峨璘盡快行動，韓峨璘馬上無力地問史賢是不是認真的，史賢只有簡短地回覆。

「到了再打給我。」

話畢，電話就掛斷了。

最終，韓峨璘神情複雜地看了一眼奇株奕，再看了一眼羅建佑，轉達了史賢交代的事。所有人都很慌張的同時，鄭利善哭到快要無法換氣，大家也只能點頭表示同意。

▲

過沒多久，大家就抵達了鄭利善曾經居住的公寓附近，公寓四周已經被記者團團包圍，記者們到處攔人詢問是否見過鄭利善的異常舉動。

看到自己曾經住過的家，鄭利善依然無法振作精神，三人沉著地移動到史賢告知的位置，那是公寓後方的一棟廢棄建築物。韓峨璘環視四周，確認這裡完全沒有人之後，打了通電話給史賢，並對奇株奕使了眼色，奇株奕神情複雜地摸著自己連帽上衣的衣領，隨後在空中點起一個小火球。

在這個風雨交加、天色陰暗的傍晚，四周因路燈故障而更顯黑暗，奇株奕點燃的火光照亮了整個空間。

鄭利善的面前馬上形成一道影子，史賢出現在那道影子下。

「利善。」

從剛才開始就無法跟其他人正常溝通的鄭利善，一聽到史賢的聲音便抬起了頭，因為這個聲音聽起來，就像那位唯一能將他從這起爭議中解救出來的人，彷彿向一片黑暗請求救援，鄭利善拽住他的衣領。

一路上鄭利善都一直在哭，現在的模樣一塌糊塗，手也瑟瑟發抖著，似乎是因為史賢的出現而感到安心，鄭利善的雙腿無力地踉蹌了一下，史賢接住他的身體短暫地嘆氣，鄭利善埋頭在他的肩上，反覆問著現在該怎麼辦。

大約兩個小時前，獵人協會長親自叫史賢過去一趟，史賢都還認為是協會要詢問關於被捕的史允江的問題，因為泰信公會正在攻略副本，協會應該不會這麼早來找自己討論接下來進入副本的事。

但是協會長突如其來地問了史賢這個問題。

「你對鄭利善和第二次大型副本的爭議，有什麼要說的嗎？」

當時，史賢隱約察覺到有些事情正在發生，他反問協會怎麼突然提起這件事，協會長保持沉默。

微妙的寂靜持續了很久，過了好一陣子，協會長才對身旁的祕書使眼色，用平板給史賢看了「照片」，是第六輪副本結束後，去鄭利善的家時被拍到的照片，遮光窗簾一直是拉上的狀態，史賢並不覺得會被拍到照片，看來應該是自己打電話給火葬場的時候發生的事。

史賢靜靜地凝視照片，協會長告訴史賢，照片的提供來源是史允江。在審訊關於毒害HN前公會長一事的過程中，協會人員從史允江的口中得知了這件事，覺得史允江在胡言亂語，但史允江說自己有證據，要求協會人員把他的筆記型電腦拿過來，並展示了這張照片。

花了很多時間確認照片裡拍到的那個像是屍體般的存在，是否真的是第二次大型副本意外的受害者，然後先來聯絡史賢。協會長聲音低沉地詢問史賢，對鄭利善和第二次大型副本的爭議是否有話要說，不停重複著最初的那個問句。

那是一場受害者多為一般人的副本，其中也有獵人死去，協會有必要仔細調查，因此請求史賢的協助，協會長表示其實從意外發生後，不理會協會傳喚的鄭利善卻選擇加入了Chord，他就在留意了，只是考慮到眼下突擊戰的重要性，當時才沒有聯絡他。

史賢在那個地方煩惱許久。

其實史賢認為自己讓史允江被協會活捉了，史允江有可能會因為被舉發毒害前公會長，而把鄭利善修復公會長屍體一事說出去，但是協會顯然不會相信，因為堅持自己沒毒害人的史允江，所說的話並沒有太大的可信度，而且就算從公會長的屍體裡驗出毒性，也不會驗出修復過的痕跡。

因此，在沒有證據的情況下，史賢篤定史允江的人生絕對會毀於旦夕。

但是史允江竟然有著意料之外的證據，應該是在他讓鄭利善服毒之後，便開始調查鄭利善的背景……到底為什麼？

那張照片甚至是在幾天前拍的，他早就握有這些證據了，為什麼現在才拿出來用？明顯可以看出史允江不只是想動搖鄭利善的狀態，阻止 Chord 進入第七輪副本，還想讓自己的心情大受影響。

他沒有感受到有人在跟蹤他們，那麼史允江是從一開始，就在鄭利善家附近安排眼線了嗎？自己為了救鄭利善一命，選擇了後退一步，而史允江卻試圖將這個選擇作為弱點操控嗎？史賢的心情變得十分糟糕。

但同時史賢為了找出能夠擺脫現況的方法，快速地動著腦筋，眼下協會已經起疑，還能隱瞞多久？要是這場對峙繼續延長，協會就會以親自確認為由，派人到鄭利善過去住的地方。

現在鄭利善需要處理的朋友剩下最後一位，還是要先處理掉那位朋友？再來對外說那張照片是偽造的？

史賢煩惱著能夠最低調處理的方案，辦公室外頭突然傳來吵雜的聲響，新聞發布了有關鄭利善和第二次大型副本爭議一事的快訊。

快訊一發布，爭議也一波未平一波又起，協會在雪片般的詢問之下，最終發布了會派人去一趟龍仁現場的聲明。

在那之前，史賢都被想找出真相的協會扣住，趁協會長暫時外出的空檔，他移動到鄭利善的影子下，要是被協會的人發現史賢現在的行為，事情會變得更加複雜。

「照我說的做，幫我拖個十分鐘就好。」

史賢沉著地說話並使了眼色，韓峨璘長嘆一口氣後，表示理解地點點頭，奇株奕再次觀察鄭利善的狀態後，也展開了行動。

史賢要求他們去分散記者的視線，把堵在公寓前的記者們引到別的地方，而後史賢計畫進入公寓。

史賢說的話讓其他三人感到很混亂，但是史賢的表情和鄭利善的狀態都不大尋常，他們也沒有多問，就照著史賢的吩咐行動，儘管不知道事情的實際狀況，但是他們了解鄭利善的狀態很危急。

甚至連一直以來都稱自己是鄭利善粉絲的奇株奕都說，既然要分散記者視線就要做得徹底，把連帽上衣的帽子套上，甚至還戴起口罩，雖然奇株奕比鄭利善矮一些，但只要低著頭，應該能順利騙過那些記者。

最後韓峨璘和羅建佑，以及套上帽子戴起口罩的奇株奕走向公寓前方，記者一看到他們就驚訝地衝上來，抱著覺悟走向數十臺攝影機的奇株奕，也慌張地一直低著頭，羅建佑像是在保護他一樣地環住他。

「請問你真的一年來都把屍體藏在家裡過活嗎？」

韓峨璘一邊警戒著讓記者們不要過於靠近，一邊隱約地引導記者遠離公寓，像是審訊般的提問不斷襲來，讓她的臉色一下子變得凶狠，奇株奕差點大發脾氣，羅建佑急忙按住他的背。

趁著這個吵雜的空檔，史賢帶著鄭利善前往公寓，家裡的窗簾是拉上的，因此無法移動到裡面，史賢想過要不要跟鄭利善分開，自己進去，但是他緊緊抓著自己的衣領，看來還是要帶著他一起進去。

現在連協會都要著手調查，因此把屍體移送到其他地方的風險太大了，再加上鄭利善也因為擔心著朋友會不會被發現，而感到極度的不安，乾脆在他面前處理掉最後一位朋友，並馬上清除屍體，史賢認為這是比較好的做法。

儘管史賢還是有點在意副作用期，不過和協會說明目前的混亂，也需要花上一些時間，因此很有可能在進入第七輪副本的時候，副作用就結束了，第七輪副本的攻略時間還有一百個小時以上，和泰信進攻隊伍的聯合組團也已經定下來了，進入順序不可能受影響。

盤算完一切的史賢，一進入屋裡就對獨自徘徊的那個屍體施展無效化，然後看也不看倒下的屍體一眼，直直望著鄭利善。

鄭利善一直無法好好呼吸，直到看到朋友倒下的模樣才大力喘氣，把頭埋進朋友的手裡，反覆說著抱歉。

史賢以為鄭利善的狀況已經好轉許多，卻因為這次的紛亂而顛覆一切，面對朋友被捲入爭議裡，落為人們的話柄，鄭利善不停地流淚。

「利善，問題不會擴大，你先冷靜下來。」

史賢對於情況再次回到原點感到很不悅，雖然鄭利善的過去，的確是以極端的方向被胡亂翻出來，但是其後續影響卻比想像中的還要強烈，鄭利善總是會在名為朋友的存在面前倒下，無論是在第六輪副本裡，還是現在。

不能在這裡久留，史賢強行拉起啜泣的鄭利善。

「是我，是我不該拉開窗簾。」

「我居然沒有查到史允江安排眼線，我的責任更大，因為我沒料到那傢伙這麼垃圾……」

鄭利善還是感到不安，史賢緊緊抓住他的手臂，努力讓他回歸現實，因為鄭利善現在不安到就算立即失去意識倒下也不奇怪。雖然只是一閃而過，但是史賢的確有想過，是不是乾脆讓史允江死在副本裡還比較好。

不過現在沒時間後悔過去已經發生的事，史賢以沉著的語調說著該怎麼處理屍體，他來這裡之前就和火葬場與申智按取得聯繫，現在只要把屍體裝袋離開就行，剛好接獲申智按已經開車抵達的聯繫。

因為協會人員正往這裡來，在他們抵達之前，盡快移送屍體到火葬場火化，就是消滅證據最好的方法，申智按絕對不會違抗自己下達的指令，而火葬場則是很早以前就談好了。

世界上有許多被隱藏的事實，而史賢懂得好好利用那一點。

「我會跟協會人員說明，利善你和申智按獵人一起移動之後，就乖乖待在家裡，就算協會下令傳喚也不要理會。」

史賢堅定地丟下這番話，鄭利善漸漸地抬起頭看向史賢，沒開燈的屋內一片漆黑，鄭利善的眼眶裡噙滿淚水，即使看出去的視野一片模糊，還是能清晰看見史賢的臉。

那個直視著自己，告訴自己這場騷動會馬上平息的人，看著斷言這一切會在兩天內完全解決的史賢，鄭利善心想事情似乎真的會往這個方向發展，那不是單純毫無意義的希望，而是以過往經驗為根據的篤定。

但是那點讓鄭利善變得有些悲慘，因為他反射性地描繪著史賢所說的「會好轉的未來」，而且似乎也對此抱有希望。

根據史賢所說，這場騷動是因史允江而起，已經被協會逮捕的他，就像是水鬼一樣地發動了這場計謀，因為影片中可以看見，每當自己精神不穩定的時候，建築物都會有倒塌的傾向，史允江也許是為了羞辱 Chord 才引發這件事，意圖使 Chord 完全無法使用修復師的能力。

雖然散播消息的人是史允江，但是鄭利善無法停止去想，自己才是造就這個情況的根本原因，因為是自己讓朋友們變成這樣的，害怕自己自私的行為被發現，才會一年來都藏著朋友們。

追根究柢都是因自己而起，自己卻盼望著脫離現在的情況。

「第七輪副本……利善你不用進入也沒關係，安靜地待在家裡吧。」

史賢的嗓音相當溫柔，就像是在安慰不安的孩子，鄭利善知道他說的話是考慮到自己現在不穩定的精神狀態，而且安靜待在家這項指示，是在他的盤算當中，最能無聲地弭平紛爭的方案。

史賢不是會輕易放話的人，這是他客觀地觀察情況，考慮到所有因素後而下的判斷，他優秀的觀察力和判斷力，總是能在不確定的情況下，描繪出最篤定的未來，因此……史賢說話總是有所「根據」。

鄭利善突然回想起史賢幾個小時前說過的話。

「反正你會待在我身邊不是嗎？利善。」

這句話史賢說得理所當然，在他說出這句近乎篤定的話語之前，自己給過怎樣的反應，而這些反應如何成為讓他篤定的根據……鄭利善再也無法否認。

鄭利善自己也知道，只是那份情感過於陌生，不對，準確來說，是他害怕承認，對接受這個事實會觸發的影響，才汲汲營營於掩蓋。

但是現在，鄭利善切實地認知到這件事，來到這裡之前，他像發瘋似的感到害怕、不安、混亂，不過這些情緒始終會平息下來，因為鄭利善一看到快訊，就開始擔心要是自己的過往被公諸於世，往後要怎麼生活。

反正一直以來都說服自己，未來就是個與自己毫無關聯的單字，有意識地讓自己遠離那個單字，像是洗腦般地反芻著那份情感。

最終鄭利善還是描繪了未來。

突擊戰結束，送朋友們全數離開之後，自己會過著怎樣的生活？這間房子被處置的話，自己要住在哪裡？要不要先跟 Chord 的獵人們，一起度過羅建佑提過的那個休假後再來思考？要不要等赴約去過申瑞任的家之後再來考慮？還是等參觀完奇株奕曾經說過的畢業作品展再來決定？

鄭利善漸漸開始推遲著自己的決定。

這代表著，鄭利善變得想要生活在史賢帶領他進入的世界裡。

他曾經對把他拉出這個家的史賢反感，但是，他現在卻希望史賢拯救出現況中的自己，因為他喜歡史賢讓他看見的世界。

鄭利善在這裡感受到的和睦，幸福得讓他自慚形穢，他習慣性地自省自己沒有資格享受那樣的平靜生活，卻還是被那份幸福感染。

史賢不經意地把他放入了那樣的人生裡，用活人的瞳孔看著他，用活人的溫暖抓住他的手，客觀地確信他不會死，以此讓他放心，稱讚著他的能力，說以他的能力值得受到這些對待。

漸漸地，這讓鄭利善對自己修復能力的厭惡感消失，而且史賢為了不讓鄭利善被孤獨感束縛、陷入複雜的思緒，一次又一次地牽引著自己。

鄭利善這才頓悟，每當自己和史賢待在一起，所感受到的分裂感是什麼，強迫自己不去刻畫未來的自己，更準確來說……是從「那天」之後就陷入自我厭惡，逃避人生的自己。

想尋死的自己，以及不斷走向光明人生的自己。

那就是他的分裂。

「利善。」

史賢呼喚了鄭利善的名字，說現在必須離開了，他伸手幫鄭利善擦去那故障似的，無止盡流下的眼淚，鄭利善從那個動作裡感受到了溫暖，把頭靠向了他。第六輪副本中，把自己從詛咒中喚醒的溫暖……就是這個嗎？

執意把自己從朋友們的幻象，與自我厭惡的愧疚中拉出來的溫暖，就是這個嗎？

自己居然依靠著這份溫暖，對人生抱有希望嗎？

和他一起就能完全從過去中解脫，難道自己抱著這種錯覺般的期待嗎？

自己的過去，終究不會放過自己吧？

不對，一開始就不該期待解脫，不能恣意描繪著未來，對朋友們做出那種事情的人，怎麼可能有資格對未來抱有希望，他的愧疚和自我厭惡緊密相連，那份自我厭惡，就是朝向自己的自殘。

鄭利善知道和史賢在一起的這段時間，自己的愧疚模糊了許多，但是模糊並不代表消失，在更加鮮明地現形的愧疚與罪惡感中，鄭利善望向史賢，像是吞噬著黑暗的漆黑瞳孔，以及映照在那雙瞳孔裡的自己。

超越喜歡或愛上史賢這種單純的形容，鄭利善因為他而變得想要活下去。

「……」

所以更想死了。

在有關第二次大型副本疑慮的快訊爆發後過了半天，約莫是午夜時分，史賢還在獵人協會。

因為史賢在被調查的途中突然消失，協會內部有些小騷動，而在先行出發至鄭利善家裡的協會人員與史賢碰上後，變得更加混亂。

但是在一連串的騷動結束後，史賢和協會長有了一段單獨對談的時間。

儘管協會人員對鄭利善的家搜查了一番，卻沒能找到可疑的地方，這是理所當然的，這一年來鄭利善活得像個死人一樣，他的朋友也非活人狀態，家裡不可能搜出最近有生活過的痕跡。

在那個空間裡，只有活著卻心死的人，以及沒死透的人。

一個人的不幸，就是拿來消費的好素材，尤其當這個人是因為目前的突擊戰而聞名的時候，這句話更加貼切。隨著時間過去，更多偏激的報導如雪片般出現，也出現了許多包裝在疑慮底下的惡意留言。

史賢知道弭平目前爭議最有效的方法，就是獵人協會出面發表官方聲明，他和協會長面對面坐下後，單刀直入地說出。

「壓下爭議吧。」

史賢勾起了一抹微笑，嘴角圓潤地彎起而掛上微笑的模樣，本該是美麗的，但是史賢的黑色瞳孔裡卻非常冷冽，顯示他現在的心情不是很好，但是他仍然保持低沉的語調接著說下去。

「再次把過去的憾事拿出來引起大家的關注，有什麼好處嗎？」

「這是為了防止憾事再次發生的預防過程，並且瞭解當年爭議的真偽。話說回來，協會明明是針對鄭利善修復師下達傳喚命令，不知道為什麼是你代替他來。」

「協會所屬人員疏於管理重罪刑犯，造成情報外流才會引起騷動……我認為覺醒者因為精神狀態不穩定而無法回應傳喚，協會應該也要負點責任。」

史賢行雲流水地指出審訊史允江的協會人員有所過失，關於這部分，協會長也無話可說，協會長頭痛般的沉默。

看到對方這般反應，史賢似乎感到非常可惜地說道：「協會長應該一開始就知道了，那位覺醒者精神狀態不大穩定……新聞快訊一發布，就發表聲明說要派人前往，似乎是一點也不在意覺醒者的情況呢。儘管第二次大型副本疑雲重重，協會長也只能這麼處理。但是如果該覺醒者屬於準備攻略突擊戰的進攻隊伍，協會這邊應該可以採取不那麼強硬的應對方式才對。」

「目前第七輪副本是由泰信公會攻略。」

「協會長認為泰信公會能夠成功清除嗎？」

史賢的視線微微轉向電視，儘管兩人單獨對談的空間裡，電視處於關機狀態，畫面一片漆黑，但是似乎一打開螢幕，就會看見泰信公會在攻略第七輪副本。

史賢似乎早就預料到接下來的發展，平和地說道：「泰信公會是在三個小時前進入燈塔裡面，對吧？」

「是啊。」

「那麼三個小時後的現在，協會長認為泰信公會清除副本的可能性有多少呢？在倒塌的燈塔裡戰鬥，主要輸出型獵人的攻擊範圍有限，他們為了抬起燈塔已經耗費一番氣力，也消耗了許多魔力。」

「……」

「萬一泰信公會最終還是必須退場，那協會長認為下一順位的樂園公會，能夠成功清除副本嗎？」

史賢微笑。

「協會長不認為最終進入第七輪副本的進攻隊伍會是 Chord 嗎……雖然協會長已經隱退，但是身為一位獵人，您活動的期間比我還要長上許多，理當能更正確地分析進攻隊伍清除副本的可能性，所以，我正在詢問您的意見。」

沒有一絲挖苦，史賢用非常鄭重的語調繼續詢問：「我認為 Chord 會進入副本，難道這只是我的短見嗎？」

協會長沉默了，雖然史賢以非常禮貌的態度詢問，但那個問題明確地意有所指，因為最終進入副本的進攻隊伍會是 Chord，所以史賢提出想法，希望不要無故驚動 Chord 旗下的覺醒者，壓下現在的爭議。

從先前突擊戰的攻略影片就能看出，鄭利善的精神狀態並不穩定，協會長也清楚知道這個情況，因此現在爭議持續下去的話，鄭利善會變得更加不安，那麼在第七輪副本裡，也許燈塔會崩塌也說不定。

目前為止的影片都顯示，魔力對第七輪副本中的大海無法有作用，要是燈塔崩塌，造成進入副本的獵人墜入海裡會如何？第七輪副本的大海是很難自行逃脫的空間，甚至還充滿怪物，有很高的機率會引發大型意外，獵人協會在保障國家安全的同時，也是要對獵人安危負責的組織。

雖然史賢目前的立場，是傾向不讓鄭利善進入第七輪副本，但是他完全沒有對協會長表現出來，因為鄭利善的狀態其實是觸動協會長惻隱之心的最佳方法。就算之後鄭利善不進入副本，也只要說是因為先前的騷動已經造成太大的打擊，以致於鄭利善無法參與即可。

不過協會長的沉默相當漫長。

也許第二次大型副本爆炸後，鄭利善當下就回應協會的調查，現在就不至於引發這麼大的騷動，但是鄭利善從那天之後就銷聲匿跡，完全無從跟他問起第二次大型副本內部的狀況、怪物是什麼型態等問題，在調查過程也必定會問及一位非戰鬥系覺醒者是怎麼獨自活著走出副本的……

這個疑問讓協會長那股不對勁的心情揮之不去，在B級副本裡，一位與一般人無異的非戰鬥系覺醒者，到底是怎麼獨自活下來的？要是那張照片屬實、要是鄭利善真的一直帶著這些屍體過活……其實只能想到這麼一種情況，而鄭利善身為S級修復師，這也是很合乎常理的推論。

也許鄭利善對朋友們的屍體使用了修復能力。

在史賢回來之前，協會長正以此假說和覺醒者本部進行討論，內容是關於修復屍體時，屍體能否活過來產生行動，但是S級的能力很難掌握其極限為何，再加上鄭利善是世界上第一位S級修復能力者，對於他的能力可以執行到什麼程度，更加無從得知。

為了證實這個假說，就需要證據或當事人，眼下既找不到證據，當事人之一的史賢又有所隱瞞，這一點讓協會長十分頭痛。

史賢八歲就覺醒，現任協會長從很早之前就認識他，就算他不是覺醒者，身為HN公會長的兒子，自然也會常常出現在協會長的視線裡，況且他是S級獵人，因此協會長對他更加關注。

雖然史賢總是彬彬有禮，但是協會長知道他並不會屈服於人，其實說自己「認識」史賢是有點不貼切的，只是根據自己長時間以來觀察的結果來看，至少能確定史賢是那種「如果跟他產生摩擦」會讓人吃不消的對象。

協會長回想著這一點，再次陷入了煩惱。

萬一鄭利善真的修復了屍體？針對這種狀況，協會應該如何做出反應？人早就死了，也不適用殺人罪，以毀損屍體為由給予刑罰……但是也很難把修復行為視為毀損。

無論是真是假，都會讓事情更加混亂與複雜的情況下，史賢開口了。

因為協會長沉默太久，史賢似乎想要幫他分憂解勞，說話的語調非常柔和。

「我知道協會長您會覺得自己有責任查清楚第二次大型副本的真相……但是客觀來說，那場意外的責任，應該歸屬於當時無法完全掌握連續副本徵兆的公會吧，鄭利善是被捲入那場意外中，卻活著出來的倖存者，不是嗎？事實就擺在眼前，我不懂還需要什麼真相。」

「……」

「而且如果為了瞭解一年前發生的B級副本狀態，而讓現正發生的S級副本攻略上出現問題，那才更加嚴重吧？」

協會長固定在桌子上的視線緩緩地轉向史賢，與他對視的史賢欣然地微笑接著說下去：「如果這次第七輪副本爆炸，應該連京畿道都會被波及吧。」

「……」

「您應該也不希望第三輪副本的混亂情況反覆發生……」

第三輪副本當時，在距離爆炸前只剩四至五個小時的時間點，Chord進入副本並在兩個小時內成功清除。

A級以上的副本，如果距離爆炸只剩十二小時，會對爆炸範圍發布避難令，當時為了預防S級第三輪副本的爆炸，首爾全區皆發布了緊急大型避難令。

當時的決策讓全國沸沸揚揚，首爾既是人口密度最高的城市，也是一國首都，因此光是在避難策略擬定上就會耗費大量的時間與金錢，要是首爾灰飛煙滅，獵人協會勢必會遭受難以想像的譴責。

第七輪副本距離爆炸還剩下約一百一十個小時，相對於第三輪副本來說，時間充裕許多，即使樂園公會進入副本後撐了一天浪費時間，距離發布避難令也還有些時間，但是假如那個情況下，Chord 表示不願意進入副本而拖時間呢？

「還有稍早之前，Chord 提交了預計和泰信公會聯合進入副本的書面資料，您應該已經看過了，為了以防萬一，我再提醒您一次，進入時間是 Chord 來決定的。」

史賢笑得像一幅畫，雖然目前團隊屬性和第七輪副本最相符的是泰信進攻隊伍，是當泰信和 Chord 聯手，倘若 Chord 不進入副本，就代表著泰信無法代替 Chord 進入，雖然史賢不會就這樣旁觀副本爆炸，但他也會等到事態鬧大才心甘情願地阻止爆炸發生……在避難令發布之前，盡量拖時間。

如果 Chord 不進入副本，儘管史賢也會招致罵名，但是如果最終成功清除副本的隊伍還是 Chord，輿論依舊會偏向他們。

因此到時候 Chord 只要對外發表他們進入副本有所延遲，是因為目前的爭議，讓鄭利善精神狀態不穩定，那麼協會就很有可能變成眾矢之的。

史賢似乎能讀出協會長在想什麼，他坐在對面用溫柔的語氣進一步遊說。

「協會長應該是在我第一次進入副本時上任的，八年前因為第一次大型副本，社會動盪的時候。您曾經是代表韓國的獵人，現在則是守護著國民與獵人全體安全，並促進兩者間和平的協會長，八年是很長一段時間……」

「……」

「既然您長期以來都為了協會鞠躬盡瘁，那相信您能做出賢明的判斷。」

此時，突然聽見辦公室門外傳來敲門聲，如果不是緊急狀況，底下的人應該不會妨礙自己和史賢的單獨對談。

協會長命令其進來，而進來辦公室的人正是協會長的祕書，他收到協會長讓他開口的手勢後，以冷冰冰的表情報告。

「泰信進攻隊伍攻略失敗，無人死亡，有五位負傷，目前正在退場。」

使用了約十二個小時攻略後，泰信進攻隊伍決定退場，協會長漸漸地將視線轉向史賢，與一如往常猜不透內心、保持微笑的他對視，就連他聽見泰信進攻隊伍的消息似乎感到可惜地微微放鬆眼神，都像是他精心完美的策畫。

最終協會長請祕書先離開，自己也從位置上站起來，走向書桌前面的抽屜翻找著某樣東西……

接著協會長將一個箱子遞給了史賢，史賢接過跟手掌差不多大的箱子，掀開蓋子一看，他的臉上隨之露出了滿意的微笑。

引誘怪物現形的S級道具。

原本戴在史允江手上，他被帶到協會後，在檢查攜帶物品的過程中扣押下來的手鍊。而史賢當然清楚此時此刻，協會長把這個手鍊交給自己代表著他有把 Chord 進入副本這件事放在心上。

面對史賢欣然的微笑，協會長終於以稍微百感交集的語調開口。

「……史允江獵人在三樓審訊室，你要去看他嗎？」

「嗯，謝謝您的詢問，但是不用了，我還要去找個東西。」

「……嗯？」

協會長問出這句話其實是基於不安，造成目前爭議的主因是史允江，如果現在讓史賢和史允江碰頭，他得做好會有流血事件發生的心理準備，所以如果史賢回答要見史允江一面的話，他就要考慮在審訊室附近派獵人守著，史賢是S級獵人，其實派人守著也無法阻擋他，但還是要先預防。

不過史賢一派輕鬆地回絕，沒頭沒尾地回答自己還有東西要找。史賢微笑地對感到詫異的協會長說道：「前公會長，也就是……協會能好好處理他毒害我父親的案件吧？都罪證確鑿了。」

「……是啊，目前預計會停止他的獵人資格，讓他戴上限制魔力的裝置，還在想要不要送他去拘留所。」

獵人間的殺人案件，會先在獵人協會進行初步判決，而後再送至司法機關審理。如果裝置配戴對象是A級獵人以上的等級，那就能發揮限制運用魔力的功能，只要戴上那個裝置，就會變得和一般人沒有兩樣，再送至拘留所或監獄。

史賢交給協會的證據實在過於明確，史允江的處分幾乎等於已經定讞。協會長點點頭，對史賢的提問給予肯定的回覆，那個舉動讓史賢壓低眼神表示傷心。

「那在他被關進監獄前，還得來看他一次呢，至少也是一家人。」

「……」

協會長從史賢講出「父親」這個詞語時，就感受到了微妙的疏離感，現在則是更加不適，在這樣不對勁的心情之下，協會長點頭表示瞭解，史賢這才微笑擺擺頭向協會長打招呼。

「真是獲益良多的一場談話，下次見面前還請保重平安。」

爆發騷動的隔天，獵人協會在正中午發布官方聲明。

昨晚為了確認騷動真偽，前往照片中的住處確認後，沒有發現任何問題，希望社會大眾克制對該覺醒者無根據的猜測與過度的誹謗，發布了非常簡短且堅決的聲明。

即使內容簡短，但是協會長親自出面對外說明，影響力相當大。

無論是協會或覺醒者本部，面對雪片般飛來的詢問和追加提問，全都統一以協會長的聲明作為回覆。

因為協會長的態度非常嚴謹，原先那些流言蜚語也漸漸改變風向，原本大眾對照片有許多微詞，現在則轉而反問，事到如今要怎麼把屍體製成標本，連讓屍體好好保存一年都很困難了，何況照片中的屍體還會走路，人們漸漸認為照片根本是合成的。

雖然也有人覺得快訊發布當天來到龍仁市的 Chord 獵人們有些可疑，但是卻很少人呼應上述講法，協會的正式聲明防止了這樣的反應，加上現在泰信進攻隊伍攻略失敗，也有助形成了目前較為安靜的社會氣氛。

樂園的進攻隊伍甚至還沒進入副本，坊間就已經開始有人起鬨，表示能夠成功清除最後一輪副本的進攻隊伍只有 Chord，在那樣的情況下，沒有人會對 Chord 旗下的覺醒者說三道四。

連續兩天的紛紛擾擾，最後話題還是回到了整起事件的第一天，史允江攻略第七輪副本失敗，以及ＨＮ前公會長被毒害一事，因為罪證確鑿，人們開始加油添醋，公會還是非常混亂。

▲

史賢解決了公會內部的問題，正忙著和泰信公會見面。下一次進入副本 Chord 和泰信進攻隊伍會聯合組團，這個消息目前只有各個進攻隊伍和協會知情，雖然現在眾人都預想樂園會失敗，但是在樂園尚未失敗的情況下，公布聯合進入的消息並不恰當。

於是進攻隊伍所屬人員只能自行聚集，不斷地開會討論，因為觀看影片與實際經歷副本內的情況，還是有很大一段差距，因此 Chord 隊員聽著泰信獵人們的講述，一起制定攻略方向，偏偏過程中 Chord 獵人們無意識地說了一句話。

「修復道路的話，就會比較安全……啊……」

就是假設「已經修復完成」的情況。

因為目前為止都是和鄭利善一同進入突擊戰，Chord 獵人自然而然地認為副本裡的戰鬥，會在修復完成後的狀態下進行，每當那種時候，獵人們就會慌張、下意識地觀察著史賢的臉色並轉移話題。

目前鄭利善並沒有參與會議，所有人都有看到昨晚的快訊，當然也不會過問他缺席的原因。因此，可能會在沒有鄭利善的情況下進入第七輪副本，實際上史賢也告訴大家要以倒塌狀態為前提制定攻略方向。

獵人們都很擔心鄭利善的精神狀態，儘管協會公開聲明昨天的騷動並非事實，但是大眾對於第二次大型副本再次抱有懷疑，甚至還有人認為他把屍體製成標本，沒有人能夠想像他受了多大的傷。

因此每個人都瞥向唯一知道鄭利善狀況的史賢，但後者沒有給出眾人想要的反應。昨天親眼看到鄭利善精神狀態的奇株奕和羅建佑，小心翼翼地詢問鄭利善還好嗎？史賢用非常單調的語氣回答，鄭利善在家休息。

正當他們討論的時候，樂園公會結束了十二個小時的待機，進入第七輪副本。原先身為下一任公會長的千亨源所引發的綁架事件，大大重創的公會形象，無論如何都要在這輪副本挽救名聲，因此樂園的進攻隊伍做了萬全的準備，雖然從進入副本的那一刻起，臉上的表情都顯得非常悲壯，史賢冷靜地判斷他們沒有成功的可能。

而他們的攻略走向果真如史賢所料。

樂園公會主要有較多遠距離攻擊的獵人，雖然在第七輪副本裡，遠距離攻擊確實有所成效，但是考慮到當距離拉近至一定程度，就會有不容小覷的次級怪物加速衝上前來，屆時需要能在近距離提供保護的坦克型獵人，只要有一次沒能從遠距離擋住攻擊，那麼將會對隊伍造成劇烈影響。

雖然攻略影片沒什麼好參考的內容，但是眾人還是禮貌性地打開影片一起開會討論，這場會議到了晚上才結束。看樂園攻略的程度，可以想見他們會在副本裡拖到隔天，因此大家決定明天再接續開會。

散會之後，韓峨璘最後一個走向史賢，她環視四周並壓低聲音詢問：「我看你好像跟協會長講好了，確定他不會再提起第二次大型副本了嗎？還是會等這次突擊戰結束再重新調查……」

看著不自在地說著這些話又尷尬地搔著自己後頸的韓峨璘，史賢覺得很神奇，因為韓峨璘對這件事也算清楚，不大會去過問那些煩人的事情，她對於大部分的事情都不會有過於驚訝的反應，只要不會對自己有負面影響，她一點兒也不會在意。

史賢靜靜地看著她，接著平穩地回覆：「我跟協會長講好了，突擊戰結束之後也不會再追加調查，畢竟也查不出個所以然來，他應該不會做徒勞無功的事。」

「真的嗎？那就好……昨天利善修復師的狀態太差了，我一直很擔心。」

韓峨璘認為史賢的預測就是既定的事實，放心地點點頭，但是臉上還是浮現著微微的擔心，史賢靜靜地看著她神情複雜離去的背影。

擔心。

這是今天在會議室裡他從 Chord 獵人們的表情中讀到最多次的情感，甚至連泰信公會長都對鄭利善的狀態表示憂慮。即使昨天協會以公開聲明梳理事件，還是會有些在意，這些史賢都能理解。

史賢會從那個詞語感受到一股奇怪的疏離感，是因為他突然對自己昨天的行為感到詫異。

反正這種騷動只要沒有證據，時間久了也就會平息，有必要大費周章去找協會長協商嗎？明明清楚精神狀態不穩定的鄭利善無法進入第七輪副本，既然都無法使用他的能力，還有必要出面處理這件事，只為了讓他鎮定下來嗎？

史賢陷入了有些模糊的心情裡，也許是因為那股責任感吧，因為是史允江一手造成的，如果鄭利善沒被捲入自己和史允江的過節，他也不需要經歷那種混亂的情況，就是因為這樣史賢才會出面解決這件事。

「第七輪副本……利善你不用進入也沒關係，安靜地待在家裡吧。」

昨天史賢會這麼說，是因為鄭利善的朋友都處置完畢了，因為一直以來鄭利善進入副本的理由，就是為了解決朋友們死不了的屍體，現在他們全都闔眼離世了，鄭利善就沒有必要再進入副本，也代表著他們之間的交易結束了。

鄭利善的精神狀態看起來非常不穩定，就算進入第七輪副本也會讓建築物坍塌，在這樣的判斷之下，史賢阻止鄭利善進入第七輪副本，這麼一來，昨天說出那句話理當只是為了去除客觀上可預測的危險……

「擔心……」

有必要一邊幫他擦眼淚、安慰他嗎？

史賢靜靜地看著自己的手，雖然現在手上一點水氣都沒有，但是昨天撫過鄭利善眼角的觸感還很鮮明，到底是哭得多傷心才會完全紅腫充血，那份濕熱的觸感和他臉上的熱氣還留在自己的手上。

明明自己看見鄭利善哭就會非常煩躁，認為依舊被過去束縛的他只是在留戀，對往事付出情感這件事根本只是在浪費精力。

「……」

史賢忽然想起昨天感受到的不悅，他看到在屍體面前哭泣的鄭利善，有所不悅。當時比起他的眼淚，更讓史賢生氣的是，好不容易讓鄭利善回到穩定的精神狀態，一切卻因為史允江回到原點。

回想起來，這份情感並不是因為正在哭泣的鄭利善引起的，比較像是自己對當下的情況而產生的情緒反應。

自己是因為鄭利善的精神狀態再次受動搖，甚至是對快要脫離掌控而感到不悅嗎？

史賢知道自己從某一刻開始，就對鄭利善的事情投入過多時間，甚至超出自己所需要付出的心力，他的修復能力在突擊戰當中非常有效，史賢一直覺得自己是為了提高他的完成度，以及讓他保持穩定而關注著鄭利善。

但是從某一刻開始，就連某些沒必要在意的時候，史賢也都會觀察著鄭利善的狀態，像是史允江在就任儀式的演說中，提起鄭利善的過去說三道四時，他執意觀察著鄭利善的表情，故意分散他的注意力。

不僅如此，把史允江交給協會，自己代理公會長職務時，即使忙得焦頭爛額，一解決眼下棘手的事，就馬上找鄭利善提議延長契約。他是S級修復師，光是招募他這個人，就能讓公會的影響力更加擴大，因此才會向他提議……但是如果再往下深究原因，如果鄭利善去了其他公會，他似乎會非常不悅。

雖然他看起來對其他公會沒興趣，也不會去其他公會，但光是假設這個情況，就讓史賢心情很差，甚至連其他公會為了向鄭利善提議而接近他，似乎都會讓史賢不大高興。不知道是不是因為樂園公會千亨源惹出的綁架事件，自己才會這麼過度反應，但是至少史賢知道，自己想讓鄭利善繼續待在Chord。

意思就是，史賢想讓鄭利善全然地待在自己的可控範圍內。

不只是他的能力，還有他的情感、行為、視線，他的一切。

史賢知道鄭利善對自己的感情，他沒有回應鄭利善，卻利用那份心情一直留住對方，當鄭利善想要轉移視線的時候，就讓他轉回來看著自己；當鄭利善想要側身躲避自己時，便阻止他的離開。

是從什麼時候開始，史賢對於鄭利善想要從自己手上掙脫這件事，會感到如此極度的不悅。

史賢認為應該是從鄭利善吐血的那時候開始，他服下史允江製作的毒藥，即使死亡迫在眉睫，他仍然對自己保密，直到在自己面前吐血，當時感受到的翻騰情感讓史賢有非常鮮明的印象。

在那之前，史賢認為鄭利善已經完全在自己的掌控之中了，但是鄭利善的行為彷彿是在嘲笑自己，即使吐著血也不哀求自己救他，就像是被困在必須解決剩下的朋友們的那一絲責任感裡。

看著鄭利善因臉色蒼白而倒下，史賢感受到他像海市蜃樓般從自己的手中溜走，對於鄭利善閉口不說出實情的煩躁、對於自己也許永遠都無法理解鄭利善的表情，而感到煩悶、茫然還有空虛。

史賢一直以來的生活都和那種類型的情感沾不上邊，因此他並不想再次體會那種糟糕的心情。

似乎也就是從那時候開始，更加強烈地想要讓鄭利善待在自己手裡。

鄭利善三不五時就會陷入對過去的思念，為了讓他完全不會再想起以前的事，史賢努力地保持周遭適度的吵鬧，讓鄭利善能完整地與過去斷絕，想讓鄭利善處在一個自己能夠隨意控制的情況裡，雖然沒辦法對他的情感負責，但是除此之外的部分，自己都能負責。

一直以來對任何人事物都未曾有過這種想法，但是史賢並不在意，他曾稍微煩惱了一下該如何為自己的情感命名，不過這份情感的狀態相當明確。

史賢似乎想要將鄭利善納為己有。

所以鄭利善不需要在HN公會創立另外的修復團隊，直接以Chord的專任修復師繼續活動就好。

這麼一來，他們以後也會繼續使用同一間辦公室、處在同一個空間，儘管昨天談論續約談到一半騷動就爆發了，還沒能跟他仔細地討論……

史賢到家後自然而然地打開電視，確認著樂園進攻隊伍的攻略影片。和方才在會議室裡看到的片段一致，他們一直在同樣的進攻模式裡徘徊，史賢一邊策畫著攻略方向，一邊想著鄭利善現在在做什麼。

回家的路上，史賢稍微看了一眼鄭利善的家門。

透過看護得知，有幫鄭利善準備飯菜，不過他幾乎沒怎麼吃，該去看看他的狀況嗎？但是看護說他身上看不出有什麼外傷……

擔心鄭利善會想仔細查這場騷動的消息，他收走手機，也關掉了電視跟網路，但是看護說，關於這場騷動，鄭利善一句話都沒有問起，看著窗外沒多久就睡著了……第三輪副本之後也有跟外界斷絕聯繫過，這次會更快死心嗎？反正那些消息看了也不會比較好，所以他一點都不感興趣嗎？不過他確實從一開始就是那樣的人。

快訊傳開之後，鄭利善的精神狀態就不大穩定，他應該無法確認全數的爭議，之後就跟外界斷絕聯繫了，也不會看到那些繪聲繪影的報導。

史賢稍微煩惱了一下，得出了鄭利善應該還不知道協會發布正式聲明的結論，那麼要告訴他這件事嗎？要告訴他事情已經解決了，不用再在意了嗎？

史賢屬於盡可能不去談及鄭利善過往的類型，他一直以來都致力於讓鄭利善和過去完全隔絕，所以他也有先提醒過 Chord 獵人們這件事，但是現在史賢在煩惱，該不該去找鄭利善，告訴他協會的消息，同時跟他談談過去的故事。

不對，這是跟事件解決有關，跟過去應該無關吧？

「……」

一直有某種非常奇怪的心情浮現，似乎一直試圖為自己的行為賦予解釋，反而更像在辯解。史賢靜靜地低頭看著自己的手，自己一定要找出理由去見鄭利善一面，確認他的狀態這件事……

這個，就是……擔心嗎？

史賢反覆思索著這份陌生的情感，突然聽見了玄關的門鈴聲，他稍微抬起頭來，確認此時此刻會來這裡的人只有那麼一位，史賢馬上起身。

並且如他所料，鄭利善站在門前。

「利善。」

「……謝謝。」

鄭利善頂著一如往常沒有血色的臉龐，對史賢表達感謝。

史賢以為鄭利善今天應該會以淚洗面，但是他的眼周一點血絲或紅腫都沒有，雖然看上去無比冷靜的神情讓史賢覺得有點疏離，但史賢決定先慢慢地打量他，鄭利善並沒有史賢所想的那麼憔悴。

「我聽看護說，你壓下了這次爭議，協會發表正式聲明說沒有問題……我白天就聽說了，太晚跟你道謝了，因為我不知道你什麼時候才回家……」

史賢確認鄭利善狀態的時候，鄭利善語氣平淡地說道。聽見這句話，史賢發出了微弱的嘆息，那點消息看護當然會轉達，史賢心想自己原先想去找鄭利善的理由原來這麼微不足道。

史賢暫時把奇怪又微妙的虛脫感拋諸腦後，先讓鄭利善進來家裡。

因為雨從昨天就持續下到現在，所以走廊非常寒冷。史賢看著乖乖走進來的鄭利善，突然思考著他的最後一句話。

他不知道自己什麼時候回家，自己到家幾分鐘都不到，鄭利善就來找他了……

「你在等我回來嗎？」

「對。」

明明是隨口開玩笑問的一句話，卻馬上得到了正面的回覆，而且那張臉上一點慌張的神情都沒有，反而讓史賢有所停頓，與其說是鄭利善的反應讓他慌張，不如說那不是鄭利善通常會有的反應，所以讓他感到非常詫異。

鄭利善連正眼看自己都會不知所措，如果距離太近就會一陣哆嗦，強烈意識到自己的存在，但是這次鄭利善率先與自己對視，用無比沉穩的語氣說著。

「我想要進入第七輪副本，比起你們在燈塔倒塌的情況下苦戰，我先把燈塔修復好會更有效率，雖然我不確定我能不能讓燈塔立起來，但我願意先試試看，或是至少讓燈塔前方的道路浮上水面，都會讓你們輕鬆很多……」

「……」

「我知道你是因為看到我面對昨天的騷動，精神狀態變得很不穩定，才叫我不要進入副本，但是現在爭議解決了，我認為我進入第七輪副本進行修復，反而會是更確實弭平騷動的方法。」

鄭利善沉著地接著說出來的這句話，老實說讓史賢有些驚訝，因為正如同鄭利善所言，如果他能在第七輪副本中進行修復，確實能有效弭平目前的爭議。因為他一路以來修復了古代世界七大奇蹟，被選為這次突擊戰的主力人物，如果在最後一輪也表現活躍，就能好好地為這次事件畫上終止符。

鄭利善繼續說道：「我知道你不放心，我可能會在燈塔裡讓建築物坍塌，但是，請至少讓我試著修復燈塔前方的道路，如果到時候你判斷我的能力或狀態仍不夠穩定，那麼……我會自行退場。」

史賢靜靜地傾聽鄭利善說話，他知道一直以來 Chord 為了古代世界七大奇蹟突擊戰付出了多少努力，正因如此，鄭利善也想要進入最後一輪副本。他的修復在第七輪副本中，無疑會讓攻略變得非常有效率，但是史賢無從得知，為什麼鄭利善會突然展現出這樣的態度。

是的，如同他所說，因為Chord一直以來都表現優異，所以他想要好好幫忙最後一次？雖然史賢知道鄭利善開始對Chord有歸屬感了，但是單憑這個情感就要和Chord共患難，還是有點奇怪。

儘管鄭利善從第六輪副本開始，就漸漸地減少對於副本的恐懼，但是他從一開始，就是為了解決朋友們的問題，才乖乖跟著進副本。

是為了答謝自己先幫他送走最後一位朋友嗎？但是如果為了收下這份謝禮，而執意帶有風險的鄭利善進入副本，是合理的嗎？第七輪副本是目前為止突擊戰當中難度最為險峻的，從地形就很棘手，怪物的攻擊力也相當強，要在那個副本裡保護非戰鬥系的覺醒者，要付出很大的辛勞。

鄭利善這張牌運用得當會很有效率，同時也伴隨著等值的危險，而且目前還沒有足夠證據能夠說服史賢提高讓他進入副本的意願，因此史賢沉著地回應。

「我很感謝你想要幫忙，現在是樂園公會在攻略，等到他們攻略結束再來談吧，現在還有一些時間，你再思考一下……」

「我想你已經知道了，我喜歡你。」

砰，鄭利善脫口而出的這句話，讓空間裡瀰漫了寂靜。

史賢差點重複問出剛才聽到的這句話，好不容易才忍住那個傻瓜反應，他很早就看出鄭利善對自己的情感，但是他沒有對此定義，他認為在情感方面遲鈍的鄭利善，到最後都不會領悟，就算總有一天他知道了，也會是由自己告訴他。

但是鄭利善卻率先將這份感情說了出來，甚至是非常從容不迫的告白。史賢雖然覺得這個告白有點微妙，但是他無從確切掌握，是什麼讓他有這樣的感覺，鄭利善常常表現得像是情感故障一樣，這個告白也是如此嗎？

見史賢閉口不說話，鄭利善呆呆地望著他，隨後將視線往下移開，史賢隨著鄭利善的舉動往下一看，發現了鄭利善緊緊握住稍微顫抖的雙手。

「……所以我想幫上你的忙。」

似乎有些緊張的聲音，無法和自己對視的行為，看到這些舉止後，史賢才放下心來，雖然不知道自己到底為什麼放心，不過應該是因為現在這才是他所瞭解的鄭利善會有的行為。

當史賢開始這麼想之後輕鬆了許多，他本來對鄭利善很可能因為昨天的事，再次陷入創傷逃離自己而感到不悅，對於他不看自己只看著他的那些朋友而微微感到焦躁……但是鄭利善親自走向了自己。

他親自走進了自己手中。

這甚至讓史賢開始感到滿意，因為鄭利善喜歡自己，所以想要在攻略副本的時候幫上忙，如果這就是他為何展現想進入副本的意願，那就說得通了。雖然史賢認為人類的情感沒那麼值得信任，但是喜歡一個人的這份感情並不在此範疇內。

儘管史賢對愛情有著很大的距離感，但是他知道這種情緒通常是別具意義的，因此他才會在第六輪副本之前，從鄭利善那裡讀出了他的感情，並且活用，讓鄭利善留在自己掌心裡吧。

史賢的嘴角掛起一抹微笑，這不是他故意露出的笑容，只是看著用力低頭的鄭利善，就不自覺笑了出來，他向自己表白了，卻沒有詢問自己的答覆，雖然感覺有點奇怪，但是史賢覺得這就是鄭利善會做的事。

史賢認為鄭利善這番舉止讓他更加自在，因此用滿意的語調詢問：「你一直在等我回家，就是為了跟我說這句話嗎？」

「……對。」

以細微的聲音回答後，鄭利善緩緩地抬起頭，他仔細地看著史賢，就像是要確認他的表情，然後用小心翼翼的嗓音詢問，他的嘴唇甚至有點顫抖。

「但是，如果我進入第七輪副本並成功修復建築物……以前約定好要再幫我施展一次『無效化』，還算數嗎？」

所謂的「以前」，也就是鄭利善和史賢初次締約後，來到Chord的那一天，傍晚他來到韓白醫院，依照史賢的要求修復了公會長的屍體，當時鄭利善主張自己能給史賢兩件好處，希望史賢能再幫自己施展一次無效化，史賢答應了。

但是鄭利善施展在公會長身上的修復能力，因為中間一連串的騷動而消失了，看來鄭利善很擔心那份契約會不會因此不算數。

史賢雖然無法理解鄭利善為什麼會擔心那種事，但還是先針對自己詫異的部分詢問：「你要用在哪裡？」

「……那個，我到時候會告訴你。」

逃避回答的鄭利善再次詢問契約是否算數，史賢稍微苦惱了一下之後，最終點了點頭，也許是因為抬頭看著自己的視線過於懇切，讓自己莫名露出了笑容。鄭利善並不是身型嬌小的類型，也許是因為兩人距離很近，因此當鄭利善仰著頭詢問時，史賢只覺得鄭利善無比嬌小。

因此，也許是那部分讓史賢覺得鄭利善很可愛，所以讓他像是被吸引般，給出了明確的肯定回答。

看著鄭利善抓住自己的手再三確認是不是真的，史賢確實無法不露出笑容。

而聽見正面回覆的鄭利善，也終於露出了微笑。

從剛才到現在似乎都很緊張，鄭利善直到此時臉上才終於露出微笑。這抹微笑讓史賢很微妙地有了某種哪裡出錯的心情，但是這念頭一下子就被滿意的心情壓下去而消失，因此史賢從剛才開始就一直心情愉悅。

鄭利善的視線接著往客廳裡的電視移動，畫面裡的樂園公會依舊在海上徘徊，魔力完全無法作用的海裡噴發了巨浪，那個深不可測的模樣就像掉進去絕對無法逃脫出來的沼澤，鄭利善凝視著那面海好久好久。

電視的光線格格不入地在他蒼白的臉上晃動。

✦ 第六章 ✦

太陽

樂園進攻隊伍撐滿一天才從第七輪副本退場。

在S級副本裡度過二十四小時，代表歷經了相當程度的大戰，因此一方面有人為樂園進攻隊伍加油打氣，但是更多人則是感到鬱悶。

雖然他們成功立起燈塔，進入燈塔內部，卻在那裡持續徘徊，出來燈塔外暫時休息一下，而後再次進入燈塔，大眾只看見他們重複這種拖時間的行為。

再加上他們碰上魔王後，比起有效攻擊，失誤反而更多，這次的魔王自體恢復能力極強，所以他們的行為，等於是單方面讓魔王有時間恢復體力。

樂園進攻隊伍是第三個進入的隊伍，也就是獵人協會所賦予的順序中的最後一個，也許是感受到了過度的責任感，他們盡其所能地在副本裡硬撐許久，這似乎是為了挽回第五輪副本前，因為千亨源綁架鄭利善而受損的公會形象，無論如何都要拚上全力，但還是遠不足以清除副本。

事實上，樂園公會裡，千亨源是其中最具代表性的S級獵人，他所帶領的進攻隊伍當然也是公會內最傑出的成員。

不過隊員大部分都負傷離開副本，主要輸出型獵人全都傷到無法戰鬥的程度，很難期待他們再次進入副本。

在這樣的情況下，人們當然希望由被認為是韓國最精銳的隊伍Chord 324進入副本，目前的順序回到HN公會，而那裡的一級進攻隊伍失敗了，現在眾人都期待能由Chord來執行。

與此同時，Chord公布了將與泰信公會的進攻隊伍一同進入副本的消息。

獵人協會也同意聯合進入副本，這件消息引起全國熱烈討論，實際上泰信的進攻隊伍被分析為人員組成最適合進攻現行副本的隊伍，卻因為暴雨和倒塌的地形而陷入苦戰，最後決定退場。

從樂園宣布退場的時刻起，兩支進攻隊伍決定在經過八個小時的待機後，聯合進入副本，表面上是因為氣象廳預報顯示傍晚會停止下雨，實際上則是因為史賢使用隱藏能力產生的副作用時間要到那時候才會結束，預計在距離爆炸還剩下六十個小時以上的時候進入副本，因此時間算是充裕。

所有人都希望氣象預報是對的，等到了晚間八點，此為兩支進攻隊伍預定要進入副本的時間。他們也確實看見從太陽一下山，雨勢便漸漸轉弱，時間一過七點，雨就完全停止了。

史賢對此非常滿意，似乎從昨晚開始到現在，所有事情都進行得非常順利。

今天早上，史賢率先向獵人們宣布，鄭利善會一同進入第七輪副本，獵人們聽到這個消息時，在感到放心的同時又有些擔心，和鄭利善一起進入副本確實會讓整體攻略變得更順利，但是他們也很擔憂鄭利善的狀態。

不過，當鄭利善在兩支隊伍都聚集在入口前出現時，看起來真的非常沉穩，雖然臉色依舊蒼白，但對關切他的獵人們表示自己沒事，甚至還感謝他們的擔心。再加上，看見鄭利善認真傾聽著關於第七輪副本攻略簡報的模樣，獵人們也終於一個個放下先前的擔心。

但是一路以來和鄭利善近距離相處最久的 Chord 主力成員，卻感受到了微妙的疏離感，明明他的行為舉止一切正常，和大家之間卻有種詭異的距離感。

奇株奕和羅建佑交換眼色後，小心翼翼地走向他詢問：「修復師，你還好嗎？」

「利善修復師，你……有好好吃飯嗎？」

充滿擔心的聲音，讓正在最後一次瀏覽燈塔復原圖的鄭利善將視線抬起，他緩慢地眨了一下眼睛，而後露出微笑便低下頭。

「謝謝你們那時的幫忙。」

鄭利善說著自己今天有好好吃飯，狀態也很不錯，這讓他們露出了呆滯的表情，因為鄭利善笑著說話的這件事，對他們來說極度陌生。

鄭利善真的很少露出笑容，最近才稍微常笑一點，但是因為這兩天的騷動，他們並不指望今天能看到鄭利善笑的樣子。他們最近一次見到鄭利善，是他崩潰大哭著說要去找朋友們的模樣。

但是現在的鄭利善，與前幾天簡直是完全相反，還能夠笑著輕鬆說起最近的事。他們兩人不解地對視了一會兒，明明現在這樣很好，卻感到陌生且令人慌張。

而韓峨璘也走近他們，她看著鄭利善的背影，小心翼翼地接近，看到鄭利善笑著說話，自己反而大吃一驚，差點就要脫口問出「鄭利善真的沒事嗎」，好不容易才堵住自己的嘴巴。

太陽的痕跡
A TRACE OF THE WONDER
3
愛呦文創
愛呦文創
非賣品 NOT FOR SALE
©《太陽的痕跡3》도해늘（Dohaeneul）◎著、黃醇方 ◎譯
HIBIKI-響 ◎人物繪圖、Zorya ◎背景繪圖、愛呦文創 ◎出版

「幸……幸好有好好解決，利善修復師。」

最後韓峨璘也只能說著這些客套話，現在就快要進入副本，獵人們一個個站在入口前，進行最後的暖身。奇株奕和羅建佑率先移動，韓峨璘也想要跟鄭利善一起走向他們時，鄭利善顯得小心翼翼。

「我有一件事很好奇。」

「嗯？什麼事？」

「不是聽說副本裡有時候會出現魔力無法作用的地形嗎？像是這次副本的大海。那麼……成功消除副本之後，魔力就能作用了嗎？」

「喔……應該還是不行吧？因為地形本身就是那樣。」

韓峨璘似乎在回想著目前為止的經驗，稍微瞇起眼睛，而後點點頭篤定地說清除副本後，魔法還是無法作用。

鄭利善低聲嘆息，微笑對韓峨璘道謝，韓峨璘也莫名覺得那抹微笑不大對勁，但還是要往前走，現在必須進入副本了。

▲

Chord 和泰信進攻隊伍馬上從入口進入副本。

副本裡不再下雨，但是天空依舊灰暗，海風不祥地吹著，漆黑的海面上掀起的波浪營造出一股壓迫感，鄭利善靜靜地抬頭看著昏暗的暗紅色天空，而後直視著前方。

道路是港口常見的橋梁型態並直通燈塔，越靠近燈塔越埋在水裡，燈塔本身也只有三樓點火的部分露在水面上，其他部分完全被隱藏在大海底下，很難分辨形體。先前的進攻隊伍點火讓燈塔立起來時，鄭利善確認過燈塔外型，但是現在看起來也是到處倒塌、非常破舊。

鄭利善緩緩地注視著道路，史賢湊近並說道：「不要勉強，做你能做的就好。」

他輕拍著自己肩膀的力道很溫暖，鄭利善悄悄低頭看向他的手，而後淺淺微笑說著：「我知道了。」

從昨天晚上開始，史賢就覺得鄭利善的笑容，肉眼可見地變多了。

鄭利善接著往前走出一步。

「我先修復橋梁和燈塔外觀。」

目前為止鄭利善都會分兩、三次來修復副本裡的建築物，但是他這次一開始就想讓燈塔立起來，鄭利善甚至計畫將燈塔外觀修復完成，等到進入副本後再進行第二次修復，他馬上彎下身體將手放在地上。

鄭利善目前站在眾人前方，Chord和泰信進攻隊伍雖然都很擔心鄭利善的精神狀態，但是內心還是暗自有些期待。鄭利善的修復每次都能讓人為之一驚，泰信進攻隊伍一直都是透過影片觀看，現在有機會親眼見識，這讓大家都很激動。

鄭利善雙手觸碰地面，稍微深呼吸並閉上眼睛，他的四周馬上浮現神祕的光之碎片，微小的像是金粉般的東西，從鄭利善的腳下漸漸地往上浮起，當他一張開眼睛，金粉全都向前灑去。

夢幻的金光，輕輕拂過直線延伸的道路上，從進入副本的那個區域到水面下的地方，橋梁都是搖搖晃晃的倒塌狀態，金粉一掃過橋梁之下，路面就開始一片片拼湊修復。如果說以前是把四散的碎片找回來連結，這次也許是因為速度加快，鄭利善甚至覺得自己的能力也許能創造出一條道路。

如同水庫洩洪般，金粉湧上了整個路面，當要抵達底端的時候，也就是抵達水面下的道路正前方時，爆炸了。

像是放煙火一樣，在黑暗的道路盡頭，金黃色的氣息溫馨地擴散著。

最後沉在海底下的殘骸浮起，唰啦啦——衝出海水的殘骸在片刻之間連接成了橋梁，甚至延伸到了燈塔所在處，就在金粉準備環繞燈塔三樓的四周時，沉在海底的燈塔發出重物被搬動的聲音，開始跟著一起直立起來。

亞歷山卓的法羅斯島燈塔，是高近一百三十公尺的巨大建築物，因此當那樣的建築物要立起來時，造成的騷動自然是非同小可，地面轟隆隆地震動著，某一區域開始發出驚人的巨響。

明明只有地形發生震動，但看著眼前壯觀景象的獵人們，都覺得他們的心臟跳得極度大力，都是因為這幅讓他們看了極度衝擊、感嘆與高昂的驚人景象。

巨大的燈塔立起，四周環繞著無數的金粉，在漆黑天空中迴旋的金色織出一幅非常夢幻的畫面，金光團團圍繞著燈塔，氣息經過的地方就像水彩暈染開來一樣，填補了碎片之間的空隙。

光是燈塔立起來就很驚人了，居然在立起燈塔的同時修復著外觀，就在從燈塔上滴下的水珠聲在耳邊吵雜地響起時……

最後一滴水珠落下，環繞在燈塔四周的金粉同時一消而散。

那一刻，燈塔頂端的三樓亮起了火光。

並沒有人出面點火，而是在燈塔被完美修復的情況下，火自然而然地就點燃了。

剎那，空間裡只剩下令人起雞皮疙瘩的寧靜。

隨著修復接近尾聲，四周吹起了強勁的暖風，即使獵人們長袍上的兜帽都被吹飛了，但是沒有人有辦法做出反應，只能瞠目結舌地看著樹立而起的燈塔，接著所有人發出歡呼聲並為之鼓掌。

「哇啊……」

鄭利善百分之百完美修復了燈塔。

眼前的景象讓人感到超越驚歎的敬畏，尤其是泰信進攻隊伍的獵人們，還有著在這個副本裡吃力奮戰的記憶，他們對於在倒塌的燈塔中戰鬥徘徊的印象還歷歷在目，因此現在看見燈塔被修復的模樣，都莫不感到震懾。

張大嘴巴並僵在原地的泰信隊員們，似乎認為眼前的情況已經脫離現實，目瞪口呆地轉頭看向 Chord 的獵人們，而 Chord 成員們內心則感到非常欣慰，並輕拍泰信隊員們的背表示理解。

泰信進攻隊伍對眼前的情況感到不可思議的同時，想到目前為止只有Chord體會過在修復後的副本裡戰鬥的感覺，對此他們也感到一點，不對，是非常羨慕且委屈，儘管只是一閃而過的想法，但卻似乎可以理解，為什麼千亨源非得綁架鄭利善不可。

兩隊隊員們持續聊著剛剛的修復情況，史賢則緩緩走向鄭利善。

鄭利善一點也沒有想要重新戴上連帽上衣剛才被風吹掉的帽子，只是靜靜地抬頭看著燈塔。

「你的能力完全恢復了呢。」

「……對，是啊。」

似乎是很晚才發現有人靠近他，鄭利善稍有停頓，而後緩緩地轉頭看向史賢，他的淺褐色瞳孔慢慢地眨了一下，微微勾起微笑，自己既對燈塔百分之百修復的情況感到驚奇，卻又莫名覺得有點可笑，鄭利善的視線斜斜地往下看。

那抹微笑讓史賢突然伸出手，就算鄭利善變得很常笑，但他的眼神卻忽然讓史賢感到有點奇怪。不過在史賢托起鄭利善的臉，仔細確認他的眼睛之前，鄭利善覆上了史賢那隻抓著自己臉頰的手，把頭靠在史賢手上。

就在這番舉動讓史賢頓了一下，鄭利善用極度微小的聲音輕輕說著，並附上那個自嘲般的笑容。

「看來我感到很痛快啊。」

史賢的瞳孔緩緩眨了一下，無法馬上理解鄭利善所說的名為「痛快」的情感，為何會在現在的情況下出現，是因為朋友們的問題都解決了嗎？還是因為昨晚告白了？史賢暫時煩惱著解答時，鄭利善不知不覺間放開了他的手往後走。

看著他的背影，史賢猶豫了一下，不知道該不該抓住他，不過泰信公會長馬上就走向史賢搭話。

泰信公會長認為，既然道路已經完美修復，那麼他們接下來的攻略也會變得輕鬆一些，因此提議採取更加大膽的攻略方向，史賢緩緩地將視線從鄭利善的背影上收回來，點點頭。

此時，走回來的鄭利善獲得Chord獵人們無止盡的讚美，尤其是奇株奕把自己的手放在心臟上浮誇地說道：「哇，修復燈塔真的是錦囊妙計吧，我心臟跳個不停。」

奇株奕起鬨說最後看到火光出現在燈塔上，內心激動澎湃，通常奇株奕吵鬧的時候，韓峨璘都會制止他，但是這次她也稱讚修復師太厲害了，還豎起了大拇指，羅建佑也點點頭。

「我本來還擔心大海會讓修復遇到困難，還好很順利，真的太帥了。」

「看來非戰鬥系的魔力跟戰鬥系不同，所以不受限制呢。」

韓峨璘露出了從一開始就預料到能夠修復成功的反應，雖然魔力無法對這片大海起作用，但是那只限於戰鬥系魔力，她認為地形限制應該擋不住非戰鬥系的修復師魔力，因為這兩個系列的魔力本來就截然不同。

所以聽見她說，原本就料到修復師能修復大海裡的燈塔，獵人們也笑著附和。談話過程中鄭利善沒說什麼，一直保持沉默，最後只是低下頭說著感謝，獵人們覺得目前他們才更需要感謝鄭利善，急忙地揮手要鄭利善別這麼說。

很快地，兩支進攻隊伍全員前進。

在修復後的道路上讓戰鬥順暢許多，獵人們不大需要擔心是否會墜入海裡，也能更加輕鬆地預防怪物們的突襲，因為當縮短至一定距離時，士兵型態的怪物就會轉換成快速攻擊，而先前必須一邊躲避怪物，一邊注意倒塌的道路，使得情況非常驚險。

泰信有許多近距離型的獵人，只要 Chord 旗下的遠距離魔法師們先對怪物發動第一階段的攻擊，接著再由泰信的近距離輸出型獵人處理逼近的怪物，就會是非常穩定的戰鬥模式。

確認過一切狀況的申瑞任看向史賢，這是一種信號，泰信公會長有親自和魔王交手的經驗，親身體會過魔王的極高攻擊力和恢復能力，因此她強調在進入燈塔之前，她要盡量減少體力輸出，史賢則是依照這個條件制定攻略方向。

如果在進入燈塔之前要最低限度地花費力氣，就代表要用最快的速度、一次性地解決進入燈塔路上的怪物，而史賢擁有能達成這個目標的道具。

引誘怪物現形的S級道具。

目前怪物躲在海底，偶有幾隻出現發動攻擊，等牠們出現再發動大範圍魔法，並不是個有效率的攻擊方法。

史賢命令前方的近距離型獵人退後，聽見命令的羅建佑，依照指示退至後方施展技能，是幾天前史允江施展過的廣範圍魔法陣。在魔法陣範圍內的人，會暫時性地提高治癒能力，魔法陣也能抵擋外部攻擊，而現在這個魔法陣比史允江使用的範圍更廣，蔓延整個地面，並在上方形成一個半圓包圍著裡面的人。

確認情況後的史賢，最後一次與申瑞任交換眼神，後者站在距離史賢後面兩步的地方，申瑞任一點頭，史賢就看向自己的手腕，他左手上的黑色手鍊，如同藤蔓般纏繞的S級道具震動了一下，四周如同史賢的魔力，搖曳著黑色氣息。

當道具發出嗡隆的巨大震動，史賢把手伸向旁邊，並往反方向揮動，手鍊四周留有黑色薄霧般的殘影時，數百、數十隻怪物從海中浮現，就像被網子攔住，升至空中的怪物馬上衝向史賢。

就在此時，申瑞任舉手指向前方，似乎是在不知不覺間使用了廣範圍技能，整片天空滿布濃厚的烏雲，而當她伸出食指的那一刻。

哐啷啷啷！數十道雷電劈下，空間裡響起像是天空被劃破的聲音，再加上打雷閃電，空氣相當刺耳。

即使是我方的攻擊，但是間接性的作用力還是很強，獵人們稍微緊張了一下，底下綠色光芒的魔法陣便發出震動，保護網變得更加強大，不只是羅建佑，Chord 以及泰信的治癒師們都加強施展魔力。

藍色光芒在整體為綠色光芒的保護網之間晃動著，這番光景非常璀璨，不過保護網之外卻是驚悚的屠殺現場。

躍上海面的怪物，一下子就被劈下的雷電擊中燒得焦黑，其他怪物急忙地躲進海裡，但是變亮的天空下有著牠們的「影子」，史賢用那些影子抓住怪物，閃電馬上從怪物上方劈了下來。

一連串的過程讓獵人們發出驚呼，雖然攻略方向之前開會時就討論過了，但是實際看到默契絕佳的配合作戰，還是令人感到非常驚訝。史賢事先分析這是一個很適合活用道具的副本，而後和申瑞任討論後找出最能將效果極大化的方案，而他們討論的內容成為現在眼前的壯觀景象。

「哇……」

就像是從天與地兩端進行處決一般，上方有無數的閃電劈落，下方有影子把怪物從海裡拉出來。

終於，巨大的蛇從燈塔附近冒出，作為守護燈塔的最後一個怪物，怪物的大小就像燈塔一般驚人，獵人們一陣哆嗦，站在前鋒的史賢和申瑞任卻非常沉著。

史賢往手鍊裡注入更多魔力以引誘怪物，注入了S級魔力，S級道具也發揮更加強烈的作用，徹底被迷惑的巨蛇快速地爬向史賢，此時閃電持續劈下，但是巨蛇卻不會輕易倒下，甚至往旁邊閃避攻擊。

巨蛇終於靠近並抬起頭，這是蛇形怪物的攻擊特徵，與攻擊對象靠近的那一刻，就會將頭抬高至約三公尺高，馬上張開巨大的嘴發動攻擊，要是被銳利的牙齒咬中，截肢是最輕微的情況。

怪物已經衝至眼前，史賢卻不為所動，當巨蛇以凶狠之姿張開嘴巴時，史賢的眼睛彎成一條線露出了微笑，在所有獵人都為之驚訝之際，一直沒有反應的史賢，終於有了動作。

呃呃——怪物突然發出悲鳴，巨蛇往上升起的那一刻，史賢馬上利用底下的影子抓住怪物，黑色的氣息更加濃烈地晃動，怪物努力抵抗抖動著，而韓峨璘隨即出現。

韓峨璘的棍棒瞬時變長，並從棍棒尖端伸出了殺氣騰騰的鋒利刀片。

「……唔！」

刀片直直刺進巨蛇的下巴下方，上顎幾乎被刺穿的怪物扭曲著身體，此時申瑞任再次集中火力往怪物上方發動雷電，數十道雷電連續劈向唯一的怪物。

砰，怪物終於倒下，巨大的怪物往地面一癱，整座橋梁都在晃動，暗紅色的身軀上繚繞著肅殺的煙霧。

「……」

一連串的光景，讓獵人們只能再次瞠目結舌，韓峨璘看著倒在道路中央的怪物，不耐煩地叫牠不要擋路，滾回自己老家，並把怪物往旁邊一丟，那種若無其事的反應更讓獵人們驚訝。

目前為止，先前三支進攻隊伍光是靠近燈塔，就要花上至少六至七個小時，但是現在有三位S級獵人出面，只用了一個小時不到的時間，就把海中的怪物全數殲滅，看見大家運用徹底分析與防衛而造就的成果，獵人們再次鼓掌。

接下來獵人們也無止盡地發出讚美，因為進入燈塔之後，鄭利善再次修復了內部，在白色大理石建造的空間裡縈繞著金色光芒，看上去非常夢幻。

甚至這次也修復到了百分之百，階梯整齊排列、樑柱高高聳立，獵人們甚至讓出了好位置，要協會的攝影師好好拍下這幅壯觀的景象，因為這是一幅必須長久保存的驚人畫面。

稍作休息之後，再次展開戰鬥。

燈塔的一樓曾經作為軍事哨所使用，因此內部有許多陷阱，怪物也以人形騎士出現。剛才在外面碰到的怪物，似乎因為是從海裡爬上來，發青的臉上還黏有鱗片和藤壺，在燈塔裡面遇見的怪物則相對長得較為正常。

不過也只是視覺上沒那麼令人抗拒，燈塔裡的怪物攻擊能力更加凶狠，對付起來也更加棘手，大海裡的怪物是由三位S級獵人聯手一下子處理掉，因此完全沒有消耗體力的旗下獵人們有條不紊地與怪物對決。

因為燈塔被完美地修復了，就算面對外頭激烈拍打的波浪也無需慌張，建築物也不會動搖，能夠進行非常穩定的戰鬥，再加上泰信進攻隊伍已經進入過副本，與這些怪物們對決過，瞭解怪物們的攻擊模式，所以能夠更加熟稔地應對。

獵人們往上至二樓的瞬間，正好遇到魔王。

「喔，那個……」

二樓已經很高了，而魔王竟然浮在天花板上。在先前的戰鬥中，突然從海裡迸出來，摧毀了半座燈塔的魔王，這次出現在空中。

魔王的白色絲綢洋裝從三樓點火的空間慢慢地搖曳而下，第七輪副本的魔王形態是在法羅斯島燈塔上的「伊西斯神像」，高度五公尺的神像戴著牛角般的王冠，象牙光澤的圓盤在兩個尖角中間絢爛地發著光。

「真是有趣的一群人……」

在埃及長久以來受信奉的、慈愛的母親女神，此時神像歪頭笑著，嘴角上揚勾起了非常驚悚的微笑。

從那一刻起，空間裡的空氣發出不祥的聲響，而那個聲響最終帶來了巨大的震動，震動巨大到似乎能夠摧毀建築物，這讓獵人們緊緊抓住階梯欄杆穩住身體，和魔王有過戰鬥經驗的泰信隊員們快速地環視四周，立即指向下方。

「下面！」

開始有數十、數百隻白蛇出現在一樓，並往階梯上攀爬，這是魔王的基本技能，被召喚的白蛇高度約兩公尺，還有一些怪物沿著牆壁直衝上來，從階梯欄杆往下看的奇株奕倒吸了一大口氣，往後退幾步卻遇見牆壁上的蛇，奇株奕甚至發出了悲鳴。

怪物以驚人的速度逼近，這讓情況變得有些混亂，此時魔王的王冠不祥地發亮著，而後下半身浮現出巨蛇形態，雪白色絲綢洋裝底下有著白色身軀、布滿黑色斑點的蛇，其身體綿延漫長。

看見魔王的身軀幾乎變大到能夠包圍整座燈塔，獵人們快速地擺出陣形，因為魔王在變身的同時，也開始發射魔法。

從王冠的圓盤上掉落暗紅色的光球，並跟隨著魔王的手勢飛舞，那些光球以極快的速度飛起，並且像炸彈一樣爆發。

哐、哐啷！伴隨著凶狠地重擊耳邊的巨響，建築物開始崩塌。

「竟敢破壞我的燈塔……」

「奇怪，現在在破壞燈塔的人是祢才對吧？我們可是把破爛到不行的燈塔，修復到正常狀態耶！」

面對魔王肅殺地放話，韓峨璘委屈地爭辯著，但是魔王似乎拒絕聽韓峨璘說話，朝著她所在的位置發射光球，她邊破口大罵邊逃跑。

海浪從倒塌的建築物縫隙之間湧入，魔王揮動著巨大的尾巴，燈塔從一樓開始坍塌，乃至整棟建築物搖搖欲墜。鄭利善雖然試圖從另一邊快速修復建築物，但是建築物卻不斷地反覆坍塌，史賢清楚這麼做只是徒費魔力，於是制止了鄭利善的行動，並接著對申智按使了眼色。

「……唔！」

申智按突然跑上階梯欄杆，驚人的速度讓正與魔王對決的申瑞任見狀大吃一驚，頓時聽見申瑞任喊著「寶……寶！」的細微聲音。

申智按率先一手撐著階梯欄杆，並且往下掉落。

哐！伴隨著聲響，申智按墜落至一樓，準確來說是近似摔落在魔王的尾巴上，目的是讓怪物不再揮動尾巴，突如其來的暴力讓魔王發出嘶叫聲，並劇烈地搖晃下半身，申智按用雙手緊緊抓住魔王的下半身。

韓峨璘立即跟著下樓，用棍棒刺入魔王的尾巴，因為如果魔王持續搖晃尾巴，申智按就有可能被摔至燈塔外的海裡，泰信的近距離獵人們也趕緊下樓支援。

「……好大的膽子！」

魔王的嘴裡，發出像是用指甲刮過黑板一樣的尖銳聲音，被綁住下半身的魔王扭動著上半身，發出痛苦的聲音，而後將雙手往上高舉，這是目前為止的攻略影片中完全未曾見過的技能。

儘管史賢意圖打斷魔王施展技能地衝過來，但是魔王更加快速地往旁邊避開，那一刻，史賢的手輕輕撫過魔王的肩膀。

史賢跨越至對面的階梯，扶著欄杆歪斜地站著，確認魔王的狀態，因為伊西斯的王冠裡的圓盤，散發著暗紅色的不祥光芒，就像是醞釀著要燃燒燈塔內的所有東西。

片刻，鄭利善的手腕上散發出白色的光芒，那是來自他所配戴的S級守護型道具的反射性作用，一看到那道光芒，史賢就對樓下的獵人們下令，立即找掩護躲避。

哐！頓時之間，魔王頭上巨大的光球，那個暗紅似血塊的東西爆炸，深褐色的氣息如同暴雨般，從二樓最上端往下噴灑，這是一種詛咒，沒能完全躲避的獵人們，皮膚就像是被燙傷一樣發紅，並持續出血。

其中還發生了另一起令人感到衝擊的情況，在獵人們躲避的同時，魔王的尾巴重獲自由，怪物用力地下甩著尾巴，導致一樓的外牆粉碎，而且並不止於一樓，牆壁接連倒塌，連二樓的外牆都開始坍塌。

魔王想從倒塌的地方快速逃脫，因為故意出現在燈塔內部，反而被獵人們擋住，因而被限制行動範圍，其他外圍的怪物似乎打算乾脆從外面包圍燈塔發動攻擊。

鄭利善率先把手放在牆壁上，快速地開始修復一樓，儘管當魔王再次用身體激烈撞上，建築物就會再次坍塌，但是鄭利善認為，賺取至少一次的防禦時間是必要的，就這麼進行到準備修復二樓時，申瑞任擋在他前面伸出手。

「請後退。」

申瑞任突然出現制止了他，並往二樓的外部走去。

走到燈塔外部，有一個能夠觀察大海的平臺，而通往該空間的門，稍早因為魔王的攻擊而崩塌，申瑞任從被貫穿的牆壁縫隙大步走出去。

鄭利善看著她的背影，羅建佑敏捷地用手勢指示鄭利善往旁邊避開，「幸好守護型道具還能正常起作用，但可能會間接被波及，請你躲在保護範圍內。」

「泰信公會長要做什麼？」

「看她這樣往那裡走去，應該是要使用隱藏能力吧。」

羅建佑說著這應該也會是經典場面，笑著要鄭利善好好用眼睛記住。

在一旁與白蛇打鬥的奇株奕雖然面無血色，但仍用那個蒼白的臉點點頭以示贊同。

奇株奕表示，泰信公會長的隱藏能力在上一次攻略也沒有展現出來，這次看起來有機會能一探究竟，奇株奕一邊說一邊眼裡發著光。

天空開始轟隆隆地震動。

原先就暗紅、灰濛濛的天空，此時更是掛上了深色的烏雲，比起進入燈塔之前施展廣範圍雷電攻擊時所出現的烏雲都還要濃上好幾倍，可以明顯看見烏雲裡透著光芒，即使在建築物裡都會因為空氣被拴緊的酥麻感，而發出顫抖。

申瑞任將手高舉的同時，轟隆隆！一陣雷電往她的方向墜落，四周噴發出驚人的光芒，使得那一帶都被染成白色，連站在遠處的獵人們也不寒而慄，感到了緊張感，那是驚人的震懾感。

就在彷彿被青綠色雷電活吞的衝擊場景結束之後，鄭利善親眼目擊她拿起了「劍」，劍身雪白，有時從邊緣散發出藍色或黃色的光芒，儘管有看見翠綠的劍柄，但劍身的模樣不禁讓人覺得彷彿拿著閃電本身。

「哇，我只有在影片裡看過，現在親眼看到這真的沒在開玩笑耶。」

奇株奕的肩膀顫抖並佩服，在強勁的海風中，深灰色的大衣衣角胡亂飛揚，她的灰白色短髮也因狂風而被吹亂，在這樣的情況下，申瑞任瀟灑地拿著發光的劍，看上去就像閃電之神降臨一般。

魔王很快地就從海裡湧出，似乎是要確認突然出現的強烈氣息來自何方，魔王望向站在二樓外部欄杆前的申瑞任，有著暗紅色雙眼的魔王綻開令人毛骨悚然的微笑，與此同時，彎下身體開始往一樓發動攻擊，看來是要躲避申瑞任，先攻擊其他人類。

鄭利善先行修復了牆壁一輪，讓魔王的攻擊速度稍微慢了下來，不過也只是延緩幾秒而已，也許是進入海裡治癒了所有傷口，魔王這次炫耀著祂更加強大的攻擊能力，搖動著祂的蛇形尾巴，建築物在瞬息之間崩裂，所有人嚇得魂飛魄散。

「我要把你們全都當做祭品獻給大海……」

「什麼祭品啊！現在大海會產生這麼大的波動，還不都是因為祢……到底在說什麼鬼話！」

韓峨璘在反方向大聲高喊表示荒唐，而這吸引了魔王的視線，雖然她的確是故意做出這個行為，但卻招致了比先前更狠毒的攻擊。

魔王發動了數十個褐紅色光球並拉近距離，韓峨璘眼明手快地接連避開，躲避的同時也稍微指責了魔王為何要一直怪罪別人。

與其讓魔王攻擊其他獵人們，不如讓攻擊速度最快的S級獵人出面，使魔王更快速地消耗攻擊能力。

獵人們再次在一樓壓制住魔王的尾巴，韓峨璘吸引著魔王上半身視線的時候，申瑞任大步走向魔王。

申瑞任將發光的劍往身旁垂下，從走進燈塔內部後就漸漸地提高移動速度，而後一手撐住二樓欄杆往下跳，此時申瑞任向上舉劍。

唰！從魔王的軀幹正中間開始劈開，隨著申瑞任往下墜落的軌跡，魔王的身體被分成了一半，變成閃電的劍插入浸濕的身體裡，展示著自己的攻擊能力，瞬息之間，魔王發出悲鳴，扭動著上半身，目前為止都無法輕易刺穿的鱗片，在申瑞任的劍下被割得四分五裂。

「你們這群傢伙全都……」

空間裡爆發出震耳欲聾的高音，魔王發出吼叫，並從自己的下半身脫離而出，真的就像是蛇蛻皮一樣，當魔王一從蛇形下半身分離，便露出了人類的雙腳，丟下被剖半的下半身，馬上跑向別處的魔王，臉上充滿著喜悅，斟酌著是否要先藏身海底，等待恢復後再次回來。

不過當魔王正要往樓下飛的時候，史賢靠著稍早擦肩而過時所做的標記，出現在神像的後方。

神像一陣哆嗦並大吃一驚，儘管試著閃避，卻還是被史賢率先抓住了後頸，緊緊擰著魔王後頸的史賢把魔王的頭部砸向二樓欄杆，哐的巨響之後，出現了龜裂的聲音。

那是魔王王冠上的圓盤破碎的聲音。

「……啊！」

驚訝的魔王趕緊向前伸手，看祂的動作似乎是要往前爬行，但是史賢的膝蓋按住了魔王的背，將其扣在地板上，重力的壓迫讓魔王無法逃脫，開始掙扎。

「你看起來就是上半身最弱。」

史賢和善地微笑說道，伊西斯的上半身是人形，下半身是蛇的形態，其中人形上半身是魔王的弱點，再加上現在魔王因為遭受攻擊，而脫離下半身正準備逃跑，在這樣的情況下魔王對於物理破壞的抵抗力會降低許多。

儘管魔王再次使用圓盤試圖聚集氣息，但是圓盤已經破裂而無法正常發光，史賢看著魔王的最後掙扎，勾起了與魔王相似的笑容，再次抓住魔王的後頸。

魔王似乎發出「……等等！」的呼叫，但是語音未落，頭部就被往下撞擊。

明明是頭部撞上欄杆，卻發出了爆炸般的聲響，原先裂開的欄杆完全粉碎，殘骸掉落至一樓，魔王的臉再次撞上欄杆消失的位置，圓盤散裂成碎片，四周地板的龜裂也陰森地蔓延著。

隨著頭部破碎，藏在魔王體內暗紅色的核也隨著哐啷的聲響碎裂。

當魔王的核碎裂，環繞在副本整體內的緊張感也會緩解，因此所有獵人都意識到魔王已經完全被處置完畢。

「哇……」

在階梯對面看著這一切的獵人們發出了崇拜的嘆息，位於一樓的獵人們也都鬆了一口氣，看著彼此。

突擊戰中難度最險惡的第七輪副本成功清除完畢。

以古代世界七大奇蹟為主題，讓眾人為之緊張的突擊戰最後一輪副本，終於結束。

獵人們面帶笑顏互相撫肩，雖然在有限範圍內的戰鬥導致負傷人數眾多，但是清除副本總是大快人心。

在戰鬥中氣力已經全數用盡，馬上行動過於吃力，因此副本清除後獵人們通常會花十分鐘調整呼吸，而後慢慢退場。

在這段休息的時間裡，還有剩餘魔力的治癒師幫負傷的人進行緊急治療，其他人則靠在牆上，聊著剛才攻略的事。

在樓下吵吵鬧鬧的時候，鄭利善慢慢地走上三樓觀察四周，古代的燈塔會在頂端點火，並在火源所在之處附近放置巨大的反射鏡，用反射的火光照亮大海，而這幅景象就在三樓展露無遺，即使是自己修復而成的古代世界七大奇蹟，鄭利善似乎依然感到神奇地鑑賞著，視線仔細地打量著燈塔內部。

一樓與二樓在戰爭過程中毀損許多，但是三樓完好如初，他觀察著三樓內部，扶著欄杆將視線轉往大海的方向。

天空依舊是暗紅色的，漆黑的大海仍然颳著強勁的海浪，雖然氣勢比起清除副本前已經減弱許多，不過這看起來還是很像暴風雨的前兆。

鄭利善扶著欄杆靜靜地將這片景色盡收眼底，儘管冷冽的風吹亂了他的頭髮，但他一點也不想整理，發愣似地看著大海。

就這麼待了一段時間，突然一道溫和的聲音從後方傳來。

「利善，你沒有需要治療的地方嗎？」

「喔……對，多虧有道具，我很好。」

史賢不知不覺地走近，鄭利善頓時一陣哆嗦，低頭看向二樓，他顧著看大海，連這次副本的道具出來了都不知道。

空間裡響起了獵人們圍繞著道具喧嘩的聲音，鄭利善默默觀察著史賢臉上滿溢的神情，一邊說道。

「看來這次也出現了很多不錯的道具。」

「是啊，出現了四個S級道具，算是大有收穫，我和泰信公會長討論過，決定各拿兩個S級道具，剩下的道具等本部檢驗完畢後再來決定。」

S級道具所散發的氣息截然不同，因此不需要經過覺醒者管理本部的鑑定也能一眼看出來，而且不只是S級道具，A級道具多少也和其他次等道具有所差別，而這次副本所出現的道具多數都是A級道具。

史賢說著道具的事，自然而然地向鄭利善伸出了手，他包覆著鄭利善的手，除了重新標記之外，也順便仔細端詳鄭利善手腕上細長的金色手鍊，第六輪副本中出現的兩個S級道具在這次副本都發揮了極大作用。

因此，史賢滿意地看著道具，鄭利善突然摘下手鍊，這番舉動讓史賢詫異地看向他，他用非常平淡的語氣說道。

「因為我現在不用再進入副本了，這個道具就留給 Chord 裡有需要的人吧，只發動了一、兩次，持久力應該不會降低太多。」

「……」

「我有聽說S級守護型道具相當稀有，所以我認為如果能將道具用在更有效的地方好像比較好，就算是拿去賣也能拿到一大筆錢……」

史賢靜靜聽著鄭利善說話，鄭利善的客觀言論明明沒錯，甚至他本人親自提到的「有效」正是自己最注重的價值，但是就算他的分析全部正確，史賢的心情還是產生了微妙的不對勁。

不過鄭利善率先抓住了史賢的手，將手鍊放在他的手掌上，他那些思緒也瞬間消散，鄭利善對人類的溫度有著微微的抗拒感，因此通常不會率先和別人有肢體接觸，被有溫度的活人突然碰觸時，他會因為不知所措而靜靜待著，鮮少看到他率先碰觸別人，最多也只有抓住衣角。

曾經抗拒與人碰觸的鄭利善，現在率先握住了史賢的手。

這一點讓史賢滿意地露出微笑，自然而然與鄭利善的手十指交扣，像交纏似地緊緊握住，另一隻手輕輕地撫摸著鄭利善的臉頰，就像是在稱讚一樣。

「今天辛苦了，你表現得很棒。」

史賢想起第六輪副本時，看著自己希望得到稱讚的鄭利善，說出了這句話，臉頰上微癢的觸感讓鄭利善不禁顫抖，好不容易才將視線下挪，慌張地轉動著眼球，他的行為像是在說著他現在的不安，看起來彷彿在忍耐壓抑著什麼。

此時，樓下的獵人們一個接著一個開始退場，呼吸稍微調整回來，道具也出現了，現在順利離開副本即可。

一起進入副本的協會攝影師，被其他獵人攙扶著走向入口，副本清除也代表著攝影師的工作結束，因為在封閉的燈塔裡展開戰鬥，攝影師也有些微受傷，他放下機器，一跛一跛地向外走去。

史賢也告訴鄭利善該離開了，不過他搖了搖頭。

鄭利善一走出副本，建築物就會開始坍塌，因此他通常是最後離開的人，但是他現在甚至不願走出燈塔，從副本一清除完畢就走上三樓望向大海……無從得知他是喜歡這個燈塔，還是喜歡這片大海。

反正時間還很充裕，史賢認為再待一下也沒關係，於是對鄭利善說道：「既然現在修復能力已經回復至百分之百，馬上以修復師的身分重啟活動也不是問題。」

史賢自然而然地提起合約延長的事，告訴鄭利善最近有人透過 Chord 想要聯絡他，鄭利善使用隱藏能力，修復古代世界七大奇蹟的模樣已經傳遍全世界，各國都不斷想與他取得聯繫，既然無法直接連絡上鄭利善，就透過 Chord 提出邀請，希望鄭利善能協助復原各國的歷史代表建築物。

史賢說只要他願意，自己就會答覆那些邀約，不過鄭利善只是呆滯地眨著眼，明明是第一次聽到這些事情，鄭利善卻絲毫不感到驚訝，淺褐色的瞳孔發愣地看向自己，而後將視線下移。

那一刻，史賢感受到了令他不大舒服的既視感，不過他無法再次看見鄭利善臉上的表情，因為他完全轉過身去，手握著三樓的欄杆，望向天空。

「……我聽說突擊戰結束之後，會放一個長假。」

「通常是這樣，怎麼了？」

「至少會有一、兩個星期不需要進入副本……」

鄭利善突然開啟話題，這個行為讓史賢有些詫異，但是他依然點頭回覆，他認為應該是身邊的獵人們，告訴了鄭利善突擊戰結束後休假的事。

在目前已發生的突擊戰之中，這次是最多輪副本，也是攻略時間最長的，因此也能預期會有較長的休假，突擊戰期間因為要專注於攻略，隊員基本上都不大能外出，必須讓他們適當地調適心情。

而且如同他的預料，鄭利善告訴他，自己聽過羅建佑和奇株奕說，在突擊戰結束之後，大家會忘卻自己的獵人身分，盡情享受休假，鄭利善的臉上浮現微微的笑容，史賢認為看來鄭利善也對休假感興趣。

今天退場之後，鄭利善隱藏能力的副作用會持續一個星期，史賢心想，在那之後要不要一起去休假，雖然眼下自己確定成為公會長，應該會變得很忙碌，如果一個星期內處理完大部分的事，應該多少能騰出一些時間。

史賢如此想著，從容不迫的心情油然而生，即使他日後的行程一點也不從容，他卻變得怡然自得，最終ＨＮ公會還是到了自己的手裡，還有昨晚鄭利善的告白，都讓他十分滿足。

史賢認為一切都進展得很順利。

「那麼，從今天起的兩天內不能使用能力，應該也沒什麼影響吧。」

鄭利善突然喃喃自語地說著無法理解的話語，終於和史賢對視。面對直直看著自己的視線，史賢靜靜地待在原地，鄭利善隨即露出模糊的微笑。

「所以現在請對我施展無效化。」

昨晚，鄭利善沉穩地詢問自己，如果他能完美修復第七輪副本，能不能再為他施展一次無效化作為報酬，極度沉穩的聲音讓史賢緩慢地眨了眼，因為是昨天才聊過的事，史賢當然記得這個約定，只是沒想到無效化的施展對象竟是鄭利善本人。

到底為什麼？

對史賢來說，這是完全超出意料之外的要求，是因為朋友們都被施以無效化，所以自己也想這樣嗎？還是他認為自己的修復能力很噁心，想要體驗失去能力的感覺？反正無效化對於活人只會存在五分鐘，能力就會自動恢復……

史賢還是想不透原因，眼角微微皺起並詢問他：「到底是為什麼？」

「理由重要嗎？我已經照約定修復建築物，現在只是要獲得應有的報酬而已。」

鄭利善平淡地訴說著，視線在空中與史賢相會，這是第一次兩人的眼神對調，漆黑的瞳孔裡裝載著疑問，淺褐色的瞳孔像是蓋上了一層無從得知的帷幕。

其實，鄭利善從兩天前就一直在「想」，要怎麼樣才能讓史賢對自己施展無效化，要怎麼樣才能讓那個多疑的人把無效化用在自己身上。

在想死的心變得更加強烈的時間點，準確來說，是當鄭利善終於認知到自己情感的那一刻起……他也看透了史賢面對自己的態度。

他察覺到史賢想要全然地掌控自己。

而其實，也不能說是看透那份態度，因為從很早以前，那份態度就已經明顯地表現出來了。史賢總是控制著一切情況，非常厭惡控制的對象脫離自己的掌控範圍，實際上鄭利善清楚記得自己哭的時候，以及自己吐血的時候，正是史賢最不高興的時候。

他的行為隱約像是占有欲，但無論如何，鄭利善知道他想要完全地掌控自己，借用一句他說過的話，自己是「有效的一張牌」，之後讓自己進入公會，不對，是直接把自己留在Chord的方向延長合約。

這是史賢權衡往後利弊得失的結果，也是他為了完全掌握自己所做出的行為，因為自己不斷表現出在意他的「反應」，他才會故意從這個方向下手，纏繞著自己的手、讓自己的視線留在他身上、在自己的耳邊細語提議一起走下去，鄭利善再次回想著那些時刻，心想，自己的感情從很早開始就被史賢利用了。

史賢看出了自己的感情，卻沒有說出來，只往最有效的方向，試圖牽動這份感情，鄭利善並非不知道這個行為所代表的意義，雖然有點心酸，但覺得這樣反而比較好。

——我的感情對他來說就是個手段，只被他當作有效的一張牌使用。

因此，鄭利善更加豁達了，昨晚才會去找史賢告白，即使表現出自己的感情，也沒有想要得到回答，就當作是一個手段，既然史賢已經看出來了，自己也承認了這份喜歡，做了一次十分平淡的告白。

告白的同時，鄭利善也在想，史賢已經知道自己的感情，也許這次告白沒什麼效果，不過慶幸的是史賢正面看待這份告白，也很看好這之後所帶來的效用，這讓鄭利善能進入第七輪副本。

雖然想要幫助史賢這句話不全然是謊言；雖然實際上因為是 Chord 最後一輪副本，希望自己的修復能為有效率的攻略出一份力……

「……」

現在回想起來，都是無意義的情感，總之今天自己給出了利益，現在收到報酬也就兩清了。

鄭利善再次向史賢確認，昨晚約定要再為他施展一次無效化在自己想要的地方，他靠近史賢，並包覆著史賢的手，鄭利善手上的動作像是在請求般，讓史賢的視線看向自己被抓住的手。

鄭利善不曾率先握住史賢的手、不曾主動接觸有溫度的存在，史賢的瞳孔裡浮現了模糊的陌生情緒，有些神奇卻也非常高興。

鄭利善知道每當自己表現得像是完全受他掌控時，史賢都會感到非常滿意，而且每當這種時候，史賢會大幅地放下疑心。

鄭利善故意用坦然的聲音詢問：「如果我被施以無效化，這棟建築物會倒塌嗎？」

「……應該會吧，如果是使用基本修復能力應該不會倒塌，但是隱藏能力是基於你的理性存在，建築物才得以維持。」

一直保持存疑眼神的史賢，用有些從容的語調回答。鄭利善趁機以更加好奇的語氣繼續說，雖然無效化只會讓能力消失五分鐘，但是鄭利善強調非常好奇自己完全失去能力的情況，想要體驗看看。

鄭利善緊抓著史賢的手持續說著，其實史賢看上去並沒有完全被說服，不過最終還是點頭表示同意，會幫鄭利善施展無效化，並告訴鄭利善別再搖自己的手了，甚至還不小心笑了出來。

此時，史賢對鄭利善伸出了手，準確來說，是反握住鄭利善的手，全然地包覆住鄭利善的手背。

鄭利善直視著黑色氣息從他的指尖蔓延。

雖然每次朋友被施以無效化的時候，鄭利善都在旁邊看著一切過程，但是現在無效化要使用在自己身上，鄭利善卻覺得無比陌生。碰觸的那隻手蔓延著黑色如煙霧般的氣息，而後完全散開環繞身體四周，雖然只是幾秒鐘不到的時間，鄭利善卻看得像是要把這一切刻在心裡。

——被施展無效化真的是對的嗎？

哐！似乎是在回覆鄭利善的疑問，建築物開始大幅震動，隱藏能力無法維持，越來越往意料之中的情況發展，燈塔終將倒塌。

遠處正在退場的獵人們因為突如其來的巨響，詫異地回頭。

雖然入口與燈塔之間有著不短的距離，但是由於燈塔規模巨大，遠處也能清楚看見建築物正在倒塌，每個人都慌張地詢問發生了什麼事，不過除了史賢和鄭利善的所有人都已離開燈塔，他們無從得知三樓發生了什麼事。

在那樣的情況下，鄭利善短暫地呼氣，那口氣就像是苦笑一樣。

一被施以無效化，就完全無法使用能力，跟單純不使用能力的情況不同，鄭利善覺得自己體內繚繞的某種氣息也通通消失了，他反覆地握拳又張開，把手放上正在倒塌的三樓欄杆當作實驗，掉落在地上的殘骸一動也不動。

這個情況非常陌生，是鄭利善一直以來嚮往的時刻。

鄭利善緩緩地走向正在倒塌的燈塔末端，他往下看，就像個看著自己的腳遵循自我意志行動而感到神奇的人一樣，他一直以來都無法做到的舉動，從他有尋死念頭的那一刻起，就無法踏出腳步，現在非常輕易地就能往前走。

隨著燈塔倒塌，漆黑的大海也出現了更加不祥的波動，因為人類無法輕易逃脫出這個副本裡的大海，也許會以有人在倒塌的建築物踩空墜落，這樣的形式處理這起意外。

片刻，鄭利善突然變得好奇，不知道史賢對於自己的死亡有何反應，會因為要進入公會的S級修復師的消失，而覺得可惜嗎？還是因為少了一張有效的牌，感到稍有不悅？不過沒有S級修復師這一點，並不會對公會帶來什麼傷害，只是也沒有什麼好處就是了。

發生了超出他掌控範圍的事，他可能會感到不悅，不過史賢似乎也不是那種會不斷回首過去的人，搞不好他很快就忘記自己了。

鄭利善抬頭看著暗紅色的天空，回想著自己第一次進入的副本，第二次大型副本殘忍地奪走自己擁有的一切，也許自己早該依照命運死在那裡，卻硬是活到了現在，最終才會在這裡，在被人們稱為第三次大型副本的古代世界七大奇蹟突擊戰，做個了結。

鄭利善心想，一次錯誤的選擇，讓自己多走了一條好漫長的路，另一方面也覺得自己的一切都是因副本而消失，無論是父母、朋友，還是自己。

同時，史賢也環視四周，確認建築物真的在倒塌，並不是單純的崩裂，而是直接沉入海底，因為鄭利善一直哀求，他只好寬容一點地答應鄭利善的請託，但是倒塌的速度非常快，史賢甚至覺得，還不如對燈塔外頭的的橋梁施展無效化。

「現在該離開燈塔了……」

不只是燈塔，連前面的部分橋梁都正在倒塌，因此必須盡快出去，史賢催促著並對鄭利善伸出了手，卻在瞬息之間，臉色變得僵硬。

鄭利善在三樓末端，倒塌的燈塔劇烈地搖晃，鄭利善一點也沒有要站穩重心的意思……而後，他坦然地笑了。

真的是坦然的微笑。

在那抹微笑的最後，鄭利善讓身體往後傾斜。

這一刻，鄭利善雖然感受到如砂礫般刺癢的留戀在心裡滾動，但是他狠下心來無視那份感覺，事到如今，那已是一無是處的感情了，但是那份留戀，最終還是持續擴大，導致鄭利善最後看了史賢一眼，和明確注視著自己的史賢四目相會，這一眼，讓鄭利善撞見了史賢生平第一次露出的表情。

像是被衝擊籠罩，或是被恐懼擊垮的臉龐。

還沒來得及仔細端詳那個陌生的表情，鄭利善的身體便向下墜落，冷冽又銳利的海風包圍著他的身體，鄭利善享受著當下的感受，直到手腕上出現了不該感受到的觸感。

「……嗯？」

因為施展了無效化，而無法使用能力的史賢，直直地跑了過來抓著鄭利善的手，與他一同墜落。

鄭利善的瞳孔瞬時之間充滿衝擊，驚訝地望向史賢，但是無法與他對視，史賢像是要保護鄭利善一樣，緊緊地抱住了他，鄭利善在被抱著的狀態下努力掙扎著，但最終墜入海底。

撲通——

掉入漆黑大海裡的當下，吵鬧的雜音重擊著耳邊，雖然墜入大海後就與外界聲音隔絕，但是墜落過程中劇烈劃開波濤的聲音，與燈塔往海底倒塌的聲響，讓他感覺噪音從四面八方而來。

大海無止盡地將他往下拉扯，凶狠的波濤如同沼澤，硬是抓住了他們，感受到寒凍刺骨的冷意。

「……呃！」

鄭利善忍住呼吸，發瘋似地掙扎，如果史賢是單獨行動，應該能逃出這個情況往上脫困，但是他抱著自己，兩人只能一同繼續墜落，鄭利善陷入荒唐與慌張交疊的衝擊，眼中看見了「殘骸」，那是燈塔二樓外部的結構物，看來燈塔在不知不覺間，已經完全倒塌往下沉沒。

鄭利善因無效化而失去能力的時間只有五分鐘。

這一刻，鄭利善有了非常不悅的頓悟，對自己能在燈塔上走到末端而感到神奇，因此花了一些時間，而後和史賢一起墜落，現在在大海中被史賢抱在懷裡掙扎，鄭利善終於知道，自己被施以無效化的時間結束了。

在水裡完全喘不過氣的前一刻，鄭利善把手放在殘骸上使用了修復能力，他每次施展隱藏能力時，金光從手下漸漸地蔓延，最終在漆黑的海底如爆炸般噴發。

唰，伴隨著巨大的噪音，燈塔從水中立起，同時天地也發出了驚人的巨響，倒塌的燈塔再次開始修復，在極度混亂的情況中，鄭利善馬上對史賢大喊，他們爬上二樓外部的結構物，有許多殘骸不斷在他們頭上飛舞。

「你瘋了嗎？」

鄭利善將自己受到的衝擊表現得像憤怒一樣，建築物修復的同時也無止盡地發出巨大的震動，而那時的衝擊一直持續下去，鄭利善算帳似地逼問著史賢是不是瘋了、腦子正不正常，但是史賢跪在他面前不停顫抖。

也許是因為從像兩極地區的海洋一樣冰冷的海水裡浮起，或是還無法從劇烈衝擊中擺脫，史賢的手撐在地上，顫抖著看向鄭利善。

水珠從他的髮絲一滴滴落下。

「鄭利善，你想死嗎？」

「應該是我要問你這句吧……」

「你打算丟下我，自己去死嗎？」

史賢就像是個遭受重大背叛的人，凝視著鄭利善。頓時之間，鄭利善對於史賢的提問感到慌張，但是他緊閉著嘴。

而此時史賢的瞳孔裡也因為不安，無止盡地顫抖著，面對初次撞見史賢的陌生表情，鄭利善什麼話也說不出口，而後再次從他的口中聽見了埋怨般的話語。

「你對我告白，從頭到尾就是為了這個嗎？昨晚來找我、之前在韓白醫院跟我索取報酬，不對，在最一開始聽到我能施展無效化，就握住我的手的時候！」

越來越激昂的聲音最終變成了大喊，鄭利善在史賢說話的期間都不發一語，他的沉默在史賢的眼裡映照出衝擊的目光。

直到親眼目睹鄭利善在自己面前墜落，史賢才有了極其驚人的領悟。

他多少知道鄭利善想要尋死，但是他認為鄭利善沒有自殺的勇氣，撇開這些不談，鄭利善本來就無法在自己身上造成傷口，因此他也覺得鄭利善應該很膽小，畢竟鄭利善一年來在那個家和屍體們一起生活，身上也沒有自殘的痕跡。

所以他認為，就算鄭利善對過去心存愧疚而有尋短的念頭，應該也沒有實踐的勇氣。而他漸漸地看出，鄭利善對於自己抱有的感情，再加上昨晚終於對自己告白，所以，更加認為他不可能往這方面想了，史賢判斷鄭利善已經完全落入自己的手掌心。

不過他老神在在的自傲，卻以意料之外的方式，在他所面臨的現實面前破碎瓦解。

鄭利善被他施以「無效化」之後，從燈塔上墜落了，此時史賢才想起S級的能力是伴隨著條件的，那個條件在覺醒者之間有著保密的默契，所以他並沒有特別去瞭解鄭利善的條件，再加上看起來也不是像特定覺醒者們那種顯眼的類型，因此史賢猜測應該不是什麼非常不便的條件。

但是鄭利善等到自己對他施展隱藏能力，也就是被施以無效化，讓他的能力消失之後，才試圖自殺……這表示他的能力條件，就是一個把他困在人生裡的鐐銬，也許鄭利善的能力條件是不能自殺，意即是一種無法傷害自己身體的條件。

鄭利善並不是沒有自殺的勇氣，而是處在一個無法自殺的狀態裡。

被困在鐐銬般的人生裡，每天一步步地走向死亡。

鄭利善為了斬斷自己身上的鐐銬，向他要求施展無效化作為最後的報酬。

史賢直至此刻才終於頓悟，鄭利善從很久以前，也就是第一次聽見自己的隱藏能力，與自己締結契約時，就計畫著這一切了。

當這個事實攤在眼前，史賢感受到了極大的無力感。

即使史賢從來沒有感受過這方面的感情，但是這份壓抑的感受，也讓史賢喘不過氣，鄭利善在自己面前墜落，下意識地想使用能力卻無從為之。

在這樣的狀況之下，最終史賢無法做出理性的判斷，立刻跑向鄭利善抓住他，儘管史賢知道這麼做只會一起墜落，儘管史賢知道倘若掉入這個副本的海裡，就無法逃脫出來，卻還是拋開了腦中的這些盤算，理智線也就此斷裂。

他陷入了「必須抓住鄭利善」這種衝擊般的強迫性狀態裡。

「你不是說你喜歡我嗎？」

史賢像是執著於昨晚的事，提起了鄭利善的告白並看向他，鄭利善明明喜歡自己，並不是為了騙過自己才做出的偽裝，他的一切行為都指向他對自己的情感。

「……」

但是他看見鄭利善保持沉默，與鄭利善的淺褐色瞳孔對視的那一刻，他才接受了一件事實，鄭利善的瞳孔以及現在這個情況，都在告訴他答案。

鄭利善喜歡自己，這件事情是沒錯的。

但是比起喜歡他的那份情感，想死的心情位在更優先的順位。

驚覺這個事實的當下，史賢感受到了無法壓抑的挫敗感，面對生平第一次感受到的挫敗感，史賢連感到不悅的力氣都沒有，鄭利善甚至為了接受無效化，故意向自己告白，最終利用了自己，明明應該要感到不悅才對。

但是鄭利善尋短的畫面，一直反覆在腦海裡重現，史賢被一股無力感包圍。

史賢並沒有想要對鄭利善的情感負責，他一直是如此自負的，但是現在的史賢，反而在感性上哀求著鄭利善，明明知道，在鄭利善其他面向的感情面前，自己已經輸得一敗塗地，現在史賢卻也只能哀求著那份喜歡。

史賢不斷語無倫次地說，你不是說喜歡我嗎，不是喜歡我嗎。

此時，雖然鄭利善的眼睛瞪大，像個受驚嚇的人，但是他一言不發，在他一開始顯露憤怒的情緒之後，就一直保持沉默，似乎是對史賢提及自己的告白無話可說，似乎是對如此不安的史賢感到陌生，而靜靜地待在原地。

面對他的反應，史賢徹底心冷，心情就像是從末端開始，一點一點碎裂墜落，明明和鄭利善一起逃出海底，不僅如此，自己還從九死一生的情況中脫逃，史賢反而覺得現在的自己，才是真正在墜落。

在這樣的情緒面前，史賢終於頓悟這份情感的去向。

他想要占有鄭利善的理由為何；他從某一刻開始，想要掌握鄭利善的視線與行為的理由為何；以及即使他的一切計畫瓦解，與其說是感到不悅，反而是在尋死的鄭利善面前感到無力、挫敗的理由為何。史賢現在只能接受這一切。

史賢曾經覺得這是自己無需正視的情感，只是自己偏差的占有欲，最終還是得正視這件事，不對，並非遵循自己的意志而正視，而是眼前的現實將他壓垮，讓他不得不吐露、不得不面對這份他表露出來的情緒。

史賢像是被這份感情勒住一樣，摸了一下自己的脖子，吃力地開口說道：「鄭利善，我沒辦法看著你死去。」

史賢啞著嗓子說話的聲音就像在抽泣一般。

「我愛你，鄭利善。」

鄭利善停止了動作，他瞬間無法呼吸，呆滯地看向史賢，建築物仍在持續恢復中，因此四周非常混亂，建築物的殘骸劃破海面飛起的聲音嘈雜地重擊耳邊，但是他清楚聽見了史賢的聲音。

鄭利善一時間沒想到要再問他一次，只知道就憑自己目前為止認識的史賢，不可能是不小心說出這種話的，史賢會這麼說，一定是掌握了十足篤定的證據……鄭利善的褐色瞳孔裡染上了一抹衝擊。

這是從史賢口中說出，極度真實的「事實」。

「所以我沒辦法看著你死去，我知道你想死，但你絕對不能死，無論你是因為自我厭惡而想死，還是因為對朋友愧疚而想死，不管那個理由是什麼，你都不能死。」

「……」

「就連此時此刻我都想著，只要我不再對你施展無效化，你就不會死，不對，你就不能死，這點讓我很放心。」

「……」

「我就是用這種自私的方式在愛你。」

面對史賢一口氣說完這些話，鄭利善無法給出任何反應，只能勉強呼吸著。

雖然史賢恐嚇著自己絕對不能死，但是與其說那是威脅，聽來更像是懇求，史賢直視著自己，頭髮仍然有水珠落下，有那麼一瞬間，鄭利善覺得那些水珠看起來就像史賢的眼淚。

「所以你乾脆怪在我身上吧。我是唯一能讓你死的人，但是我永遠都不會放開你，你就繼續被我扣留在這段人生裡，活著恨我吧。」

鄭利善無法說出任何話，對於他所說出的極端事實感到驚訝，而這個事實或許也是剛才自己心中最後一絲的留戀。

昨天鄭利善向史賢告白，卻始終不期望聽到「答案」，看著沒有給出答覆的史賢，反而自嘲地覺得這樣比較好。

就是因為對鄭利善而言，史賢是讓自己想要活下去的存在。

所以鄭利善覺得，幸好昨晚史賢沒有回答，從很久以前就看出自己的心意，卻保持沉默的人是史賢，他當然不會給予正面的回覆，不過鄭利善當下還是有點不安，要是他回覆了自己，也許自己會往其他方向想，面對無法正面期待的情況，鄭利善卻可笑地有所留戀。

說是期待未免也太誇大了，頂多是無關緊要的留戀。

因為完全沒有詢問關於告白的答覆，所以鄭利善也強行埋藏這份留戀，鄭利善覺得想要活下去的自己令人作嘔，他認為根據那起讓他充滿愧疚的意外，他是該死的，他的死亡是對他朋友們的贖罪，但是決定赴死的途中跟隨著一絲的留戀，他以為他昨晚將一切都整理清楚了。

不過現在，史賢跪在自己面前，對自己表白愛意，苦苦哀求他活著。

「……」

此時，燈塔終於修復到三樓，發出了聲響產生微微震動，稍早燈塔上因為鄭利善的修復能力消失而熄滅的火，再次熊熊燃起，位在三樓的反射鏡伴隨著摩擦聲移動，光線漸漸地照進他們所在的空間。

史賢把手伸向僵硬的鄭利善，抓住了鄭利善撐在地上的手，像是哀求般地緊緊揪住他的手，那隻手冷得幾乎無法感受到任何一點活人的溫度，史賢把臉靠在那隻手上，就像是要把自己的臉埋進去一樣。

稍早之前，才用威脅般的態度不准自己死，要自己活著恨他的史賢，艱難地握著自己的手，彷彿這是他唯一能做的事，極度放低姿態。

「待在我身邊，拜託。」

燈塔明亮的火光往鄭利善和史賢所在的空間照耀，閃耀的亮光灑在他們身上。

就像是被光芒困住一樣。

（未完待續）

✦ 附錄 ✦

獵人們：
獵人與 SO 市民們（6）

本章為虛構的網路討論區與社群留言。
即使略過本章也能理解小說內容。

<史允江進入第七輪副本>

主旨：7 突 7 副 _HN1 級進入 _ 推文串

唉……直到最後一天都還在想會不會更換進攻隊伍 Q
最後還是由 HN 一級進攻隊伍進入副本……允江……
先開一篇推文串 Q

留言

#1
允江，這是最後一次機會，提高股價吧
- ↳ 都拿到 S 級道具了，那個道具就是我們這些韭菜的錢
- ↳ 至少要進到 boss 房吧！
- ↳ 大家集氣！嘿唷嘿唷！
- ↳ 嘿
- ↳ 唷
- ↳ 嘿
- ↳ 唷，個屁啊好像不大對吧；

#2
第七輪副本的地圖是來真的？
- ↳ 砲轟一番修復師，結果進去發現是最需要修復師的副本，承認吧？
- ↳ 在就任活動上直接讓出ㄉㄕ背鍋，嘖嘖
- ↳ 第七輪副本是太陽捕手的憤怒……

#3
看到史允江進入副本，啊，最後一擊要留點禮貌吧 ;;; 本

來是這麼想的哈哈哈哈哈哈

↳副本：我已經很禮貌了 ^^

↳哈哈哈哈哈哈哈哈哈哈哈哈哈哈哈哈哈哈哈哈

↳死在入口，抖抖

#4

韭菜元氣玉粉碎……嗚，ㄇㄉ

↳我還為了這個請了半天特休，ㄇㄉㄈ……

↳HN 刷新歷史低點中，哈哈

↳入場之前稍微上升一下，又馬上急墜 QQQQQQQ

↳喂，你們比一開始上市的價格還低那怎麼行 ;;;;;; 掉到四十年前 HN 上市股價，在跟我開玩笑嗎 ??? 這種程度的話應該要叫做 HN 大恐慌吧這群混蛋，啊三大大型公會中真的沒看過掉成這樣的營運得跟屎一樣有時間召開公開管理人員不如叫股東過去對股東行禮啊這群混蛋，我怎麼越來越習慣了靠真火大

↳↳請冷靜嗚嗚，先想著那不是自己的錢，淨空心靈 ;;

↳↳真的不是自己的錢才會這樣講，ㄇㄉ

↳↳啊……

#5

對於那些看準低點撿股的韭菜們，請輸入 x，祝他們節哀順變

↳x

↳x

↳你們這群混蛋，你們最壞了嗚

↳啊！「我想賣 HN 股票」韭菜在討論區的留言……看得我是心痛又心疼……在下一任公會長的快訊發布時就該賣了，撐到現在還看到股價急跌……然後我想了很久，原來我是個幸福的傢伙……即使股市再怎麼不景氣，我手上有泰信的股票，加油！

↳ 這群傢伙 !!!!!!!!! 一定要跌成這樣嗎 !!!!!!!!!!!!!!

#6

現在是在攻略副本，還是 HN 藥水的置入性行銷？

↳ 嗯 ~?! 這個藥水，光喝一口就氣力泉湧！

↳ 瞬間就恢復體力！

↳ 整體都很高級哦 ?!

↳ 適合和家人一起服用哦 ~

↳ （株）HN 製藥

↳ 團結力量有夠大哈哈哈哈哈哈哈哈哈哈哈哈 ~

#7

股價慘跌所造成的損害，就用賣藥水來補，這就是才藝表演的定論……

↳ 允江在副本裡說最多次的話：「喝藥水！」

↳ 要多沒在進副本才會相信喝藥水就會完全恢復嗚嗚，哎唷嗚嗚嗚嗚嗚，獵人們喝藥水就飽了……

↳ 實際上 HN 現在藥水全品項有打九折優惠哈哈哈哈哈，新公會長紀念新 HN 怎樣怎樣的

↳ 發瘋，樂園因為千亨源造成形象打折，藥水打七折大拍賣耶

↳ 贏家是泰信 ; ;

#8

看過 HN 一級進攻隊伍的影片，他們並沒有那麼爛啊……是進攻隊長真的不會指揮

↳ 沒錯沒錯，他們不爛 Q 只在 Lv100 狩獵場戰鬥的人們，突然要他們在 Lv300 的副本對決，看來是不大能適應……副本不是越往上，等級差異越大嗎 Q

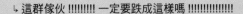

↳22 但是如果有好好攻略，至少能夠進入燈塔，但是因為進攻隊長什麼都不知道……

↳連分配魔力都做不到哈哈哈哈，史賢在副本裡習慣性會說的話就是不要浪費魔力，結果他從一開始就全數用盡；

↳只知道用輸出魔力打鬥的亨源哥，都沒有在進入魔王的房間之前用光魔力了，哎唷……

#9
啊，怎麼還在跟一小時之前同樣的區段，真無聊嗚……如果他們有改變進攻模式請在這串底下留言通知我

#10
我看個綜藝節目再回來，情況有改變請在這串底下留言給我 !!!

#11
拜託各位在這串底下留言通知

#12
推文串歷史上有這麼刷不出新東西的時候嗎……

↳222 哈哈哈哈ㄇㄉ哈哈哈，推文串漸漸變得靜悄悄

↳這樣的話就不是推文串了，是冷掉的烤肉串等級……

↳火有旺過嗎……？

↳股價急跌的時候呵

↳（斷骨的韭菜）

↳↳韭菜是沒有骨頭的ㅇㅅㅇ

↳↳啊ㄇㄉ嗚

#13
分享辛奇炒飯食譜
食材（一人份為準）：
飯、熟成辛奇、食用油、寡醣一湯匙、梅子汁一匙、鮪魚一匙、辣椒醬一匙、美乃滋二分之一匙、番茄醬二分之一匙、雞蛋、炒芝麻粒
食譜：

1. 鍋淋食用油，把飯和雞蛋以外的食材放入鍋裡炒
2. 炒熟以後加入飯繼續翻炒
3. 把飯盛一些起來，把蛋白炒熟
4. 在上方撒上炒芝麻粒之後，再拌入蛋黃食用

↳ 可以多加一點鮪魚嗎？？我現在就想吃嗚

↳↳ ㄅㄅ沒問題 !!

↳↳ 也加一點鮪魚油看看，爆好吃讚讚

↳ 哈哈哈哈哈哈哈哈哈我要發瘋，突然出現食譜哈哈哈哈哈哈哈哈哈哈哈哈哈哈哈

#14
喂發瘋這個快訊是怎樣？
https://news.dohae.com/article/5649863
（連結預覽：〔快訊〕史允江，毒害 HN 前公會長？）

↳ 瘋了吧 ??????????????????????????????

↳ 這真的是瘋子吧 ??

↳ 如果韓白醫院和獵人協會都證實，就結案了耶抖抖抖抖抖

↳ 哇，他搞這齣還說要承接父親的意志什麼的？真心起雞皮疙瘩，怎麼有這種神經病 ; ;

↳ 把記者們叫去殯儀館前面搞這麼浮誇，結果他從一開始精神狀態就很浮誇耶，抖抖

#15
有人想要掩蓋自己的拙劣，讓他抬起頭看看史允江吧
↳ 在就任活動上說思念父親的人是誰？
↳ 想念到跟著一起過奈何橋了吧
↳ 哈哈哈哈哈哈哈哈哈哈哈哈哈哈哈哈哈

#16
哇 ;;; 史賢讓出進入權就是因為這個嗎 ???
↳ 看現在證據滿天飛，應該已經搜集一段時日……只是在等一個時機，才故意把他丟進副本耶抖抖抖抖
↳ 史允江低於平均水準的實力展示＋揭露他毒害父親
↳ 啊啊史老爺……你到底在計畫著多大的藍圖？
↳ 史賢……就是光（darkness）……
↳ 啊發瘋，括號裡面居然寫清楚ㄇㄉ哈哈哈哈哈哈哈哈哈哈哈哈哈哈哈哈哈哈哈哈

#17
暗影御史賢抖抖，從粉絲俱樂部名稱就是大藍圖了
↳ 22 居然這麼名符其實？
↳ 333 哈哈哈哈，不過我從以前就很好奇，為什麼是暗影御史賢啊？粉絲俱樂部的名稱候補還有史神耶……史神不是很適合嗎……
↳↳ 因為他八歲覺醒成為 S 級獵人，稱呼一個小毛頭為史神不大好，所以就用了暗影御史賢一陣子 ......^^
↳↳ 因為他會隱密地嚴刑拷打，所以是暗影御史沒錯
↳↳ 樓上 22，而且跟史老爺比較相近，這是前瞻遠見
↳↳ 哈哈哈哈哈哈哈哈哈哈哈哈哈哈哈哈哈

#18

王位繼承人寫史賢的出來
做得好。

↳ 嘿嘿 ^ㅅ^)7

↳↳ ??? 是我寫的，這個人是怎樣？（留言紀錄截圖）

↳↳ 代為領獎ㅇㅅㅇ)7

↳↳ ㄇㄉ哈哈哈哈哈哈哈哈哈哈哈哈哈哈哈哈哈

#19

不過現在發布了毒害前公會長的快訊，股價怎麼會上升？？？

↳ 呵呵小韭菜不用知道也行

↳ 哈哈哈哈，啊大叔，有好消息要逗相報啦

↳ 獵人如果殺人，會被停止資格呵，最少五年，考慮到現在引起的爭議，也許會直接被判永久停止吧

↳ 公會長的令狀出來了？＝更換公會長＝史賢成為公會長

↳ 即使 HN 面臨歷史上的股價最低點，還是撐著沒賣的韭菜們 QQQQQ 辛苦了 QQQQQQQQQ

↳ 股價圖超陡峭好猛哈哈哈哈哈哈哈哈

#20

暈，引誘怪物出來發瘋超噁心媽的

↳ 密密麻麻地衝出來，瘋了吧

↳ 你們看他自己召喚出怪物，卻無法扛住的樣子嗚；；；我也很多次惹事卻無法收拾，大概知道是什麼情況，那個道具賭上了他的性命；；；；

↳ 抖抖抖抖手……手…………

↳ 奇怪，幹麼在那裡使用吸引注意力的技能ㅠㅠㅠㅠㅠㅠ;;;; 啊允江

啊 ;;;;;;;;;;;;;;;;;;;;; 太爛了，真的好可憐，我都要哭了

#21
來票選允江手被弄斷的原因
1. 進入副本的經驗少之又少，卻偏執要進入 S 級副本的史允江
2. 從海底冒出突襲的怪物
3. 在副本外的史賢

↳ 哈哈，就算我前滾翻看也是三號

↳ 333 這一刻頓悟了老師說過的話，答案就在選項裡

↳ 3……韓國的教育過程不會錯

↳ 哈哈哈呵哈呵哈噗噗哈哈哈哈，噗哈哈哈 333333333333

#22
我叫江戶川柯南，是個偵探
我叫史賢，是個暗影御史
我叫允江，是個孔鏘

↳ ㄇㄉ哈哈哈

↳ 瘋子吧哈哈哈哈哈哈哈哈哈哈哈哈哈哈哈哈哈哈哈哈哈哈哈

< Chord &泰信，進入第七輪副本 >

主旨：★☆古代世界七大奇蹟突擊戰最後一輪副本，Chord &泰信攻略__推文串☆★

撲通撲通撲通撲通撲通

光是看兩支進攻隊伍聚集在入口前面，內心就變得慷慨激昂

留言

#1

請阻止樂園進攻隊伍進入副本的請願突破五十萬，認真？

↳ 獵人協會也是國家機關，應該要聽從請願結果吧？

↳ 就算下次再有大型突擊戰，還是把樂園ㄇㄉ排除順序之外吧，煩死了

↳ HN 一級進攻隊伍讓我第一次生氣＋樂園讓我經歷第二次生氣，我以為我真的要噎到了

↳ 獵人協會搞不好會發公告哈哈哈哈哈哈哈哈哈，大家不要再打電話來抗議了哈哈哈哈哈哈哈哈哈哈哈哈哈哈哈哈哈哈哈哈哈哈

#2

樂園唯一會的只有在副本裡面硬撐嗎 ??? ㄇㄉ撐了二十四小時，有夠火大——

↳ 那樣的話要付副本一天的住宿費吧

↳ 他們覺得自己是第三順位，是最後解決這個副本的進攻隊伍 !! 我們退縮的話就結束了 !! 啊我拜託你讓開 QQQQ

↳ 後面還有 Chord ㄇㄉ，哪來的最後啊，你們的名聲才是最後啦

↳ 他們的名聲和醜亨源一起去樂園了⋯⋯

↳（真正的）樂園：啊，這有點……

#3
超級期待 Chord 和泰信的聯合組隊，撲通撲通撲通

↳ 兩隊一發布聯合進入副本的公告，我驚訝到大叫

↳ 喂你也是嗎？喂我也是 QQQQ 心臟跳超快……樂園一直拖時間不退場我超火大，一宣布退場我直接開趴，咳呃呃讚讚讚讚讚

↳ 在入口前面進行攻略方向最後簡報的兩支進攻隊伍怎麼讓人這麼踏實……真的……

↳ 韓國是由那兩支進攻隊伍守護的 QQQQQQQQQ

#4
本來有點擔心ㄓㄉㄕ不能進入這次副本……看來是會進去……幸好……

↳ 22222……知道他狀態不佳……但是第七輪副本的地圖絕對需要修復師……ㅠ;

↳ 謝謝他來 QQQQ

↳ 哈哈依他那個狀態搞不好會讓建築物坍塌，哪裡幸好？

↳↳ 請刪留言 ^^;

↳↳【遭到屏蔽的留言】

↳↳ 你們死掉會幫你們保管一年哦呵呵哈。

↳↳ 嗯，截圖留 PDF~

#5
第二次大型副本的爭議一看就知道是協會壓下來的哈哈，把屍體製成標本帶著過活的神經病傢伙關我屁事 ?? 認真不懂；

↳ 亂講話會被 Chord 抓走哦 ^^

↳ 公告都有寫要克制誤傳謠言和惡毒誹謗，遵守一下好嗎 ; ;

↳ 請問您討厭鄭利善嗎？？我全盤同意，想跟您見面來一場真摯的對話，可以的話希望你沒有手術病歷、視力很好、身體無恙、沒在抽菸，最好也可以先告知您的血型，請聯繫我，我會在凌晨開黑色廂型車去接您

↳↳ 抖抖抖抖

↳↳ 不會去太遠……

#6
暈，鄭利善修復百分之百…………

↳ 發瘋，我真的是張著嘴巴看

↳ 喝果汁喝到都流出來

↳ 我媽叫我吃水果，把水果用叉子插給我，結果連著叉子整個掉下去哈哈哈哈，媽媽超生氣大喊腦子正常嗎 !!! 結果媽媽看著電視把嘴巴裡面的東西吐掉哈哈哈哈哈哈哈哈哈哈

#7
QQQQQQ 利善啊 QQQQQQQQQ，我真的覺得這輪副本的地形無解了，結果神利善降臨完全如陽光灑落般閃閃發光神聖地修復完成 QQQQQQQQQ

↳ 我耳邊聽見當代基督教音樂了……

↳ 這程度的話應該真的要建立宗教了吧？

↳ 真的是利善再臨 QQQQQ

#8
（大概是鄭利善超猛的內容）

↳（大概是利善是世界的光芒的內容）

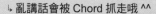

↳（大概是鄭利 Sun 太陽升起，照亮了太陽捕手們昏暗冷淡的內心深處的內容）

↳（大概是光利善從天國下凡，照亮了世界說道，遲鈍且愚昧的人們請退下，只有賢明的人們能看見美麗的光景的內容）

↳（寫成這樣應該不是大概的內容吧）

#9

鄭利善的修復水準，認真？

抱歉為了要給大家看這個我故意發農場文吸引大家注意……鄭利善的修復是認真的？真的是世界觀裡最強修復師的活躍……這真的是那個病懨懨的鄭利善沒錯嗎？鄭利善真的是傳說……突擊戰第二輪副本中修復了百分之七十就走路搖搖晃晃，結果看到他在最後一輪副本達到百分之百，我真的超感動，腦海中閃過中間第三輪副本再次進場時，修復了百分之五十就很累的鄭利善，內心感到非常澎湃……

第六輪副本中身受詛咒精神狀態瓦解，但是再次進行修復那一幕，只要是一路看著鄭利善走過來的人，真的無法不哭……真的太感動了，很抱歉因為最近的爭議無法再多幫鄭利善說話……看到他這次第七輪副本完美達成百分之百，我真的太感動了，好像看著他一路來的成長歷程，該說是回憶嗎？總之夾雜著這樣的情感……為什麼要罵鄭利善？他那麼棒那麼可愛那麼帥，你們都不知道世界上唯一的 S 級修復師有多珍貴，只要一有爭議就貶低他……唉……

我一直看這輪副本的影片，那個修復能力是認真的嗎？唉，既難過又感動，真是百感交集……總之鄭利善真的是覺醒者之中最棒的

↳推用心

↳哈哈哈哈哈哈哈哈哈哈哈哈哈哈留言長度認真？

↳授予善良農場文獎

#10

```
┌──┐
ㄱㄱ ｜/.｀利善啊我愛你 !!!（轟隆隆）
ㄱㄱ :.＼○ノ
ㄱㄱ ｜｀/
ㄱㄱ ｜｀ノ)｀,
ㄱㄱ ｜
ㄱㄱ ｜
ㄱㄱ ｜
ㄱㄱ ｜
ㄱㄱ ｜○（輕巧）
ㄱㄱ ｜人
ㄱㄱ ｜/)
ㄱㄱ ｜┌────┐ ○下次修復也
ㄱㄱ ｜｜ ㄩ ㄩ ｜ 人 要看下去……
ㄱㄱ ｜｜ ┌┐ ┌┐ ｜..//)（閃耀）
```

↳閃耀 222

↳閃耀 3333333 本來把那個畫面螢幕錄影下來，要去做動圖了，先再次好好坐下來看。

↳↳不能先分享目前做好的嗎 ......?

↳↳〔.gif〕（亮粉開始撒在鄭利善四周）

↳↳〔.gif〕（道路的盡頭光炸彈爆發）

↳↳先這樣嗚，剩下的等副本結束再整理好丟上來

↳↳發瘋發瘋發瘋發瘋發瘋發瘋，我愛你

↳↳暈，太強了吧，太陽捕手裡面真的很多有著巧手的神人

↳↳因為利善就是一位有著巧手的神人 ~ (^ㅅ^)/

#11
4242 關係真好 ^^

↳【上方留言只有專業真人同人腐女能解出的暗號書寫】

↳因為被稱讚做得很棒就歪頭真的是太 Q 太 QQQ 倉鼠 QQQ 好像跑到手掌上的小倉鼠呼嚕嚕

↳摸頭殺哇拉拉啊拉拉啊啊啊

↳上次 HN 公會長就任儀式上，允江亂講話就牽住的手講悄悄話 QQ 他們兩個現在沒有要藏的意思了吧 ~~

↳↳真的，當時到底說了什麼悄悄話，我好奇到要瘋掉

↳↳應該是在說「要不要幫你殺掉他？」這種話吧哈哈哈哈哈哈

↳↳瘋掉哈哈哈哈哈哈哈哈哈哈哈哈哈哈哈哈哈哈，還真的有可能是那種話哈哈哈哈哈

#12
面對銷聲匿跡 1 年的 2 善，3 顧茅廬的 4 賢把他帶回來

↳國家要讓兩人留下無法抹滅的 5 點 ^^

↳有可能會被世界抹滅，朋友

#13
喂，那跟史允江用的道具是同一個對吧？

↳嗯嗯我也在想這個，還以為只有我這麼想

↳真的太炸裂啦

↳職人用什麼道具都是職人……
但是道具會挑獵人

↳S 級道具：篩掉不到 S 級的人；

#14

泰信公會長的天罰技能抖抖抖抖抖抖抖抖抖抖

↳ 那個技能實際上叫做「雷霆風暴」之類的名字，結果大家都說成天罰技能真可愛哈哈哈哈哈哈

↳ 公會長的技能在國外被稱作「宙斯的憤怒」

↳ 哈哈哈哈發瘋哈哈哈，所以第三輪副本泰信進入和宙斯打鬥的時候，影片才會叫做「Zeus VS Zeus」嗎哈哈哈哈

#15

史老爺＋韓亞瑟＋申宙斯的聯合攻略，最後一輪副本真的是華麗陣容

↳ 前面的 HN 一級進攻隊伍和樂園應該都是為了這一刻的淨化作用

↳ Cho 泰淨化

↳ 奇怪哈哈哈哈哈哈哈哈哈哈哈哈哈哈哈哈哈哈哈哈哈哈哈

↳ 喔哈哈哈哈哈，真的超妙，Chord ＋泰信＋淨化作用，哈哈哈哈哈哈哈哈哈哈哈哈哈哈哈哈哈哈哈

#16

那條蛇應該跟 HN 一級進攻隊伍那時候是同一隻怪物啊，怎麼感覺差那麼多？

↳ 看著衝向允江的蛇：爆幹恐怖ㄇㄉ QQ!!!
看著衝向史賢的蛇：哎唷怎麼會……

↳ 哈哈哈哈哈哈哈哈哈哈哈哈哈哈心情就像是在看自己赴死的怪物 QQQQQ 哈哈哈哈哈哈哈哈哈

↳（隔著窗戶擔心的大叔梗圖）

#17

●[redacted]

看著利善第二次修復，
發出讚歎的太陽捕手就此長眠

↳ 在白色燈塔裡面這樣，我真的差點打電話給羅浮宮

↳ 第七輪副本無論是狩獵還是修復都是傳奇中的傳奇

↳ 哈哈哈哈哈哈，你們看獵人們為了讓攝影師拍個清楚還讓開位置哈哈哈哈哈哈哈哈哈哈哈哈哈

↳ 第一次修復時只看到背影很可惜，這次還看側面呵呵

↳ 攝影師也知道這個直播的觀看次數是誰負責吧 ^^)7

#18

魔王說的那句「竟敢破壞我的燈塔」什麼的，感覺是預設臺詞耶，在修復好的燈塔裡面講這句話怎麼那麼好笑啊？

↳ 魔王的警告威嚴和修復狀態一起不見

↳ 哈哈哈哈韓亞瑟一直說大實話哈哈哈哈哈哈哈，現在破壞燈塔的人是祢吧ㄒㄒ;??

↳ 魔王：我要把你們全都當做祭品獻給大海，讓大海冷靜下來 !!!

韓亞瑟：現在大海會產生這麼大的波動還不是因為祢ㄇㄉ ;;;!!!

魔王：閉嘴！（攻擊）

韓亞瑟：媽啊怎麼還有這種 ; ; ; ; ;

↳ 哈哈哈哈哈哈哈哈哈哈哈哈哈哈哈哈哈哈哈哈哈哈哈哈哈哈哈哈哈哈哈哈哈哈哈哈哈哈哈，韓亞瑟……每次要吸引怪物注意都說很累，但是真的執行的時候都是做得最好的哈哈哈哈哈哈哈哈

#19

★☆★☆光束劍登場☆★☆★

↳

```
╭︵︵︵︵╮
╰︶︶︶︶╯
    ϟ光ϟϟϟ
    ϟϟ束ϟϟ
    ϟϟϟ劍ϟ
```

↳ 唉啊泰信公會長嗚嗚嗚，從太（極生萬物起就是受）信（任的神一般的）申瑞任公會長嗚嗚嗚嗚嗚嗚

↳ 真的，應該要確認她到底姓申，還是姓神ㄒ0ㄒ

↳ 公會長速速寫下一篇建國神話！

↳ 支配宇宙降臨地球的宇宙定論

↳ 兩國不是很喜歡，還稱為泰信公會長星際大戰現實版嗎哈哈哈哈

↳ 韓亞瑟從地底下拔出王者之劍，泰信公會長從空中接過光劍殼呃呃呃呃呃讚讚讚讚讚

#20

泰信公會長哈哈哈哈，智按姐姐從二樓降落時，她用「這麼危險的事 !!! 怎麼可以使喚我家嬌小又珍貴的智按做這麼危險的事 !!!!!!!!」的眼神看著史賢，結果自己也從二樓跳下來哈哈哈哈哈哈哈哈哈哈哈哈哈哈哈哈哈哈哈哈哈哈哈哈哈哈

↳ 自己掉下來跟我家寶寶掉下來可以相比嗎 ?!?!

↳ 公會長……我尊重妳的情人眼裡出西施

↳ 智按申：（沉穩）

↳ 大家有看到智按姐姐掉下去的時候，畫面角落處有人在喊「寶

寶……！」嗎？哈哈哈哈哈哈哈哈哈（貼上梗圖）魔王被閃電劍殺死超刺激，一跑走就出現在史賢後面，心跳也跳超快，唉，我要瘋了

↳ 這兩個進攻隊伍怎麼這麼有默契啊嗚嗚，怎麼能夠這麼棒嗚嗚嗚嗚

↳ 進攻隊伍聯合組隊通常會出現失誤，這裡真的唰！唰！唰 !!! 攻擊配合順到不行，唉啊啊啊啊啊

↳ 平白花掉八十小時的副本，只用六小時就成功清除……真的太厲害了

#21
史老爺嗚嗚嗚，你花太多氣了嗚嗚嗚嗚嗚嗚嗚嗚嗚
發瘋似的帥「氣」嗚嗚嗚嗚嗚嗚嗚

↳ 唉……太陽捕手的諧音梗導致了暗影御史賢……

↳ 捕手們，你們針對殺傷力講句諧音梗來聽聽

↳ 哈哈哈哈哈哈哈哈哈，大家怎麼都對太陽捕手的諧音梗這麼友善，結果對史粉這麼嚴苛冷淡，哈哈哈哈哈哈哈哈哈哈哈

↳ 史賢洗頭不用 rinse~ 因為他自己就是韓國的 prince^-^（路過的太陽捕手）

↳ Whyrano……Whyrano……

#22
那個副本裡面有四個神耶
申瑞任公會長（從太極生萬物就是神）
韓亞瑟（亞瑟王是王權神授）
光利善（這還用說嗎利善再臨）
史賢（史賢）

↳ 史賢的說明簡短扼要

↳ 不用多說，就是死神

↳ 哈哈哈哈哈哈哈哈哈哈哈哈哈哈哈哈哈哈哈哈哈哈哈哈哈哈哈哈哈哈哈哈哈哈哈哈哈，真的樹立國風……你知道 Chord 嗎？你知道泰信嗎 ???

↳ 國外早就都認識這兩支進攻隊伍了啦呵呵呵

↳ 飄～揚

#23

在國外ㄓㄉㄕ完全就是 Hoodie Sun 哈哈哈哈哈。

Sun：I like a hood.

Me：Wear whatever you want ♡

Sun：*Hiding in a hood*

Me: WAIT

↳ 還有這個哈哈噗哈哈哈哈

Q) What do you think a masterpiece is?

A：The Eiffel Tower.

B：The Mona Lisa by Leonardo da Vinci.

Me：My shining Sun, absolutely. What r u talking about;;;

↳ +++

Q) When was the most beautiful moment in your life?

Nobody：

"When I got the baby."

"A college graduation."

.

.

.

"When the wind blew Sun's hood off by accident."

↳ 哈哈，脫掉連帽上衣的那一刻，發出讚揚是世界定律；;

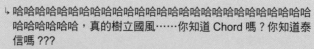

↳哇，這樣下去感覺世界要統一了

#24
世界聯合國教育、科學及文化組織還沒聯絡嗎？

↳聽說埃及聯絡了哈哈哈哈哈哈哈

↳嗯～埃及我覺得不怎樣

↳聽說希臘也有聯絡 Chord 耶？希臘的世界遺跡最多了不是嗎？去的話真的很猛抖抖

↳嗯～希臘我也覺得不怎麼樣

↳不怎麼樣朋友，那你覺得哪裡好？

↳↳嗯～韓國？

↳↳哈哈

↳↳22 絕對無法交出鄭利善

↳↳3333 利善不要離開韓國嗚嗚嗚，就待在韓國吧，你是韓國固有文化財

↳↳你們想想，現在是在副本裡面，只有一臺攝影機，拍攝角度也有限，如果在外面進行修復，就能有數十臺攝影機＋無人機拍攝

↳↳嗯～環遊世界一周也不錯

↳↳哈哈哈哈哈哈哈哈哈哈哈哈哈哈哈哈哈哈哈哈哈哈哈哈哈

#25
？？？
不好意思，獵人協會大叔不要出去啊

↳不行 !!!!!!!!!!!!!!! 燈塔裡面還有兩個人 !!!!!!!!!

↳雖然我知道獵人協會攝影師很累了……嗚嗚，不能把攝影機放著您先離開嗎？

↳↳哈哈哈哈哈哈哈哈哈哈哈哈哈哈哈哈哈哈哈哈哈哈哈哈哈哈哈哈

哈哈哈哈哈哈哈哈哈哈哈哈哈哈哈哈哈，那一臺攝影機是幾年的年薪……

↳負責獵人協會至少百分之四十二收視率的人還在燈塔裡面，給我拍到最後 QQQQQQQ

↳我．叫．你．不．准．出去

#26

哦，什麼啊，我聽到東西倒塌的聲音

↳暈，燈塔倒塌了

↳什麼啊，ㄓㄉㄕ提早退場了嗎 ????

↳不不，他跟史老爺一起在燈塔裡耶抖抖？

↳發瘋，燈塔完全沉入水裡了，怎麼沒看到他們？

↳????????????????????????

#27

燈塔再次立起來了……根本就是混亂破壞燒毀

↳我好像看到他們在末端那裡，殘骸滿天飛我也看不清楚 QQQQQ

↳即使放大也看不到那裡，啊拜託升級獵人協會攝影機 QQQQQQQQQQQQQQ

↳鑲有魔法石的攝影機有拍攝角度限制ㄇㄉ QQ，啊仰天長嘆

↳獵人們也都被嚇到，這到底是什麼情況啊……周遭的人聲和建築物立起來的聲音太吵了，我什麼都聽不到…………

↳想要當燈塔壁磚的人 1……

↳222

↳3333QQQQQQQQQQ

#28
請問燈塔修復到百分之百是會有安可嗎……？

↳ ㄇㄉ……哈哈哈哈哈哈哈哈哈哈哈哈哈哈哈哈哈哈哈

↳ 本來很慌張結果噗哧一笑，真傷自尊

↳ 喊安可的人，都給我去撞牆 Q

〔特別收錄〕

紙上訪談第三彈，暢談副本和角色的創作花絮

Q1：除了第一個古代埃及地下城之外，其他六個都有精采的冒險過程，老師有沒有覺得哪一個地下城的戰鬥，在構思時最困難？或者在設計時，有無發生困難或有趣的事情？

A1：最難構思的副本是羅德島的太陽神銅像，因為在副本裡需要盡量突顯鄭利善的修復能力，但羅德島的太陽神銅像位在一片空曠的海邊，我思索很久該怎麼結合修復的技能。

如果要說花最多心思的副本……我會選最後一場第七輪的亞歷山卓的法羅斯島燈塔（笑）

可以跟各位讀者分享一件小插曲，在構思羅德島的時候，由於一直沒有不錯的靈感，結果剛好看到家裡附近販賣章魚燒的攤販……我就這樣把章魚怪物寫進書裡了（？）

Q2：書中有哪個情節，是寫起來特別燒腦的嗎？以及個人最滿意的是哪段劇情？

A2：讓我最苦惱的應該是……史賢那一針見血的說話方式。因為我不是很會罵人的那種類型，所以苦惱很久，該怎麼呈現他那種（邪惡的）說話方式，他的臺詞都是經過好幾次修改而成，雖然訪談的問題是情節，但我最先想到的是史賢這個人（哈哈）。

再來最滿意的劇情，我想是鄭利善的生日^^！

當Chord隊員們拿著蛋糕送他時，鄭利善當下所有的行為舉止我都很喜歡，也包括史賢看他的表情……

Q3：對於有著悲慘過去的鄭利善，相信很多讀者都會跟我一樣，對利善抱持著心疼的情緒，在老師的眼中，利善是一個什麼樣的人呢？如果可以跟他實際變成朋友，又會想對他說些什麼？

A3：鄭利善的確是個讓人心疼的角色，寫小說的期間內我也總是掛念著他（雖然我也因此吃了很多苦……），所以在最後一幕希望他可以過得幸福快樂。如果真的遇見他……嗯，憑良心說，要與他做朋友需要一點考慮的時間，但假如可以對他說一句話，我會說——「這一切都並非你的錯」。

Q4：史賢是一個凡事以數據、依據、證據為導向的強者，甚至為達目的，會不擇

手段，有時候這種個性會讓人難以喜歡，但史賢卻有著吸引人的獨特魅力！在老師眼中，史賢是怎樣的人呢？您覺得他有辦法像鄭利善一樣，擁有如同摯友的存在嗎？

A4：他是個在現實生活裡，一點也不想遇到的角色。作為盟友的話，會非常讓人安心，但如果是敵人……應該會很難對付。

史賢……我認為他與鄭利善不同，不需要擁有朋友，不過史賢在組織團隊上有著極佳的才能。

鄭利善能與他人累積情感，形成特別的友誼；而史賢則是可以做為團隊的一員，創造堅實的合作情誼。

一同進入副本的團隊需要對彼此建立最大化的信任，才能打造出團隊默契，因此史賢的人際關係便從這裡開始發展（笑）。

Q5：史賢和鄭利善的個性差異很大，老師覺得在安排哪個角色的對話或行動時較困難？

A5：史賢，為了打造他猶如AI般的面貌（？），我費盡心思在撰寫他那客觀又理性的思維模式，還要切身思考怎樣才是最有效率的做法，其過程真的非常不容易，我會先寫下幾個符合史賢的行為與臺詞，然後從中挑選適合的……

Q6：前面有問過老師，還喜歡哪個書中配角，倘若還有篇幅的話，您會想再多著墨誰的故事呢？

A6：我最喜歡韓峨璘……

假如能以某位角色繼續寫外傳的話，我想也會以韓峨璘作為主角，畢竟她是S級的覺醒者，應該可以寫出華麗又豐富的篇章，例如正當她一如往常到拍賣會場購買寶石的途中遭遇副本！突然被捲進混戰的韓峨璘以及在眼前晃來晃去的寶石們……大概類似這樣的故事。

（未完待續）

i小說 070

太陽的痕跡3

國家圖書館出版品預行編目（CIP）資料

太陽的痕跡– A trace of the wonder / 도해늘著 ; 黃醇方譯. -- 初版. -- 臺北市 : 愛呦文創有限公司, 2024.10-
冊 ; 公分. -- (i小說 ; 70)
譯自 : 해의 흔적
ISBN 978-626-98582-9-3(第3冊 : 平裝)

862.57 113013726

愛呦文創

原書書名	해의 흔적（A trace of the wonder）
作者	도해늘（Dohaeneul）
譯者	黃醇方
人物繪圖	HIBIKI-響
背景繪圖	Zorya
責任編輯	高章敏
特約編輯	羅婷婷
文字校對	劉綺文
版權	Yuvia Hsiang、Panny Yang
行銷企劃	羅婷婷
發行人	高章敏
出版	愛呦文創有限公司
地址	10691台北市忠孝東路四段59號10-2樓
電話	（886）2-25287229
郵電信箱	iyao.service@gmail.com
愛呦粉絲團	https://www.facebook.com/iyao.book
總經銷	聯合發行股份有限公司
電話	（886）2-29178022
地址	231新北市新店區寶橋路235巷6弄6號2樓
美術設計	廖婉禎
內頁排版	陳佩君
印刷	沐春行銷創意有限公司
初版一刷	2024年10月
定價	360元
ISBN	978-626-98582-9-3

해의 흔적 1-3
(A Trace of the Wonder 1-3)

ao愛呦文創

愛呦文創

愛呦文創